PUTAS ASSASSINAS

ROBERTO BOLAÑO

Putas assassinas

Contos

Tradução
Eduardo Brandão

4ª reimpressão

COMPANHIA DAS LETRAS

Esta obra foi publicada com o apoio da Dirección General del Libro, Archivos y Bibliotecas do Ministério da Cultura da Espanha.

Grafia atualizada segundo o Acordo Ortográfico da Língua Portuguesa de 1990, que entrou em vigor no Brasil em 2009.

Título original
Putas asesinas

Capa
warrakloureiro
sobre
Sem título (1992), óleo sobre tela de
Rodrigo Andrade. 190 × 220 cm, coleção do artista

Preparação
Valéria Franco Jacintho

Revisão
Carmen T. S. Costa
Marise S. Leal

Atualização ortográfica
Adriana Bairrada

Dados Internacionais de Catalogação na Publicação (CIP)
(Câmara Brasileira do Livro, SP, Brasil)

Bolaño, Roberto, 1953-2003
Putas assassinas / Roberto Bolaño ; tradução Eduardo Brandão. — 1ª ed. — São Paulo : Companhia das Letras, 2008.

Título original: Putas asesinas.
ISBN 978-85-359-1165-7

1. Contos chilenos I. Título.

08-00997 CDD-c861

Índice para catálogo sistemático:
1. Contos : Literatura chilena c861

EDITORA SCHWARCZ S.A.
Rua Bandeira Paulista, 702, cj. 32
04532-002 — São Paulo — SP
Telefone: (11) 3707-3500
www.companhiadasletras.com.br
www.blogdacompanhia.com.br
facebook.com/companhiadasletras
instagram.com/companhiadasletras
twitter.com/cialetras

Para Alexandra Bolaño e Lautaro Bolaño,
pelas lições de vertigem
Para Alexandra Edwards e Marcial Cortés-Monroy,
pela amizade

A demanda terminará em risos e tu te irás absolvido
Horácio

Sumário

O Olho Silva

para Rodrigo Pinto
e para María e Andrés Braithwaite

Vejam como são as coisas: Mauricio Silva, vulgo o Olho, sempre tentou escapar da violência, mesmo com o risco de ser considerado covarde, mas da violência, da verdadeira violência, não se pode escapar, pelo menos não nós, os nascidos na América Latina na década de cinquenta, os que rondávamos os vinte anos quando morreu Salvador Allende.

O caso do Olho é paradigmático e exemplar, e talvez não seja inútil recordá-lo, sobretudo quando já se passaram tantos anos.

Em janeiro de 1974, quatro meses depois do golpe de Estado, o Olho Silva foi embora do Chile. Primeiro esteve em Buenos Aires, depois os maus ventos que sopravam na república vizinha o levaram para o México, onde morou um par de anos e onde eu o conheci.

Não era como a maioria dos chilenos que, na época, viviam no DF: não se vangloriava de ter participado de uma resistência mais fantasmática do que real, não frequentava o círculo dos exilados.

Ficamos amigos e costumávamos nos encontrar ao menos

uma vez por semana no café La Habana, na Bucareli, ou na minha casa na rua Versalles, onde eu morava com minha mãe e minha irmã. Nos primeiros meses, Olho Silva sobreviveu na base de bicos esporádicos e precários, depois conseguiu trabalho como fotógrafo de um jornal do DF. Não me lembro que jornal era, talvez *El Sol*, se é que um dia existiu no México um jornal com esse nome, talvez *El Universal*, eu preferiria que fosse *El Nacional*, cujo suplemento cultural era dirigido pelo velho poeta espanhol Juan Rejano, mas no *El Nacional* não foi porque trabalhei lá e nunca vi o Olho na redação. Mas ele trabalhou num jornal mexicano, disso não há a menor dúvida, e sua situação econômica melhorou, de início imperceptivelmente, porque o Olho tinha se acostumado a viver de forma espartana, mas se você apurasse o olhar poderia perceber sinais inequívocos que falavam de uma melhoria econômica.

Durante os primeiros meses no DF, por exemplo, eu me lembro dele usando um moletom. Nos últimos, já tinha comprado um par de camisas e uma vez até cheguei a vê-lo de gravata, um acessório que a gente, quer dizer, meus amigos poetas e eu, não usávamos nunca. De fato, o único personagem engravatado que alguma vez sentou em nossa mesa no café La Habana foi o Olho.

Naqueles dias, dizia-se que o Olho Silva era homossexual. Quero dizer: nos círculos de exilados chilenos corria o boato, em parte como manifestação da maledicência, em parte como uma nova fofoca que alimentava a vida bastante chata dos exilados, gente de esquerda que pensava, em todo caso da cintura para baixo, exatamente como a gente de direita que naquele tempo se apoderava do Chile.

Uma vez o Olho foi comer lá em casa. Minha mãe gostava dele e o Olho correspondia ao carinho tirando de vez em quando fotos da família, isto é, da minha mãe, da minha irmã, de alguma amiga da minha mãe e de mim. Todo mundo gosta de ser fotografado, ele me disse uma vez. Para mim tanto fazia, ou era o que eu acreditava, mas quando o Olho disse aquilo fiquei pensando um momento nas suas palavras e acabei lhe dando razão. Só alguns índios não gostam de fotos, ele disse. Minha mãe achou que o Olho estava falando dos mapuches, mas na realidade falava dos naturais da Índia, daquela Índia que ia ser tão importante para ele no futuro.

Uma noite eu o encontrei no café La Habana. Quase não havia fregueses e o Olho estava sentado junto das vidraças que davam para a Bucareli, com um café com leite servido no copo, aqueles copos grandes de vidro grosso que o La Habana tinha e que nunca mais tornei a ver num estabelecimento público. Sentei-me com ele e ficamos um tempo conversando. Parecia translúcido. Foi essa a impressão que tive. O Olho parecia de cristal, e sua cara e o copo de vidro do seu café com leite pareciam trocar sinais, como se acabassem de se encontrar, dois fenômenos incompreensíveis no vasto universo, e tentaram com mais vontade do que esperança achar uma linguagem comum.

Naquela noite me confessou que era homossexual, tal como propagavam os exilados, e que ia embora do México. Por um instante, acreditei entender que partia por ser homossexual. Mas não, um amigo tinha lhe arranjado trabalho numa agência de fotografia de Paris e isso era uma coisa com que ele sempre tinha sonhado. Estava com vontade de falar e eu o escutei. Disse que durante alguns anos tinha exercido — com pesar?, discrição? — sua inclinação sexual, principalmente porque se considerava de esquerda e os companheiros viam com certo preconceito os homossexuais. Falamos da palavra *invertido* (hoje em desuso), que atraía como um ímã paisagens desoladas, e do termo *veado*, que eu escrevia com *e*, e que o Olho achava que se escrevia com *i*.

Lembro-me que terminamos metendo o pau na esquerda chilena e que a certa altura fiz um brinde aos *lutadores chilenos errantes*, uma fração numerosa dos *lutadores latino-americanos errantes*, mítica ficção composta de órfãos que, como o nome indica, erravam pelo vasto mundo oferecendo seus serviços ao melhor proponente, que quase sempre, aliás, era o pior. Mas depois de rirmos, o Olho disse que violência não era com ele. Com você sim, me disse com uma tristeza que então não entendi, mas comigo não. Detesto a violência. Eu lhe garanti que sentia o mesmo. Depois falamos de outras coisas, livros, filmes, e não nos vimos mais.

Um dia soube que o Olho tinha ido embora do México. Quem me contou foi um ex-colega de jornal dele. Não me pareceu estranho que não tivesse se despedido de mim. O Olho nunca se despedia de ninguém. Eu nunca me despedia de ninguém. Meus amigos mexicanos nunca se despediam de ninguém. Para minha mãe, entretanto, pareceu uma atitude mal-educada.

Dois ou três anos depois eu também fui embora do México. Estive em Paris, procurei-o (se bem que não com excessivo afinco), não o encontrei. Com o passar do tempo comecei a me esquecer até do seu rosto, embora sempre tenha persistido na minha memória uma forma de se aproximar, um estar, uma forma de opinar a certa distância e com certa tristeza nada enfática que eu associava ao Olho Silva, um Olho Silva que já não tinha rosto ou que havia adquirido um rosto de sombras, mas que ainda mantinha o essencial, a memória do seu movimento, uma entidade quase abstrata mas na qual não cabia a quietude.

Passaram-se os anos. Muitos anos. Alguns amigos morreram. Eu me casei, tive um filho, publiquei alguns livros.

Em certa ocasião precisei ir a Berlim. Na última noite, depois de jantar com Heinrich von Berenberg e família, peguei um táxi (embora em geral fosse Heinrich que todas as noites me levava até o hotel) que mandei parar antes porque queria passear um pouco. O taxista (um asiático de certa idade que ouvia Beethoven) me deixou a uns cinco quarteirões do hotel. Não era muito tarde, mas não havia quase ninguém nas ruas. Atravessei uma praça. Sentado num banco, lá estava o Olho. Não o reconheci antes de ele falar comigo. Me chamou pelo nome e me perguntou como eu ia. Então me virei e o fitei por um instante sem saber quem era. O Olho continuava sentado no banco e seus olhos olhavam para mim, depois olhavam para o chão ou para os lados, para as árvores enormes da pracinha berlinense e para as sombras que o envolviam com mais intensidade (foi o que pensei então) do que a mim. Dei uns passos até ele e perguntei quem era. Sou eu, Mauricio Silva, disse. O Olho Silva, do Chile?, falei. Ele assentiu e só então o vi sorrir.

Naquela noite conversamos até quase amanhecer. O Olho vivia em Berlim fazia alguns anos e sabia encontrar os bares que ficavam abertos a noite toda. Perguntei sobre a sua vida. Fez um esboço das vicissitudes de um fotógrafo freelance. Fixara residência em Paris, em Milão e agora em Berlim, moradias modestas onde guardava os livros e das quais se ausentava por longas temporadas. Só quando entramos no primeiro bar pude notar como tinha mudado. Estava muito mais magro, de cabelos grisalhos e o rosto sulcado de rugas. Notei também que bebia muito mais do que no México. Quis saber coisas de mim. Claro, nosso encontro não havia sido casual. Meu nome tinha aparecido na imprensa, e o Olho tinha lido ou alguém lhe dissera que um compatriota dele faria uma leitura ou uma conferência a que não pudera ir, mas telefonara para a organização e conseguira as coordenadas do meu hotel. Quando o encontrara na praça só estava fazendo hora, disse, e refletindo à espera da minha chegada.

Ri. Reencontrá-lo, pensei, tinha sido um acontecimento feliz. O Olho continuava sendo uma pessoa estranha e, no entanto, acessível, alguém que não impunha a sua presença, alguém a quem você podia dizer tchau a qualquer momento da noite e ele só lhe diria tchau, sem uma censura, sem um insulto, uma espécie de chileno ideal, estoico e amável, um exemplar que nunca havia abundado muito no Chile mas que só lá se podia encontrar.

Releio essas palavras e sei que peco por inexatidão. O Olho nunca teria se permitido essas generalizações. Em todo caso, enquanto estivemos nos bares, sentados diante de um uísque e de uma cerveja sem álcool, nosso diálogo se desenrolou basicamente no terreno das evocações, quer dizer, foi um diálogo informativo e melancólico. O diálogo, na realidade, o monólogo que de fato me interessa foi o que se produziu quando íamos para o meu hotel, por volta das duas da manhã.

Quis o acaso que ele se pusesse a falar (ou que se lançasse a falar) enquanto atravessávamos a mesma praça onde algumas horas antes tínhamos nos encontrado. Lembro-me de que fazia frio e que de repente ouvi o Olho me dizer que gostaria de me contar algo que nunca havia contado a ninguém. Olhei para ele. O Olho estava com a vista posta na trilha de lajotas que serpenteava pela praça. Perguntei de que se tratava. De uma viagem, respondeu no ato. E o que aconteceu nessa viagem?, indaguei. Então o Olho parou e por uns instantes pareceu existir somente para contemplar as copas das altas árvores alemãs e os fragmentos de céu e nuvens que se agitavam silenciosamente acima delas.

Uma coisa terrível, disse o Olho. Você se lembra de uma conversa que tivemos no La Habana antes de eu ir embora do México? Sim, respondi. Eu contei que era gay?, perguntou o Olho. Você me disse que era homossexual, falei. Vamos nos sentar, disse o Olho.

Eu juraria que o vi sentar-se no mesmo banco, como se eu

ainda não houvesse chegado, nem houvesse começado a atravessar a praça e ele estivesse me esperando e refletindo sobre a sua vida e sobre a história que o destino ou o acaso o obrigava a me contar. Levantou a gola do sobretudo e começou a falar. Acendi um cigarro e permaneci de pé. A história do Olho transcorria na Índia. Sua profissão e não a curiosidade de turista o havia levado até lá, onde precisava realizar dois trabalhos. O primeiro era a típica reportagem urbana, uma mistura de Marguerite Duras e Herman Hesse, o Olho e eu sorrimos, tem gente assim, disse, gente que quer ver a Índia a meio caminho entre *India song* e *Sidarta*, e estamos aí para agradar os editores. De modo que a primeira reportagem consistira em fotos em que se vislumbravam casas coloniais, jardins em ruínas, restaurantes de todo tipo, porém com predomínio do restaurante chinfrim ou do restaurante de famílias que pareciam chinfrins mas que eram apenas indianas, e também fotos da periferia, as zonas verdadeiramente pobres, depois o campo e as vias de comunicação, estradas, entroncamentos ferroviários, ônibus e trens que entravam e saíam da cidade, sem esquecer a natureza em estado latente, uma hibernação alheia ao conceito de hibernação ocidental, árvores distintas das árvores europeias, rios e riachos, campos semeados ou secos, o território dos santos, disse o Olho.

A segunda reportagem fotográfica era sobre o bairro das putas de uma cidade da Índia cujo nome nunca saberei.

Aqui começa a verdadeira história do Olho. Naquele tempo ainda morava em Paris e suas fotos iam ilustrar um texto de um conhecido escritor francês que tinha se especializado no submundo da prostituição. Na verdade, sua reportagem era apenas a primeira de uma série que compreenderia bairros de tolerância ou zonas de todo o mundo, cada uma fotografada por um fotógrafo diferente, mas todas comentadas pelo mesmo escritor.

Não sei a que cidade o Olho chegou, talvez Bombaim, Calcutá, talvez Benares ou Madras, lembro-me que lhe perguntei e que ele ignorou minha pergunta. O caso é que chegou à Índia sozinho, pois o escritor francês já tinha sua crônica escrita, ele devia apenas ilustrá-la, e se dirigiu aos bairros que o texto francês indicava e começou a tirar fotos. Em seus planos — e nos planos dos seus editores — o trabalho e, portanto, a estadia na Índia não deviam se prolongar por mais de uma semana. Hospedou-se num hotel num lugar tranquilo, um quarto com ar-condicionado e uma janela que dava para um pátio que não pertencia ao hotel e onde havia duas árvores, um chafariz entre as árvores e parte de um terraço onde às vezes apareciam duas mulheres seguidas ou precedidas de várias crianças. As mulheres se vestiam à maneira indiana, ou o que para o Olho eram roupas indianas, mas as crianças ele até as viu uma vez de gravata. De tarde ia à zona, tirava fotos e conversava com as putas, algumas bem mocinhas e muito bonitas, outras um pouco mais velhas ou mais acabadas, com pinta de matronas céticas e pouco loquazes. O cheiro, que no início o incomodava, terminou lhe agradando. Os cafetões (não viu muitos) eram amáveis e procuravam se comportar como cafetões ocidentais, ou talvez (mas só pensou nisso depois, em seu quarto de hotel com ar-condicionado) estes últimos é que tenham adotado o gestual dos cafetões hindus.

Uma tarde o convidaram a ter relação carnal com uma das putas. Negou-se educadamente. O cafetão compreendeu na hora que o Olho era homossexual e na noite seguinte levou-o a um bordel de bichas jovens. Nessa noite o Olho baqueou. Eu já estava dentro da Índia e não tinha me dado conta, disse estudando as sombras do parque berlinense. O que você fez?, perguntei. Nada. Olhei e sorri. E não fiz nada. Então passou pela cabeça de um dos rapazes que o visitante talvez gostasse de visitar outro tipo de estabelecimento. Isso foi o que o Olho deduziu, pois entre si eles não falavam em inglês. De modo que saíram daquela casa e caminharam por ruas estreitas e infectas até chegar a uma casa de fachada pequena mas cujo interior era um labirinto de corredores, quartos minúsculos e sombras de que sobressaía, de tanto em tanto, um altar ou um oratório.

É costume em algumas partes da Índia, me disse o Olho olhando para o chão, oferecer um menino a uma divindade cujo nome não me lembro. Num arroubo infeliz, observei que ele não só não se lembrava do nome da divindade nem tampouco do nome da cidade e de nenhuma pessoa da sua história. O Olho me encarou e sorriu. Procuro esquecer, falou.

Nesse momento temi o pior, sentei-me ao seu lado e por alguns instantes permanecemos com a gola dos nossos sobretudos levantada, e em silêncio. Oferecem um menino a esse deus, retomou sua história depois de escrutar a praça em penumbra, como se temesse a proximidade de um desconhecido, e durante um tempo que não sei medir o menino encarna o deus. Pode ser uma semana, quanto durasse a coisa, um mês, um ano, não sei. É uma festa bárbara, proibida pelas leis da república indiana, mas que continua sendo comemorada. No decorrer da festa, o menino é cumulado de presentes que seus pais recebem com gratidão e felicidade, pois costumam ser pobres. Terminada a festa, o menino é devolvido à sua casa ou ao buraco imundo onde vive, e tudo recomeça um ano depois.

A festa tem a aparência de uma romaria latino-americana, só que talvez mais alegre, mais movimentada e provavelmente a intensidade dos que participam, dos que se sabem participantes, seja maior. Com uma diferença. O menino, dias antes de começar os festejos, é castrado. O deus que se encarna nele durante a comemoração exige um corpo de homem — apesar de os meninos normalmente não terem mais de sete anos — sem a mácula dos atributos masculinos. Assim, os pais o entregam aos médicos da festa, ou aos barbeiros da festa, ou aos sacerdotes da festa, e estes o emasculam, e, quando o menino se recupera da cirurgia, começa o festejo. Semanas ou meses depois, quando tudo acabou, o menino volta para casa, mas já é um castrado e os pais o repudiam. O menino então acaba num bordel. Tem de todo tipo, disse o Olho com um suspiro. Naquela noite, levaram-me ao pior de todos.

Ficamos um momento sem falar. Acendi um cigarro. Depois o Olho me descreveu o bordel, e parecia que estava descrevendo uma igreja. Pátios internos cobertos. Galerias abertas. Celas onde gente que você não via espiava seus movimentos. Trouxeram-lhe um jovem castrado que não devia ter mais de dez anos. Parecia uma menina aterrorizada, disse o Olho. Aterrorizada e zombeteira *ao mesmo tempo*. Entende? Faço uma ideia, respondi. Tornamos a nos calar. Quando por fim pude falar de novo disse que não, que não fazia a menor ideia. Nem eu, disse o Olho. Ninguém pode fazer a menor ideia. Nem a vítima, nem os carrascos, nem os espectadores. Só uma foto.

Você tirou a foto?, perguntei. Pareceu-me que o Olho era sacudido por um calafrio. Peguei minha câmara, falou, e tirei uma foto. Eu sabia que estava me condenando por toda a eternidade, mas tirei.

Ignoro por quanto tempo ficamos em silêncio. Sei que fazia frio, pois a certa altura comecei a tremer. Do meu lado ouvi o Olho soluçar algumas vezes, mas preferi não olhar para ele. Vi os faróis de um carro que passava por uma das ruas laterais da praça. Através da folhagem vi uma janela se iluminar.

Depois o Olho continuou falando. Disse que o menino havia sorrido e depois escapulido mansamente por um dos corredores daquela casa incompreensível. A certa altura um dos cafetões sugeriu que se não havia nada ali do seu agrado fossem embora. O Olho se negou. Não podia ir embora. Foi assim que disse: ainda não posso ir. E era verdade, se bem que ele desconhecesse o que o impedia de abandonar aquele antro para sempre. Mas o cafetão entendeu e pediram um chá ou uma bebida desse tipo. O Olho se lembra de que sentaram no chão, sobre umas esteiras ou uns pequenos tapetes arruinados pelo uso. A luz provinha de um par de velas. Pendurado na parede havia um pôster com a efígie do deus. Por um instante o Olho fitou o deus e de início sentiu-se atemorizado, mas depois sentiu algo parecido com raiva, com ódio talvez.

Nunca odiei ninguém, disse acendendo um cigarro e deixando a primeira tragada se perder na noite berlinense.

Em algum momento, enquanto o Olho fitava a efígie do deus, os que o acompanhavam desapareceram. Ele ficou sozinho com uma espécie de puto de uns vinte anos que falava inglês. Pouco depois, ele bateu palmas e o menino reapareceu. Eu estava chorando, ou acreditava que estava chorando, ou o pobre puto acreditava que eu estava chorando, mas nada era verdade. Eu tentava manter um sorriso no rosto (um rosto que já não me pertencia, um rosto que estava se afastando de mim como uma folha arrastada pelo vento), mas dentro de mim a única coisa que fazia era maquinar. Não um plano, não uma forma de vaga justiça, mas uma vontade.

Depois o Olho, o puto e o menino se levantaram e percorreram um corredor mal iluminado e outro corredor pior iluminado (com o menino ao lado do Olho, olhando para ele, sorrindo para ele, o jovem puto também sorria para ele, o Olho assentia e prodigalizava cegamente as moedas e as notas) até chegar a um quarto onde o médico cochilava e junto dele outro menino com a pele mais escura que a do menino castrado e mais moço que este, talvez de seis anos ou sete, e o Olho ouviu as explicações do médico, ou barbeiro, ou sacerdote, umas explicações prolixas em que se mencionava a tradição, as festas populares, o privilégio, a comunhão, a embriaguez e a santidade, e pôde ver os instrumentos cirúrgicos com que o menino ia ser castrado naquela madrugada ou na seguinte, em todo caso o menino havia chegado, entendeu ele, naquele mesmo dia ao templo ou ao bordel, uma medida preventiva, uma medida higiênica, e tinha comido bem, como se já encarnasse o deus, se bem que o que o Olho viu foi um menino meio adormecido e meio acordado, viu também o olhar meio divertido e meio aterrorizado do menino castrado que não desgrudava dele. Então o Olho se transformou noutra coisa, se bem que a palavra que ele empregou não foi *outra coisa* e sim *mãe*.

Disse mãe e suspirou. Por fim. Mãe.

O que aconteceu em seguida, de tão repisado, é vulgar: a violência da qual não podemos escapar. O destino dos latino-americanos nascidos na década de cinquenta. Claro, o Olho tentou sem grande convicção o diálogo, o suborno, a ameaça. O que é certo é que houve violência e pouco depois ele deixou para trás as ruas daquele bairro como se estivesse sonhando, suando em bicas. Lembra-se com vivacidade da sensação de exaltação que cresceu no seu espírito, cada vez maior, uma alegria que se parecia perigosamente com algo semelhante à lucidez, mas que não era (não *podia* ser) lucidez. Também: a sombra que seu corpo projetava e as sombras dos dois meninos que levava pela mão nas paredes descascadas. Em qualquer outro lugar teria chamado a atenção. Ali, naquela hora, ninguém ligou para ele.

O resto, mais que uma história ou um argumento, é um itinerário. O Olho voltou ao hotel, enfiou suas coisas na mala e foi embora com os meninos. Primeiro um táxi até uma aldeia ou um bairro dos arredores. Dali, um ônibus até outra aldeia onde pegaram outro ônibus que os levou a outra aldeia. Em algum ponto da sua fuga subiram num trem e viajaram a noite inteira e parte do dia. O Olho se lembrava do rosto dos meninos espiando pela janela uma paisagem que a luz da manhã ia desfiando, como se nunca nada houvesse sido real, salvo aquilo que se oferecia, soberano e humilde, na moldura da janela daquele trem misterioso.

Depois pegaram outro ônibus, um táxi, outro ônibus, outro trem, e até pedimos carona, disse o Olho observando a silhueta das árvores berlinenses, mas na realidade observando a silhueta de outras árvores, incontáveis, impossíveis, até que finalmente se detiveram numa aldeia em algum lugar da Índia, alugaram uma casa e descansaram.

Ao fim de dois meses, o Olho não tinha mais dinheiro e foi andando até outra aldeia, de onde mandou uma carta ao amigo que tinha então em Paris. Ao fim de quinze dias recebeu uma ordem de pagamento e teve de ir recebê-la num lugarejo maior, que não era a aldeia da qual havia mandado a carta, muito menos a aldeia em que morava. Os meninos estavam bem. Brincavam com outros meninos, iam à escola e às vezes chegavam em casa com comida, hortaliças que os vizinhos lhes davam. Não o chamavam de pai, como lhes sugerira mais por medida de segurança, para não chamar a atenção dos curiosos, e sim de Olho, tal como nós o chamávamos. Aos aldeões, porém, o Olho dizia que eram seus filhos. Inventou que a mãe, indiana, tinha morrido fazia pouco e ele não queria voltar para a Europa. A história soava verídica. Mas nos pesadelos do Olho aparecia a polícia indiana no meio da noite e o detinha com acusações indignas. Costumava acordar tremendo. Então se aproximava das esteiras onde os meninos dormiam e a visão deles lhe dava forças para continuar, para dormir, para se levantar.

Tornou-se agricultor. Cultivava uma pequena horta e às vezes trabalhava para os camponeses ricos da aldeia. Os camponeses ricos, claro, na realidade eram pobres, mas menos pobres do que os outros. Dedicava o resto do tempo a ensinar inglês aos meninos, um pouco de matemática e a vê-los brincar. Entre eles, falavam um idioma incompreensível. Às vezes os via parar a brincadeira e andar pelo campo, como se de repente tivessem se tornado sonâmbulos. Chamava-os aos gritos. Às vezes os meninos fingiam não ouvir e continuavam andando até se perder. Outras vezes viravam a cabeça e sorriam para ele.

Quanto tempo você ficou na Índia?, perguntei alarmado.

Um ano e meio, respondeu o Olho, mas com toda certeza não sabia.

Em certa ocasião seu amigo de Paris chegou à aldeia. Ainda gostava de mim, disse o Olho, apesar de, na minha ausência, ter passado a viver com um mecânico argelino da Renault. Riu ao dizer isso. Também ri. Tudo era tão triste, disse o Olho. Seu amigo que chegava à aldeia a bordo de um táxi coberto de poeira avermelhada, os meninos correndo atrás de um inseto, no meio do mato seco, o vento que parecia trazer boas e más notícias.

Apesar das súplicas do francês, não voltou a Paris. Meses depois recebeu uma carta dele em que comunicava que a polícia indiana não o perseguia. Parece que o pessoal do bordel não havia prestado nenhuma queixa. A notícia não impediu que o Olho continuasse tendo pesadelos, só mudou a indumentária dos personagens que o detinham e o mortificavam: em vez de serem policiais, transformaram-se em esbirros da seita do deus castrado. O resultado final era ainda mais horroroso, o Olho me confessou, mas eu já tinha me acostumado com os pesadelos e de alguma forma sempre soube que estava dentro de um sonho, que aquilo não era a realidade.

Depois a doença chegou à aldeia e os meninos morreram. Eu também queria morrer, disse o Olho, mas não tive essa sorte.

Após convalescer numa cabana que a chuva destroçava a cada dia, o Olho abandonou a aldeia e voltou para a cidade onde havia conhecido seus filhos. Com atenuada surpresa descobriu que não estava tão distante quanto pensava, a fuga havia sido em espiral e o regresso foi relativamente breve. Uma tarde, a tarde em que chegou à cidade, foi visitar o bordel onde castravam os meninos. Os quartos tinham se tornado moradias onde se amontoavam famílias inteiras. Pelos corredores solitários e fúnebres agora pululavam crianças que mal sabiam andar e velhos que não podiam mais se mover e se arrastavam. Pareceu-lhe uma imagem do paraíso.

Naquela noite, quando voltou ao hotel, sem conseguir parar de chorar por seus filhos mortos, pelos meninos castrados que ele não tinha conhecido, por sua juventude perdida, por todos os jovens que já não eram jovens e pelos jovens que morreram jovens, pelos que lutaram por Salvador Allende e pelos que tiveram medo de lutar por Salvador Allende, ligou para seu amigo francês, que agora vivia com um ex-halterofilista búlgaro, e pediu que lhe mandasse uma passagem de avião e dinheiro para pagar o hotel.

Seu amigo francês respondeu que sim, que claro, que mandaria logo, e também perguntou que barulho é esse? você está chorando?, e o Olho respondeu que sim, que não conseguia parar de chorar, que não sabia o que estava acontecendo, que passava horas chorando. Seu amigo francês disse que se acalmasse. E o Olho riu sem parar de chorar, disse que era isso que faria e desligou o telefone. E continuou chorando sem parar.

Gómez Palacio

Fui a Gómez Palacio numa das piores épocas da minha vida. Tinha vinte e três anos e sabia que meus dias no México estavam contados.

Meu amigo Montero, que trabalhava na Belas Artes, me arranjou um trabalho na oficina de literatura de Gómez Palacio, uma cidade com um nome horrível. O emprego implicava um tour prévio, digamos uma forma de entrar no assunto, pelas oficinas que a Belas Artes tinha disseminado naquela região. Primeiro, umas férias pelo norte, me disse Montero, depois você vai trabalhar em Gómez Palacio e esquece tudo. Não sei por que aceitei. Sabia que em nenhuma hipótese eu ia ficar vivendo em Gómez Palacio, sabia que não ia dirigir uma oficina de literatura em nenhum povoado perdido do norte do México.

Uma manhã parti do DF num ônibus entupido de gente e meu tour começou. Estive em San Luis Potosí, Aguascalientes, Guanajuato, León, cito fora de ordem, não sei em que cidade estive primeiro nem quantos dias fiquei lá. Depois estive em Torreón e em Saltillo. Estive em Durango.

Finalmente cheguei a Gómez Palacio e visitei as instalações da Belas Artes, conheci os que iam ser meus alunos. Tremia o tempo todo apesar do calor que fazia. A diretora, uma mulher de olhos esbugalhados, gorducha, de meia-idade, que usava um imenso vestido estampado com quase todas as flores do Estado, me instalou num motel dos arredores, um motel espantoso no meio de uma estrada que não levava a lugar nenhum.

No meio da manhã ela própria ia me buscar. Tinha um carro enorme, de cor azul-celeste, e dirigia de uma forma talvez um tanto temerária, mas em linhas gerais se podia dizer que não guiava mal. O carro era automático e seus pés mal alcançavam os pedais. Invariavelmente, a primeira coisa que fazíamos era ir a um restaurante de beira de estrada que se avistava de longe do meu motel, uma protuberância avermelhada no horizonte amarelo e azul, tomar suco de laranja e comer ovos à mexicana, seguidos de várias xícaras de café, que a diretora pagava com vales da Belas Artes (suponho), nunca com dinheiro.

Depois se recostava na cadeira e punha-se a falar da sua vida naquela cidade do norte e da sua poesia, que havia publicado pela pequena editora que a Belas Artes financiava no Estado, e de seu marido, que não entendia o ofício de poetisa nem as dores que acompanhavam tal ofício. Enquanto ela falava, eu não parava de fumar um Bali atrás do outro e olhava a estrada pela janela e pensava no desastre que era a minha vida. Depois entrávamos de novo no seu carro e íamos para a sede social da Belas Artes em Gómez Palacio, um edifício de dois andares sem nenhum atrativo, salvo um pátio de terra onde só havia três árvores, um jardim desfeito, ou sendo refeito, pelo qual pululavam como zumbis os adolescentes que estudavam pintura, música, literatura. Da primeira vez quase não prestei atenção no pátio. Da segunda, desatei a tremer. Aquilo tudo não tinha sentido, pensava, mas no fundo sabia que tinha sentido e que era esse sentido que me dilacerava, para utilizar uma expressão um tanto exagerada que eu, no entanto, não considerava exagerada. Talvez, então, eu confundisse sentido com necessidade. Talvez só estivesse nervoso.

De noite, demorava para dormir. Tinha pesadelo. Antes de ir para a cama me certificava de que as portas e as janelas do quarto estavam hermeticamente fechadas. Minha boca secava e a única solução era beber água. Levantava continuamente e ia ao banheiro encher o copo de água. Já que tinha levantado aproveitava para verificar mais uma vez se tinha fechado direito a porta e as janelas. Às vezes esquecia as minhas apreensões e ficava junto da janela observando o deserto de noite. Depois voltava para a cama e fechava os olhos, mas como tinha bebido muita água não demorava a me levantar de novo, desta vez para urinar. E já que tinha levantado tornava a verificar as fechaduras do quarto e tornava a ficar quieto escutando os ruídos distantes do deserto (motores em surdina, carros que iam para o norte ou para o sul) ou espiando a noite através da janela. Até que amanhecia e então, por fim, podia dormir algumas horas seguidas, duas ou três no máximo.

Uma manhã, enquanto comíamos, a diretora me indagou sobre a cor dos meus olhos. Estão assim porque durmo mal, respondi. É, estão avermelhados, disse ela, e mudou de assunto. Naquela mesma tarde, quando me levava de volta ao motel, ela me perguntou se eu queria guiar um pouquinho. Não sei dirigir, disse. Ela desandou a rir e parou no acostamento. Um caminhão frigorífico passou ao nosso lado. Sobre um fundo branco consegui ler em grandes letras azuis: CARNES VIÚVA PADILLA. Vinha de Monterrey e o motorista olhou para nós com um interesse que me pareceu desmedido. A diretora abriu a porta e desceu. Sente no banco do motorista, falou. Obedeci. Enquanto tomava a direção, eu a vi dar a volta pela frente do carro. Depois sentou no banco do passageiro e me mandou arrancar.

Por um bom tempo dirigi pela faixa cinzenta que unia Gómez Palacio ao meu motel. Ao chegar lá não parei. Olhei para a diretora, ela sorria, não lhe importava que eu guiasse mais um pouco. No começo nós dois observávamos a estrada em silêncio. Quando deixamos o motel para trás ela se pôs a falar da sua poesia, do seu trabalho e do seu pouco compreensivo marido. Quando ficou sem palavras ligou o toca-fitas e pôs uma fita de uma cantora de rancheiras. Ela tinha uma voz triste que ia sempre uma ou duas notas à frente da orquestra. Sou amiga dela, disse a diretora. Não entendi. O quê?, perguntei. Sou amiga íntima da cantora, disse a diretora. Ah. É de Durango, falou. Já esteve lá, não? Sim, estive em Durango, respondi. E que tal as oficinas de literatura? Piores do que as daqui, disse eu como cumprimento, mas ela não pareceu considerar assim. É de Durango, mas vive em Ciudad Juárez, falou. Às vezes, quando vai à sua cidade natal para visitar a mãe, me telefona e sempre arranjo um tempo para passar uns dias com ela em Durango. Que bom, falei sem tirar os olhos da estrada. Me hospedo na casa dela, na casa da mãe dela, disse a diretora. Dormimos as duas no seu quarto e passamos horas conversando e ouvindo seus discos. De vez em quando uma das duas vai à cozinha e prepara um cafezinho. Costumo levar biscoitos La Regalada, que são seus biscoitos preferidos. Tomamos café e comemos biscoito. Nos conhecemos desde os quinze anos. É minha melhor amiga.

No horizonte vi uns morros baixos entre os quais a estrada se perdia. A leste começava a aparecer a noite. De que cor é o deserto à noite?, eu tinha me perguntado dias atrás no motel. Era uma pergunta retórica e idiota na qual eu resumia o meu futuro, ou talvez não o meu futuro mas a minha capacidade de aguentar a dor que sentia. Uma tarde, na oficina de literatura de Gómez Palacio, um rapaz me perguntou por que eu escrevia poesia e até quando pensava escrever. A diretora não estava presente. Na oficina havia cinco pessoas, os únicos cinco alunos, quatro rapazes e uma moça. Dois deles se vestiam com extrema humildade. A moça era baixinha e magra, e sua roupa era meio vulgar. O rapaz que fez a pergunta deveria estar estudando na universidade, mas em vez disso trabalhava de operário numa fábrica de sabão, a maior (e provavelmente a única) do Estado. Um outro rapaz era garçom num restaurante italiano. Os outros dois faziam o curso preparatório para a universidade e a moça não estudava nem trabalhava.

Por acaso, respondi. Por um instante nós seis ficamos calados. Avaliei a possibilidade de trabalhar em Gómez Palacio, de viver ali para sempre. Tinha visto no pátio um par de alunas de pintura que me pareceram bonitas. Com sorte, poderia casar com uma delas. A mais bonita das duas parecia também a mais convencional. Imaginei um noivado longo e complicado. Imaginei uma casa escura e fresca, e um jardim cheio de plantas. E até quando pretende escrever?, quis saber o rapaz que fabricava sabão. Eu poderia ter respondido qualquer coisa. Optei pela mais simples: não sei, disse. E você? Comecei a escrever porque a poesia me torna mais livre, professor, e nunca vou parar, disse ele com um sorriso que mal ocultava seu orgulho e sua determinação. A resposta estava viciada pela vagueza, por um afã declamatório. No entanto, por trás dessa resposta vi o operário do sabão, não como era agora mas como tinha sido aos quinze anos ou talvez aos doze, eu o vi correndo ou andando por ruas suburbanas de Gómez Palacio sob um céu que se assemelhava a uma avalanche de pedras. Vi também seus companheiros: me pareceu impossível que sobrevivessem. Isso era, apesar de tudo, o mais natural.

Depois lemos poesias. A única que tinha algum talento ali era a moça. Mas eu já não tinha certeza de mais nada. Quando saímos, a diretora estava me esperando ao lado de dois tipos que, vim a saber, eram funcionários do estado de Durango. Não sei por quê, pensei que eram da polícia e estavam lá para me prender. Os jovens se despediram de mim e foram embora, a moça magricela com um rapaz e os outros três sozinhos. Eu os vi atravessar o corredor de paredes descascadas. Segui-os até a porta, como se houvesse esquecido de dizer alguma coisa a um deles. Lá os vi se perderem nos dois extremos daquela rua de Gómez Palacio.

Então a diretora disse: é minha melhor amiga, depois se calou. A estrada tinha deixado de ser uma linha reta. Pelo retrovisor vi um muro enorme se erguendo além da cidade que deixávamos para trás. Demorei para reconhecer que era a noite. No toca-fitas a cantora começou a gorjear outra canção. Falava de um povoado perdido no norte do México, onde todo mundo era feliz, menos ela. Pareceu-me que a diretora estava chorando. Um pranto silencioso e digno, mas incontível. Entretanto eu não podia confirmar. Meus olhos não se afastavam um só segundo da estrada. Depois a diretora pegou um lenço e se assoou. Acenda os faróis, ouvi que me dizia com uma voz apenas audível. Continuei guiando.

Acenda as luzes do carro, repetiu e, sem esperar resposta, se inclinou sobre o painel e acendeu ela mesma as luzes. Reduza a velocidade, disse após algum tempo, com a voz mais firme, enquanto a cantora entoava as notas finais da sua canção. Uma canção tristíssima, falei só para falar alguma coisa.

O carro ficou estacionado de um lado da estrada. Abri a porta e desci: ainda não estava totalmente escuro, mas já não era de dia. As terras ao meu redor, os morros em que a estrada se perdia, eram de uma cor amarelo-escura tão intensa que igual nunca vi. Como se aquela luz (mas não era luz, era só uma cor) estivesse prenhe de algo que eu não sabia o que era mas que bem poderia ser a eternidade. Tive vergonha de pensar algo assim. Estiquei as pernas, um carro passou junto de mim buzinando. Xinguei-lhe a mãe com um gesto. Talvez não tenha sido apenas um gesto. Talvez tenha gritado vá pra puta que pariu e o chofer viu ou ouviu. Mas isso, como quase tudo nesta história, é improvável. Além do mais, quando penso nele só o que vejo é minha imagem congelada no seu retrovisor, ainda estou de cabelos compridos, sou magro, uso um casaco mescla e óculos grandes demais, uns óculos asquerosos.

O carro freou metros adiante e ficou parado. Ninguém saiu, nem deu marcha a ré, não tornei a ouvir a buzina, mas sua presença parecia inchar o espaço que agora de alguma maneira compartilhávamos. Com prudência, encaminhei-me para onde estava a diretora. Ela abaixou a janela e me perguntou o que tinha acontecido. Estava com os olhos mais esbugalhados do que nunca. Eu disse que não sabia. É um homem, disse ela, e se moveu para se instalar no banco do motorista. Ocupei o assento que ela tinha deixado livre. Estava quente e úmido, como se a diretora estivesse com febre. Através da janela pude ver a silhueta de um homem, a nuca de alguém que fitava, como nós, a linha da estrada que começava a serpentear em direção aos morros.

É meu marido, disse a diretora sem parar de olhar para o carro estacionado e como se falasse consigo mesma. Depois pôs o outro lado da fita e aumentou o volume. Minha amiga às vezes me telefona, falou, quando parte em turnê por cidades desconhecidas. Uma vez telefonou de Ciudad Madero, cantou a noite toda num local do sindicato dos petroleiros e me ligou às quatro da manhã. Outra vez telefonou de Reinosa. Que bom, falei. Nem bom nem ruim, disse a diretora. Simplesmente telefona. Às vezes tem essa necessidade. Quando meu marido atende, ela desliga.

Por um bom tempo nenhum dos dois disse nada. Imaginei o marido da diretora com o telefone na mão. Pega o telefone, diz alô, quem é, depois ouve desligarem do outro lado e também desliga, quase que por reflexo. Perguntei à diretora se queria que eu descesse e fosse dizer alguma coisa para o motorista do outro carro. Não é preciso, disse. Pareceu-me uma resposta razoável, mas na realidade era uma resposta enlouquecida. Perguntei o que achava que seu marido ia fazer, se é que era seu marido mesmo. Ficará ali até irmos embora, disse a diretora. Então o melhor seria irmos embora já, eu disse. A diretora pareceu submergir-se em seus pensamentos, mas na realidade, adivinhei muito mais tarde, só fechou os olhos e literalmente sorveu até a última gota da canção que sua amiga de Durango entoava. Depois ligou o motor e avançou lentamente até passar junto ao carro parado alguns metros adiante. Olhei pela janela. O motorista nesse momento me deu as costas e não pude lhe ver o rosto.

Tem certeza de que era seu marido?, perguntei quando o carro já se perdia outra vez na direção dos morros. Não, disse a diretora, e caiu na gargalhada. Creio que não era. Também caí na gargalhada. O carro parecia com o dele, disse entre soluços de riso, mas acho que não era ele. Só acha?, perguntei. A não ser que tenha mudado de placa, disse a diretora. Compreendi naquele momento que tudo havia sido uma brincadeira e fechei os olhos. Depois subimos os morros e entramos no deserto, uma planície varrida pelas luzes dos carros que iam para o norte ou em direção a Gómez Palacio. Já era de noite.

Olhe, disse a diretora, vamos chegar a um lugar muito especial. Foi esse o termo que empregou. Muito especial.

Queria que você visse isso, disse, é do que mais gosto na minha terra. O carro saiu da estrada e parou numa espécie de área de descanso, mas na realidade aquilo não era nada, só terra e um espaço grande para estacionar caminhões. Ao longe brilhavam as luzes de algo que podia ser um lugarejo ou um restaurante. Não saímos do carro. A diretora me indicou um ponto impreciso. Um trecho de estrada que devia estar a uns cinco quilômetros de onde nos encontrávamos, talvez menos, talvez mais. Até passou um pano no vidro da frente para que eu enxergasse melhor. Olhei: vi faróis de automóveis, pelo movimento das luzes talvez fosse uma curva. Depois vi o deserto e vi umas formas verdes. Viu?, perguntou a diretora. Sim, luzes, respondi. A diretora me encarou: seus olhos esbugalhados brilhavam como brilham os olhos dos pequenos animais do estado de Durango, dos arredores inóspitos de Gómez Palacio. Depois tornei a olhar para onde ela indicava: a princípio, não vi nada, só escuridão, o clarão daquele povoado ou restaurante desconhecido, depois passaram alguns automóveis e seus feixes de luz cortaram o espaço com uma lentidão exasperante.

Uma lentidão exasperante que no entanto já não nos afetava.

Depois vi como a luz, segundos depois do carro ou do ônibus passar por aquele lugar, se voltava sobre si mesma e ficava suspensa, uma luz verde que parecia respirar, por uma fração de segundo viva e reflexiva no meio do deserto, soltas todas as amarras, uma luz que se assemelhava ao mar e que se movia como o mar, mas que conservava toda a fragilidade da terra, uma ondulação verde, portentosa, solitária, que algo naquela curva, um letreiro, o teto de um galpão abandonado, plásticos gigantescos estendidos no chão, deviam produzir, mas que diante de nós, a uma distância considerável, aparecia como um sonho ou um milagre, e ambos são, afinal de contas, a mesma coisa.

Depois a diretora pôs o motor em funcionamento, virou e voltamos ao motel.

No dia seguinte eu devia ir embora para o DF. Quando chegamos, a diretora desceu do carro e me acompanhou um trecho. Antes de chegar ao meu quarto me estendeu a mão e se despediu de mim. Sei que você saberá perdoar meus desvarios, disse ela, no fim das contas nós dois somos leitores de poesia.

Agradeci-lhe por não ter dito que éramos poetas. Quando entrei no meu quarto acendi a luz, tirei o casaco, bebi água direto da torneira. Depois me aproximei da janela. O carro dela ainda estava no estacionamento do motel. Abri a porta e um sopro de ar do deserto me bateu em cheio no rosto. O carro estava vazio. Um pouco além, junto da estrada, como quem contempla um rio ou uma paisagem extraterrestre, vi a diretora, com os braços um pouco levantados, como se estivesse falando com o ar ou recitando, ou como se fosse de novo menina e estivesse brincando de estátua.

Não dormi bem. Quando amanheceu ela própria foi me buscar. Me acompanhou até a rodoviária e me disse que, se eu finalmente decidisse aceitar o trabalho, seria bem-vindo na oficina. Disse-lhe que precisava pensar. Ela disse que estava certo, que a gente tinha de pensar nas coisas. Depois disse: um abraço. Inclinei-me e a abracei. A minha poltrona dava para o outro lado, de modo que não pude vê-la quando foi embora. Só me lembro vagamente da sua figura, parada ali, olhando para o ônibus ou talvez consultando seu relógio de pulso. Depois tive de me sentar porque outros viajantes passavam pelo corredor ou se acomodavam nos assentos ao lado e, quando tornei a olhar, ela não estava mais lá.

Últimos entardeceres na terra

A situação é a seguinte: B e o pai de B saem de férias para Acapulco. Partem bem cedo, às seis da manhã. Naquela noite, B dorme na casa do pai. Não tem sonhos ou, se tem, esquece-os assim que abre os olhos. Ouve seu pai no banheiro. Olha pela janela, ainda está escuro. B não acende a luz e se veste. Quando sai do quarto, seu pai está sentado à mesa, lendo um jornal esportivo da véspera, e o café da manhã está pronto. Café com ovos *à la ranchera.** B cumprimenta o pai e entra no banheiro.

O carro do pai é um Ford Mustang 1970. Às seis e meia da manhã entram no carro e começam a sair da cidade. A cidade é a do México, Distrito Federal, e o ano em que B e seu pai saem do DF para umas curtas férias é 1975.

A viagem, em linhas gerais, é tranquila. Ao sair do DF, ambos, pai e filho, sentem frio, mas quando deixam para trás o vale e começam a descer em direção às terras quentes do estado de Guerrero, o calor se impõe e precisam tirar os suéteres e abrir

* Ovos estalados com molho de tomate e cebola. (N. T.)

as janelas. A paisagem, a princípio, ocupa toda a atenção de B, que tende (ou assim crê) à melancolia, mas com o passar das horas as montanhas e os bosques se tornam monótonos e B prefere ler um livro.

Antes de chegar a Acapulco, o pai de B para o carro na frente de uma barraca na beira da estrada. Na barraca, oferecem iguanas. Vamos provar?, pergunta o pai de B. As iguanas estão vivas e mal se mexem quando o pai de B se aproxima para vê-las. B o observa encostado no para-lamas do Mustang. Sem esperar resposta, o pai de B pede uma porção de iguana para ele e para o filho. Só então B se mexe. Aproxima-se das mesas ao ar livre, quatro mesas e um toldo que o vento escasso mal agita, e senta-se na mais distante da estrada. Para beber, o pai de B pede duas cervejas. Os dois estão com as camisas arregaçadas e desabotoadas. Os dois estão de camisa clara. O que os atende, pelo contrário, usa uma camiseta preta de manga comprida e o calor não parece afetá-lo.

Vão para Acapulco?, pergunta o homem. O pai de B responde que sim. São os únicos fregueses da barraca. Pela estrada brilhante os carros passam sem parar. O pai de B se levanta e se dirige para a parte de trás. Por um momento B acha que seu pai vai urinar, mas logo se dá conta de que entrou na cozinha para observar como cozinham a iguana. O homem o acompanha em silêncio. B ouve-os conversar. Primeiro fala seu pai, depois a voz do homem e por último uma voz de mulher que B não viu. B tem a testa gotejante de suor. Seus óculos estão molhados e sujos. Tira-os e limpa-os com a ponta da camisa. Quando torna a pôr os óculos observa seu pai, que está olhando para ele da cozinha. Na realidade, só vê o rosto do pai e parte do ombro, o resto fica oculto por uma cortina vermelha com bolinhas pretas, uma cortina que, por momentos, B acha que não só separa a cozinha das mesas mas um tempo de outro tempo.

Então B desvia o olhar e volta a seu livro, que permanece aberto em cima da mesa. Um livro de poesia. Uma antologia de surrealistas franceses traduzida para o espanhol por Aldo Pellegrini, surrealista argentino. Faz dois dias que B está lendo esse livro. E gostando. Gosta das fotos dos poetas. A foto de Unik, a de Desnos, a de Artaud, a de Crevel. O livro é volumoso e está encapado com um plástico transparente. Não foi B quem encapou (B nunca encapa seus livros) mas um amigo particularmente meticuloso. B desvia o olhar, pois, abre o livro ao acaso e encontra Gui Rosey, a foto de Gui Rosey, seus poemas, e, quando torna a levantar o olhar, seu pai não está mais lá.

O calor é sufocante. B voltaria de bom grado para o DF, mas não vai voltar, pelo menos por ora, disso ele sabe. Pouco depois seu pai está sentado a seu lado e ambos comem iguana com molho picante e tomam mais cerveja. O homem da camiseta preta ligou um rádio de pilha e agora uma música vagamente tropical se mistura com o ruído do bosque e com o ruído dos carros que passam pela estrada. A iguana tem gosto de frango. É mais borrachenta que o frango, diz B, não muito convicto. É saborosa, diz seu pai, e pede outra porção. Tomam *café de olla.** Os pratos de iguana são servidos pelo homem de camiseta preta, mas quem traz o café é a mulher da cozinha. É moça, quase tão moça quanto B, e veste shorts branco e uma blusa amarela com estampado de flores brancas, flores que B não reconhece e que talvez não existam. Quando estão tomando café, B sente-se mal, mas não diz nada. Fuma e olha para o toldo que mal se mexe, como se um finíssimo fio de água permanecesse ali desde a última tempestade. Mas isso não é possível, pensa B. Está olhando para onde?, pergunta seu pai.

* Típico café mexicano, preparado numa panela (*olla*) de barro, em que se ferve a água adoçada com açúcar e perfumada com canela e/ou cravo. (N. T.)

Para o toldo, responde B. É como uma veia. Esta última frase B não diz, apenas pensa.

Ao entardecer chegam a Acapulco. Vagam um tempo pelas avenidas à beira-mar. As janelas do carro estão abaixadas e a brisa revolve-lhes o cabelo. Param num bar e entram para beber alguma coisa. Desta vez o pai pede tequila. B pensa um pouco. Também pede tequila. O bar é moderno e tem ar-condicionado. O pai de B conversa com o garçom, pergunta por hotéis perto da praia. Quando voltam ao Mustang, já se veem algumas estrelas e o pai de B parece, pela primeira vez naquele dia, cansado. Mas ainda percorrem alguns hotéis que, por um motivo ou outro, não os satisfazem, antes de dar com o escolhido. O hotel se chama La Brisa, é pequeno, tem piscina e está a quatro passos da praia. O pai de B gosta do hotel. B também. Como é baixa temporada está quase vazio e os preços são acessíveis. O quarto que lhes destinam tem duas camas individuais e um pequeno banheiro com chuveiro; a única janela dá para o pátio do hotel, onde está a piscina, e não para o mar como era o desejo do pai de B. O ar-condicionado, não demoram a descobrir, não funciona. Mas o quarto é bastante fresco e não reclamam. Instalam-se então, cada um desfaz sua mala, põe a roupa nos armários, B deixa seus livros na mesa de cabeceira, trocam de camisa, o pai de B toma uma ducha de água fria, B só lava o rosto e quando terminam saem para jantar.

Na recepção do hotel encontram um sujeito baixote com dentes de coelho. É jovem e parece simpático, recomenda-lhes um restaurante perto do hotel. O pai de B pergunta por um lugar animado. B entende ao que seu pai se refere. O recepcionista não. Um lugar com ação, diz o pai de B. Um lugar onde se possam encontrar mulheres, diz B. Ah, faz o recepcionista. Por um instante B e seu pai permanecem imóveis, sem falar. O recepcionista se agacha, desaparece debaixo do balcão, depois torna a aparecer com um cartão que passa ao pai de B. Este observa o cartão, pergunta se o estabelecimento é de confiança, depois tira da carteira uma nota que o recepcionista pega no ato.

Mas naquela noite, depois de jantar, voltam diretamente para o hotel.

No dia seguinte B acorda bem cedo. Sem fazer barulho toma banho, escova os dentes, põe o calção e sai do quarto. Na sala de refeições do hotel não há ninguém, de modo que B decide tomar café fora. A rua do hotel desce perpendicularmente até a praia. Nesta só há um adolescente que aluga pranchas de surfe. B pergunta quanto é por hora. O adolescente diz uma cifra que parece razoável a B, que aluga a prancha e entra no mar. Em frente à praia há uma pequena ilha e B dirige para lá sua embarcação. De início custa um pouco, mas não demora a dominá-la. O mar, naquela hora, é cristalino, e antes de chegar à ilha B acredita enxergar uns peixes vermelhos sob a sua prancha, peixes de uns cinquenta centímetros de comprimento que se dirigem para a praia enquanto ele rema para a ilha.

O trajeto entre a praia e a ilha dura exatamente quinze minutos. B não sabe disso porque está sem relógio, e o tempo fica mais longo para ele. A travessia entre a praia e a ilha parece durar uma eternidade. Um pouco antes de chegar, ondas imprevistas dificultam sua aproximação da praia, uma praia que, ele avalia, tem areia muito diferente da praia do hotel, pois nesta a areia, talvez pela hora (embora B não pense assim), é de uma cor de tons dourados e marrons, e a da ilha é uma areia branca, fulgurante, tanto que dói olhar muito tempo para ela.

B para então de remar e fica quieto, à mercê das ondas, e as ondas começam a afastá-lo paulatinamente da ilha. Quando por fim reage, a prancha retrocedeu e está outra vez a meio caminho. Depois de calcular as distâncias, B opta por voltar. Dessa vez a viagem transcorre calmamente. Ao chegar à praia o rapaz que aluga as pranchas se aproxima e pergunta se teve algum problema. Nenhum, diz B. Uma hora mais tarde, sem ter tomado café, B volta ao hotel e encontra o pai sentado no restaurante, com uma xícara de café e um prato onde ainda há restos de torradas e ovos.

As horas seguintes são confusas. Vagabundeiam, observam as pessoas de dentro do carro, às vezes param e tomam um refrigerante ou um sorvete. Naquela tarde, na praia, enquanto seu pai dorme estirado numa espreguiçadeira, B lê outra vez os poemas de Gui Rosey e a breve história da sua vida ou da sua morte.

Um dia, um grupo de surrealistas chega ao sul da França. Tentam conseguir um visto para viajar aos Estados Unidos. O norte e o oeste estão ocupados pelos alemães. O sul está sob a égide de Pétain. O consulado americano retarda a decisão dia após dia. No grupo de surrealistas está Breton, está Tristan Tzara, está Péret, mas também há outros, menos importantes. Gui Rosey pertence a esse grupo. Sua foto é a foto de um poeta menor, pensa B. É feio, bem-arrumado, parece um obscuro funcionário de ministério ou um bancário. Até aí, apesar das dissonâncias, tudo normal, pensa B. O grupo de surrealistas se reúne todas as tardes num café próximo do porto. Fazem planos, conversam, Rosey não falta a nenhum encontro. Um dia, porém (um entardecer, intui B), Rosey desaparece. De início, ninguém sente a sua falta. É um poeta menor e os poetas menores passam despercebidos. Com o passar dos dias, no entanto, começam a procurá-lo. Na pensão onde mora não sabem dele, suas malas, seus livros estão lá, ninguém tocou neles, então é impensável que Rosey tenha ido embora sem pagar, uma prática comum, aliás, em certas pensões da Côte d'Azur. Seus amigos o procuram. Percorrem hospitais e cadeias da gendarmaria. Ninguém sabe nada dele. Uma manhã chegam os vistos, a maioria pega um navio e vai para os Estados Unidos. Os que ficam, os que nunca vão ter visto, logo se esquecem de Rosey, se esquecem do seu desaparecimento, preocupados que estão em se pôr a salvo naqueles anos em que os desaparecimentos maciços e os crimes maciços são uma constante.

De noite, depois de jantar no hotel, o pai de B propõe irem a um lugar onde haja ação. B olha para o pai. É louro (B é moreno), tem olhos cinzentos e ainda é forte. Parece feliz e disposto a farrear. Ação de que tipo?, pergunta B, que sabe perfeitamente a que o pai se refere. O de sempre, responde o pai de B. Bebida e mulheres. Por um instante B permanece em silêncio, como se bolasse uma resposta. Seu pai o encara. Poderia se dizer que naquele olhar há expectativa, mas na realidade só há carinho. Finalmente B diz que não tem vontade de fazer amor com ninguém. Não se trata de ir trepar, diz seu pai, mas de ir, beber e bater papo com os amigos. Com que amigos, pergunta B, se não conhecemos ninguém aqui? A gente sempre faz amigos nesses redutos de potrancas, diz seu pai. A palavra *potranca* faz B pensar em cavalos. Quando tinha sete anos seu pai lhe comprou um cavalo. De onde era o meu cavalo?, pergunta B. Seu pai, sem saber do que ele fala, se sobressalta. Que cavalo?, exclama. O que você me comprou quando eu era garoto, diz B, no Chile. Ah, o Zafarrancho, diz o pai e sorri. Era um cavalo *chilote*, de Chiloé, diz, e depois de pensar um instante volta a falar dos bordéis. Por sua maneira de evocá-los, parecia falar de salões de dança, pensa B. Mas em seguida os dois ficam calados.

Naquela noite não vão a lugar nenhum.

Enquanto seu pai dorme, B vai ler no terraço do hotel, junto da piscina. Não há ninguém além dele. O terraço está limpo e vazio. Da sua mesa B pode observar uma parte da recepção, onde o recepcionista da noite anterior lê alguma coisa ou faz contas, de pé no balcão. B lê os surrealistas franceses, lê Gui Rosey. Mas a verdade é que Rosey não lhe parece interessante.

Gosta de Desnos, gosta de Éluard, muito mais do que de Rosey, embora sempre acabe voltando aos seus poemas e à sua fotografia, uma foto de estúdio em que Rosey parece um ser sofredor e solitário, com os olhos grandes e vidrados, e uma gravata escura que parece estrangulá-lo.

Na certa se suicidou, pensa B. Soube que nunca ia conseguir o visto para os Estados Unidos ou para o México e decidiu acabar seus dias ali. Imagina ou tenta imaginar uma cidade costeira do sul da França. B ainda foi para a Europa. Percorreu quase toda a América Latina, mas na Europa nunca pôs os pés. De modo que sua imagem de uma cidade mediterrânea está diretamente condicionada por sua imagem de Acapulco. Calor, um hotel pequeno e barato, praias de areia dourada e praias de areia branca. E ruídos distantes de música. B não sabe que falta na sua imagem um ruído ou um rumor determinante: o das amarras das pequenas embarcações que costumam atracar em todas as cidades costeiras. Sobretudo nas pequenas: o ruído das amarras na noite, embora o mar esteja liso como um prato de sopa.

De repente mais alguém entra no terraço. É uma silhueta feminina que senta à mesa mais retirada, num canto, junto de dois grandes vasos com pé. Logo em seguida, o recepcionista se aproxima da mulher com uma bebida. Depois, em vez de voltar para a recepção, o recepcionista se aproxima de B, que está sentado à beira da piscina, e lhe pergunta o que estão achando da estadia, seu pai e ele. Muito boa, responde B. Gostam de Acapulco?, pergunta o recepcionista. Muito, responde B. Que tal o San Diego?, pergunta o recepcionista. B não entende a pergunta. O San Diego? Por um instante acredita que está perguntando sobre o hotel, mas na mesma hora se lembra que o hotel não se chama assim. Que San Diego?, pergunta B. O recepcionista sorri. O clube de putas, diz. Então B se lembra do cartão que o recepcionista deu a seu pai. Ainda não fomos, responde. É um lugar de confiança, diz o recepcionista. B move a cabeça num gesto que poderia ser interpretado de muitas maneiras. Fica na avenida Constituyentes, diz o recepcionista. Nessa mesma avenida tem outro clube, o Ramada, que não é recomendável. O Ramada, repete B, enquanto observa a silhueta feminina imóvel no canto do terraço, no meio dos enormes vasos cujas sombras se encompridam e se estreitam até se perderem debaixo das mesas vizinhas, o copo com a bebida aparentemente intacto. Ao Ramada é melhor vocês não irem, diz o recepcionista. Por quê?, pergunta B só por perguntar, na realidade não tem intenção de ir a nenhum dos dois clubes. Não é de confiança, diz o recepcionista, e seus dentes de coelho, branquíssimos, brilham na semipenumbra que se apoderou repentinamente de todo o terraço, como se alguém na recepção houvesse apagado a metade das luzes.

Quando o recepcionista se vai, B torna a abrir o livro de poesia, mas as palavras já são ilegíveis, de modo que B deixa o livro aberto em cima da mesa, fecha os olhos e não ouve o rumor das amarras mas um ruído atmosférico, de enormes camadas de ar quente que descem sobre o hotel e sobre as árvores que rodeiam o hotel. Tem vontade de cair na piscina. Por um instante acredita que pode fazê-lo.

Então a mulher do canto se levanta e começa a andar na direção da escada que une o terraço à recepção, mas no meio do caminho para, como se se sentisse mal, uma das mãos apoiada num canteiro onde não há mais flores, só mato.

B a observa. A mulher usa um vestido claro, folgado, de tecido leve, com um amplo decote que deixa seus ombros nus. B acredita que a mulher seguirá seu caminho, mas ela não se mexe, a mão fixa no canteiro, o olhar baixo, e então B se levanta, com o livro na mão, e se aproxima. Sua primeira surpresa se produz ao observar seu rosto. A mulher deve ter, calcula B, uns sessenta anos, embora, de longe, não lhe tivesse dado mais de trinta. É americana e quando B se aproxima ergue a vista e sorri. *Buenas noches*, diz ela um tanto incongruentemente. A senhora está bem?, pergunta B. A mulher não entende suas palavras e B tem que repeti-las, mas dessa vez em inglês. Só estou pensando, diz a mulher sem parar de sorrir. B reflete por alguns segundos sobre o que a mulher acaba de dizer. Pensando, pensando, pensando. E de repente percebe nessa declaração uma ameaça. Algo que se aproxima vindo do mar. Algo que avança arrastado pelas nuvens escuras que cruzam invisíveis a baía de Acapulco. Mas não se mexe nem faz o menor gesto de romper o encanto a que se sente sujeito. Então a mulher olha para o livro que pende da mão esquerda de B, pergunta o que está lendo e B responde: poesia. Leio poemas. E a mulher olha-o nos olhos, sempre com o mesmo sorriso no rosto (um sorriso que é reluzente e ao mesmo tempo murcho, pensa B, cada vez mais nervoso), e diz que ela, em outros tempos, gostava de poesia. Que poetas?, pergunta B sem mover um só músculo. Agora não lembro mais, diz a mulher, e parece imergir novamente na contemplação de algo que só ela pode vislumbrar. B no entanto acha que ela está fazendo um esforço para se lembrar e espera em silêncio. Passado um instante volta a pousar nele seu olhar e diz: Longfellow. Ato contínuo recita um texto com uma rima pegajosa que parece a B igual a de uma canção infantil, algo, em todo caso, muito distante dos poetas que ele lê. Conhece Longfellow?, pergunta a mulher. B nega com a cabeça, mas a verdade é que leu Longfellow. Aprendi na escola, diz a mulher com o mesmo sorriso invariável. E acrescenta: não acha que faz calor demais? Faz muito calor, sussurra B. Vai ver que está se aproximando uma tempestade, diz a mulher. Parece muito segura das suas palavras. Nesse momento B ergue o olhar: não vê nenhuma estrela. O que vê, isso sim, são algumas luzes do hotel acesas. E na janela do seu quarto vê uma silhueta que está olhando para eles e que o sobressalta como se de repente houvesse desabado a chuva tropical.

A princípio não entende nada.

Seu pai está ali, do outro lado dos vidros, enfiado num roupão azul, um robe que trouxe de casa e que B não conhece, em todo caso não é um roupão do hotel, e está olhando fixamente para eles, mas quando B percebe ele se retrai, retrocede como que picado por uma cobra (levanta a mão num tímido cumprimento) e desaparece detrás das cortinas.

A canção de Hiawatha, diz a mulher. B olha para ela. A canção de Hiawatha, diz a mulher, o poema de Longfellow. Ah, sim, diz B.

Depois a mulher dá boa-noite e desaparece gradualmente: primeiro sobe a escada até a recepção, detém-se ali por uns instantes, troca umas palavras com alguém que B não pode ver e finalmente se perde, silenciosa, no lobby do hotel, sua figura delgada emoldurada pelas sucessivas janelas, até que vira no corredor da escada interna.

Meia hora mais tarde B entra em seu quarto e encontra o pai dormindo. Por uns segundos, antes de ir ao banheiro escovar os dentes, B o contempla (muito ereto, como se disposto a travar uma luta) dos pés da cama. Boa noite, papai, diz. Seu pai não faz o menor sinal de ter ouvido.

No segundo dia da estadia em Acapulco, B e seu pai vão ver os *clavadistas*.* Têm duas opções: ver o espetáculo de uma plataforma ao ar livre ou entrar no bar-restaurante do hotel que domina La Quebrada. O pai de B se informa sobre os preços. A primeira pessoa que interroga não sabe. O pai de B insiste. Por fim, um velho ex-*clavadista* que está ali sem fazer nada diz dois valores. Instalar-se no mirante do hotel é seis vezes mais caro do

* Os célebres mergulhadores que saltam no mar do alto de um penhasco. (N. T.)

que na plataforma ao ar livre. O pai de B não hesita: vamos ao bar, diz, ficaremos mais bem acomodados. B o segue. No bar, a indumentária deles destoa da dos demais, turistas americanos ou mexicanos com trajes claramente de verão. A roupa de B e seu pai é a típica roupa dos moradores do DF, uma roupa que parece saída de um sonho interminável. Os garçons notam. Sabem que essa gente dá pouca gorjeta e não os atendem com a presteza necessária. Como se não bastasse, não se vê nada bem o espetáculo de onde sentaram. Melhor teríamos feito se ficássemos na plataforma, diz o pai de B. Mas aqui também não está tão mal assim, acrescenta. B assente. Terminada a sessão de saltos e depois de beberem dois drinques cada um, saem ao ar livre e começam a fazer planos para o resto do dia. Na plataforma não sobra quase ninguém, mas o pai de B distingue, sentado num contraforte, o velho ex-*clavadista* e se aproxima dele.

O ex-*clavadista* é baixo e tem ombros muito largos. Está lendo um romance de caubóis e não ergue o olhar até B e seu pai estarem ao seu lado. Então os reconhece e pergunta o que acharam do espetáculo. Não foi mau, diz o pai de B, se bem que nos esportes de precisão é necessária uma experiência maior para formar uma ideia definitiva. O cavalheiro foi esportista? O pai de B o estuda por alguns segundos e depois diz: fizemos alguma coisa na vida. O ex-*clavadista* se levanta com um movimento enérgico, como se de repente estivesse outra vez na beira dos penhascos. Ele deve ter, pensa B, uns cinquenta anos, logo não é muito mais velho que seu pai, apesar de a pele do rosto, com rugas que parecem feridas, lhe proporcionar um ar de pessoa mais velha. Os cavalheiros estão de férias?, pergunta o ex-*clavadista*. O pai de B assente com um sorriso. E qual é o esporte que o cavalheiro praticou, se posso saber? Boxe, diz o pai de B. Ah, caramba, diz o ex-*clavadista*, então foi peso pesado, não? O pai de B dá um sorriso largo e diz que sim.

Sem saber como, de repente B se encontra caminhando com seu pai e com o ex-*clavadista* até chegar aonde deixaram estacionado o Mustang, os três entram no carro e B ouve como se estivesse escutando rádio as instruções que o ex-*clavadista* dá a seu pai. O carro desliza por um instante pela avenida Miguel Alemán, mas depois vira para o interior e de repente a paisagem de hotéis e restaurantes voltados para o turismo se transforma numa paisagem urbana ligeiramente tropical. O carro, porém, continua subindo, afastando-se da ferradura dourada de Acapulco, internando-se pelas ruas mal asfaltadas ou sem asfalto, até chegar a uma espécie de restaurante, ou antes, uma casa de *comidas corridas** (mas para ser um local de *comidas corridas* é grande demais, pensa B) em cuja calçada poeirenta se detém. O ex-*clavadista* e seu pai descem prontamente. Durante todo o trajeto não pararam de falar e na calçada, enquanto esperam e fazem gestos incompreensíveis, continuam a conversa. B demora um momento para descer do carro. Vamos comer, diz seu pai. Boa ideia, diz B.

O interior do local é escuro e só um quarto dele está ocupado por mesas. O resto parece uma pista de dança, com um estrado para a orquestra, emoldurada por uma comprida barra de madeira bruta. Ao entrar, B não consegue enxergar nada devido ao contraste da luz. Depois observa um homem, que se parece com o ex-*clavadista*, aproximar-se deste e de seu pai e, depois de ouvir atentamente uma apresentação que B não compreende, oferece a mão a seu pai e segundos depois a estende a ele. B estende a mão e aperta a do desconhecido. Este diz um nome e estreita a mão de B com força. O gesto é amistoso, mas o aperto é um tanto violento. O homem não sorri. B decide não

* Menu a preço fixo, que geralmente oferece sopa, ensopado, arroz e feijão, sobremesa e refresco. (N. T.)

sorrir. O pai de B e o ex-*clavadista* já estão sentados à mesa. B senta-se com eles. O sujeito que se parece com o ex-*clavadista* e que B descobre ser seu irmão mais moço se mantém de pé, atento às instruções. O cavalheiro aqui, diz o ex-*clavadista*, foi campeão dos pesos pesados de seu país. Estrangeiros?, pergunta o homem. Chilenos, diz o pai. Tem *huachinango*?, pergunta o ex-*clavadista*. Tem, responde o homem. Então sirva-nos um, um *huachinango a la guerrerense*, diz o ex-*clavadista*. E cerveja para todos, diz o pai de B, para você também. Obrigado, murmura o homem, enquanto tira um caderninho do bolso e anota com dificuldade um pedido que, na opinião de B, qualquer criança memorizaria.

Com as cervejas, o irmão do ex-*clavadista* traz de tira-gosto uns biscoitos salgados e três tigelas não muito grandes de ostras. Estão frescas, diz o ex-*clavadista* enquanto põe chile nas três. Curioso, não é? Que isto se chame chile e que o país de vocês se chame Chile, diz o ex-*clavadista* apontando para o vidro cheio de molho picante de um vermelho intenso. De fato, não deixa de ser curioso, concede o pai de B. Isso sempre picou a curiosidade dos chilenos, acrescenta. B olha para o pai com uma incredulidade apenas perceptível. O resto da conversa, até a chegada do *huachinango*, gira em torno dos temas boxe e mergulho.

Depois B e seu pai saem do estabelecimento. O tempo passou depressa, sem que eles se dessem conta, e quando entram no Mustang já são sete da noite. O ex-*clavadista* vai com eles. Por um momento, B pensa que não vão poder se livrar dele nunca, mas ao chegarem ao centro de Acapulco o ex-*clavadista* desce diante de uma casa de bilhar. Quando ficam a sós, o pai de B faz um comentário favorável sobre o atendimento e os preços que pagaram pelo peixe. Se tivéssemos comido aqui, diz apontando para os hotéis à beira-mar, teria saído os olhos da cara. Ao chegar ao quarto, B põe o calção de banho e vai para a praia. Nada um pouco, depois tenta ler aproveitando a escassa luz do crepúsculo. Lê os poetas surrealistas e não entende nada. Um homem pacífico e solitário, no limiar da morte. Imagens, feridas. Essa é a única coisa que vê. E, de fato, as imagens pouco a pouco vão se diluindo, como o sol poente, e só ficam as feridas. Um poeta menor desaparece enquanto espera um visto para o Novo Mundo. Um poeta menor desaparece sem deixar rastros, enquanto desespera encalhado num povoado qualquer do Mediterrâneo francês. Não há investigação. Não há cadáver. Quando B tenta ler Daumal, a noite já caiu sobre a praia, fecha o livro e retorna lentamente ao hotel.

Depois de jantar, seu pai propõe que saiam para se divertir. B rejeita o convite. Sugere ao pai que vá sozinho, que ele não está a fim de se divertir, que prefere ficar no quarto e ver um filme na tevê. Parece mentira, diz seu pai, na sua idade você se comporta como um velho. B observa o pai, que tomou um banho e está pondo roupa limpa, e acha graça.

Antes de seu pai sair, B lhe diz que se cuide. Seu pai olha para ele da porta e diz que só vai tomar um ou dois drinques. Cuide-se você também, diz, e fecha a porta suavemente.

Quando fica sozinho, B tira os sapatos, pega o cigarro, liga a tevê e torna a cair na cama. Sem se dar conta, adormece. Sonha que vive (ou que está de visita) na cidade dos titãs. No sonho só há um perambular permanente por ruas enormes e escuras que o faz se lembrar de outros sonhos. E há também uma atitude sua que ele sabe que não tomaria acordado. Uma atitude diante dos edifícios cujas volumosas sombras parecem se chocar entre si e que não é precisamente uma atitude de coragem mas, antes, de indiferença.

Passado um tempo, bem quando o seriado acaba, B acorda de chofre, como que impelido por um chamado, se levanta, desliga a tevê e vai à janela. No terraço, semioculta no mesmo canto da noite anterior, está a americana diante de um copo de bebida ou suco de frutas. B a observa sem curiosidade, depois se afasta da janela, senta-se na cama, abre seu livro de poetas surrealistas e tenta ler. Mas não consegue. Tenta então pensar e para tanto se deita na cama outra vez, fecha os olhos, deixa os braços esticados. Por um instante crê que não vai demorar a adormecer. Até consegue ver, diagonal, uma rua da cidade dos sonhos. Mas não tarda a compreender que está apenas se lembrando do sonho, e então abre os olhos e fica um bom momento contemplando o teto do quarto. Depois apaga a luz da mesinha de cabeceira e torna a se aproximar da janela.

A americana continua lá, imóvel, e as sombras dos jarros se encompridam até tocar as sombras das mesas vizinhas. A água da piscina recolhe os reflexos da recepção, que permanece, ao contrário do terraço, com todas as luzes acesas. De repente um carro se detém a poucos metros da entrada do hotel. B acha se tratar do Mustang de seu pai. Mas por um tempo excessivamente prolongado ninguém aparece na porta do hotel e B acha que se enganou. Bem nesse momento distingue a silhueta do pai subindo a escada. Primeiro a cabeça, em seguida os ombros largos, depois o resto do corpo até acabar nos sapatos, uns mocassins brancos que desagradam profundamente a B mas que naquele momento lhe produzem algo semelhante à ternura. Seu pai entra no hotel como se dançasse, pensa. Seu pai faz sua entrada como se chegasse de um velório, irrefletidamente feliz por continuar vivo. Porém o mais curioso é que, após aparecer um instante na recepção, seu pai retrocede e toma o caminho do terraço: desce a escada, dá a volta na piscina e vai se sentar numa mesa perto da americana. Quando por fim surge o homem da recepção com uma bebida, depois de lhe pagar e sem nem mesmo esperar que o recepcionista desapareça totalmente, seu pai se levanta e se aproxima, com o copo na mão, da mesa da americana e por um instante fica ali, de pé, falando, gesticulando, bebendo, até que a mulher faz um gesto e seu pai se acomoda a seu lado.

É velha demais para ele, pensa B. Depois volta para a cama, se deita, não demora a notar que todo o sono que tinha acumulado se evaporou. Mas não quer acender a luz (embora tenha vontade de ler), não quer que seu pai possa imaginar, nem por um segundo, que ele o está espiando. Por um bom tempo, B se dedica a pensar. Pensa em mulheres, pensa em viagem. Finalmente adormece.

Durante a noite, em duas ocasiões acorda sobressaltado e a cama de seu pai está vazia. Da terceira vez está amanhecendo e vê as costas de seu pai, que dorme profundamente. Então acende a luz e por um momento, sem sair da cama, fica a fumar e ler.

Naquela manhã B volta à praia e aluga uma prancha. Desta vez não tem nenhum problema para chegar à ilha em frente. Lá toma um suco de manga e se banha por um instante num mar onde não há ninguém. Depois volta à praia do hotel, entrega a prancha ao adolescente, que olha para ele com um sorriso e regressa fazendo um longo rodeio. No restaurante do hotel encontra o pai tomando café. Senta-se a seu lado. Seu pai tinha acabado de fazer a barba e sua pele exala um cheiro de colônia barata que agrada a B. Na bochecha direita exibe um arranhão que vai da orelha ao queixo. B pensa lhe perguntar o que aconteceu na noite anterior, mas por fim decide não fazê-lo.

O resto do dia transcorre como entre brumas. Em algum momento B e seu pai vão a uma praia próxima do aeroporto. A praia é enorme e ao longo dela abundam as cabanas com teto de palha onde os pescadores guardam seus apetrechos. O mar está revolto: por um momento B e seu pai contemplam as ondas que arrebentam violentas na baía de Puerto Marqués. Um pescador que está próximo lhes diz que não é um bom dia para tomar banho de mar. É verdade, diz B. Seu pai, contudo, entra na água. B senta-se na areia, com os joelhos dobrados, e observa-o avançar ao encontro das ondas. O pescador leva a mão em viseira à testa e diz algo que B não entende. Por um momento a cabeça de seu pai, os braços de seu pai que nada mar adentro desaparecem de seu campo visual. Junto do pescador há agora dois meninos. Todos olham para o mar, de pé, menos B, que continua sentado. No céu aparece, de forma por demais silenciosa, um avião de passageiros. B deixa de olhar para o mar e contempla o avião até este desaparecer atrás de uma suave colina cheia de vegetação. B se lembra de um despertar, justo um ano antes, no aeroporto de Acapulco. Ele vinha do Chile, sozinho, e o avião fazia escala em Acapulco. Quando B abriu os olhos, lembra-se, viu uma luz alaranjada, com tonalidades rosa e azuis, como um velho filme cujas cores estivessem desaparecendo, e então soube que estava no México e que estava, de alguma maneira, salvo. Isso ocorreu em 1974 e B ainda não tinha feito vinte e um anos. Agora tem vinte e dois e seu pai deve andar pelos quarenta e nove. B fecha os olhos. O vento torna ininteligíveis as vozes alarmadas do pescador e dos meninos. A areia está fria. Quando abre os olhos vê seu pai saindo do mar. B fecha outra vez os olhos e só torna a abri-los quando uma mão grande e molhada pousa em seu ombro e a voz de seu pai o convida a comer ovos de tartaruga.

Há coisas que podem ser contadas e há coisas que não podem ser contadas, pensa B abatido. A partir desse momento ele sabe que está se aproximando o desastre.

As quarenta e oito horas seguintes, no entanto, transcorrem envoltas numa espécie de placidez que o pai de B identifica com "o conceito de férias" (e B não sabe se o pai está rindo dele ou falando sério). Vão à praia todos os dias, comem no hotel ou num restaurante da avenida López Mateos, que tem preços em conta, uma tarde alugam um barco, um bote de plástico, minúsculo, e percorrem o perfil da costa próxima do hotel, navegando junto dos vendedores de miçangas que se movem em pranchas ou canoas de ínfimo calado, como equilibristas ou marinheiros mortos, levando suas mercadorias de praia em praia. Ao voltar, inclusive, sofrem um percalço.

O bote, que o pai de B conduz perto demais das pedras, vira. O incidente, é claro, não tem maior importância. Os dois sabem nadar bem e o bote é feito para desemborcar, é fácil virá-lo de volta e subir nele outra vez. E é o que B e seu pai fazem. Em nenhum momento houve o menor perigo, pensa B. Mas então, quando os dois já tinham subido novamente no bote, o pai de B se dá conta de que perdeu a carteira e anuncia o fato. Diz, tocando o coração: minha carteira, e sem hesitar um segundo mergulha de cabeça na água. B tem um frouxo de riso, mas depois, deitado no bote, observa a água e não vê sinal algum do pai, e por um átimo o imagina nadando debaixo d'água ou, pior ainda, afundando a pique, mas de olhos abertos numa fossa profunda, fossa em cuja superfície o bote e ele mesmo balançam, já a meio caminho entre o riso e o alarme. Então B se ergue e, depois de olhar do outro lado do bote e não ver sinais do pai, decide por sua vez mergulhar e acontece o seguinte: enquanto B desce, de olhos abertos, seu pai sobe (poderia se dizer que quase se tocam) de olhos abertos e carteira na mão direita; ao se cruzarem, os dois se olham, mas não podem corrigir, pelo menos instantaneamente, suas trajetórias, de modo que o pai de B continua subindo silenciosamente e B continua descendo silenciosamente.

Para os tubarões, para a maioria dos peixes (salvo os peixes-voadores), o inferno é a superfície do mar. Para B (para a maioria dos jovens de vinte e dois anos), o inferno às vezes é o fundo do mar. Enquanto desce, percorrendo em sentido inverso a esteira que seu pai deixou, pensa que precisamente agora há mais motivos que nunca para rir. No fundo do mar não encontra areia, como sua imaginação de certo modo esperava, mas pedras, pedras que se sustentam umas às outras, como se aquele lugar da costa fosse uma montanha submersa e ele estivesse na parte alta, apenas iniciando a descida. Depois sobe e de baixo contempla o bote que em certos momentos parece levitar e em outros parece a ponto de afundar, com seu pai sentado no meio exato, tentando fumar um cigarro molhado.

E depois se fecham os parênteses, acabam as quarenta e oito horas de graça nas quais B e seu pai percorreram alguns bares de Acapulco, dormiram deitados na areia, comeram e até riram, e começa um período gélido, um período aparentemente normal mas dominado por deuses gelados (deuses que, aliás, não interferem nem um pouco no calor reinante em Acapulco), horas essas em que, noutro tempo, talvez na adolescência, B chamaria de *tédio*, mas que agora de maneira nenhuma chamaria assim, e sim de *desastre*, um desastre peculiar, um desastre que acima de tudo afasta B de seu pai, o preço que têm de pagar por existir.

Tudo começa com o aparecimento do ex-*clavadista*. B se dá conta de imediato que ele vem à procura do seu pai e não, chamemos assim, do conjunto familiar que os dois constituem. O pai de B convida o ex-*clavadista* para tomar um drinque no terraço do hotel. O ex-*clavadista* diz que conhece um lugar melhor. O pai de B olha para ele, sorri e diz oba. Quando saem à rua começa a entardecer e por um segundo B sente uma pontada inexplicável e acredita que talvez tivesse sido melhor ter ficado no hotel, deixar seu pai se divertir sozinho. Mas agora é tarde demais. O Mustang sobe pela avenida Constituyentes e o pai de B tira do bolso o cartão que dias atrás o recepcionista lhe dera. A casa se chama San Diego, diz. O ex-*clavadista* alega que esse lugar é caro demais. Tenho dinheiro, diz o pai de B, vivo no México desde 1968 e essa é a primeira vez que tiro férias. B, que vai sentado ao lado do pai, procura o rosto do ex-*clavadista* no retrovisor e não encontra. Primeiro vão, portanto, ao San Diego e por algum tempo bebem e dançam com as moças, às quais a cada dança devem entregar um tíquete que compram no bar. O pai de B, a princípio, compra apenas três tíquetes. Esse sistema, diz ao ex-*clavadista*, tem algo de irreal. Mas depois se entusiasma e compra um talão inteiro. B também dança. Seu primeiro par é uma moça magra de traços índios. O segundo é uma mulher de peitos grandes que parece preocupada ou chateada com alguma coisa que B nunca saberá. A terceira é gorda e feliz e pouco depois de começarem a dançar lhe confessa ao ouvido que está drogada. O que você tomou?, pergunta B. Cogumelos alucinógenos, responde a mulher, e B dá uma risada. Seu pai, enquanto isso, dança com a moça que parece índia e B os observa de vez em quando. Na realidade, todas as moças parecem índias. A que dança com o pai de B tem um sorriso bonito. Conversam (na verdade, conversam sem parar), mas B não ouve o que dizem. Depois seu pai desaparece e B se aproxima do bar e fica junto do ex-*clavadista*. Eles também começam a conversar. Dos tempos passados. Da coragem. Dos penhascos onde o mar se quebra. De mulheres. Temas que não interessam a B ou que, pelo menos, não lhe interessam nesse momento. E no entanto conversam.

Ao fim de meia hora seu pai volta ao bar. Seu cabelo louro está molhado e recém-penteado (o pai de B penteia o cabelo para trás) e tem o rosto avermelhado. Sorri sem dizer nada e B o observa sem dizer nada. Hora de comer, diz. B e o ex-*clavadista* o acompanham até o Mustang. Jantam frutos do mar variados num local oblongo como um ataúde. Enquanto comem, o pai de B olha para B como que procurando uma resposta. B sustenta o olhar. Telepaticamente lhe diz: não há resposta porque a pergunta não é válida. A pergunta é imbecil. Depois, sem saber como, B acompanha seu pai e o ex-*clavadista* (que falam o tempo todo de boxe) até um local no subúrbio de Acapulco. A construção é de tijolo e madeira, não tem janelas e dentro há um jukebox com canções de Lucha Villa e Lola Beltrán. Na hora B sente náusea. Só então, enquanto se aparta de seu pai e procura um banheiro, ou o pátio dos fundos, ou a saída para a rua, se dá conta de que bebeu demais. Também se dá conta de algo mais: mãos aparentemente hospitaleiras não o deixaram sair à rua. Temem que eu fuja, pensa B. Depois vomita várias vezes num pátio aberto onde se acumulam caixas de cerveja e onde há um cachorro amarrado, e depois de se aliviar começa a contemplar as estrelas. Não demora a aparecer junto dele uma mulher. Sua sombra se recorta mais escura que a noite. Seu vestido, porém, é branco, e isso faz que B a possa distinguir. Quer uma mamadinha?, pergunta. Tem uma voz jovem e aguardentosa. B fica olhando para ela sem entender. A puta se ajoelha a seu lado e abre a sua braguilha. Então B compreende e a deixa fazer. Quando acaba, sente frio. A puta se levanta e B a abraça. Juntos contemplam a noite. Quando B diz que quer voltar à mesa de seu pai, a mulher não o segue. Vamos, diz B, puxando-a pela mão, mas ela resiste. Então B se dá conta de que nem viu seu rosto. É melhor assim. Só a abracei, pensa, nem sei como ela é. Antes de entrar de novo se vira e vê que a puta se aproxima do cachorro e o acaricia.

Lá dentro, seu pai está sentado numa mesa com o ex-*clavadista* e outros dois sujeitos. B se aproxima pelas suas costas e lhe sussurra umas palavras no ouvido. Vamos embora. Seu pai está jogando cartas. Estou ganhando, diz, não posso ir embora. Vão roubar todo o nosso dinheiro, pensa B. Depois olha para as mulheres que por sua vez olham para ele, para ele e seu pai, com uma comiseração palpável. Elas sabem o que vai acontecer conosco, pensa B. Você está bêbado?, lhe pergunta seu pai enquanto pede uma carta. Não, diz B, não estou mais. Está drogado?, pergunta seu pai. Não, diz B. Então seu pai sorri e pede uma tequila, e B se levanta, vai ao bar e de lá observa com olhos de louco a cena do crime. Nesse momento B sabe que aquela é a última viagem que fará com seu pai. Abre os olhos, fecha os olhos. As putas olham para ele com curiosidade, uma lhe oferece um trago que B recusa com um gesto. Às vezes, quando está de olhos fechados, vê seu pai com uma pistola em cada mão saindo de uma porta que está num lugar onde nunca deveria haver uma porta. Mas seu pai aparece por ali, apressado, com os olhos cinzentos brilhantes e o cabelo despenteado. Nunca mais tornarão a viajar juntos, pensa B. Só isso. Lucha Villa canta no jukebox e B pensa em Gui Rosey, poeta menor desaparecido no sul da França. Seu pai dá as cartas, ri, conta histórias e ouve histórias que rivalizam em sordidez. B se lembra de quando voltou do Chile, em 1974, e foi visitá-lo em casa. Seu pai tinha quebrado o pé e estava lendo na cama um jornal de esportes. Perguntou-lhe como tinha sido a viagem e B lhe contou suas aventuras. Sucintamente: as guerras floridas* latino-americanas. Estiveram a ponto de me matar, eu disse. Seu pai olhou para ele e sorriu. Quantas vezes?, perguntou. Pelo menos duas, respondeu B. Agora o pai ri às gargalhadas e B procura pensar com clareza. Gui Rosey se suicidou, pensa, ou o mataram, pensa. Seu cadáver está no fundo do mar.

Uma tequila, pede B. Uma mulher lhe serve um copo de tequila cheio até a metade. Não se embebede outra vez, rapaz, diz ela. Não, já estou bem, diz B, perfeitamente lúcido. Duas ou-

* Guerras travadas entre povos do México (antes da conquista) com o objetivo de capturar prisioneiros para sacrificar aos deuses. (N. T.)

tras mulheres não demoram a se aproximar dele. O que querem beber?, pergunta B. Seu pai é muito simpático, diz uma delas, a mais moça, de cabelos compridos e negros, talvez a mesma que me chupou ainda há pouco, pensa B. E lembra (ou tenta lembrar) cenas em aparência desconexas: a primeira vez que fumou um Viceroy na presença dele, aos catorze anos, numa manhã em que os dois esperavam a chegada de um trem de carga dentro do caminhão de seu pai e em que fazia muito frio; armas de fogo, facas; histórias familiares. As putas bebem tequila com coca-cola. Quanto tempo fiquei lá fora vomitando?, pensa B. Parece mato, diz uma das putas, quer um pouquinho? Um pouquinho de quê?, pergunta B tremendo, mas com a pele fria como uma pedra de gelo. Um pouquinho de marijuana, diz a mulher, de uns trinta anos, cabelos compridos como sua colega, mas pintado de louro. Golden Acapulco?, pergunta B tomando um gole de tequila enquanto as duas mulheres se aproximam um pouco mais dele e lhe acariciam as costas e as pernas. Simón, para acalmar, diz a loura. B assente com a cabeça e do que se lembra em seguida é de uma nuvem de fumaça que o separa de seu pai. Você gosta muito do seu pai, diz uma das mulheres. Nem tanto, sabe?, diz B. Como não?, diz a morena. A que atende no bar dá uma risada. Através da fumaça B percebe que seu pai vira a cabeça e olha para ele por um instante. Está olhando para mim com uma seriedade mortal, pensa. Gosta de Acapulco?, pergunta a loura. A casa, só nesse momento ele percebe, está quase vazia. Numa mesa há dois caras que bebem em silêncio e na outra está seu pai, o ex-*clavadista* e os dois desconhecidos jogando baralho. Todas as outras mesas estão desocupadas.

A porta do pátio se abre e aparece uma mulher de vestido branco. É a que me chupou, pensa B. A mulher aparenta uns vinte e cinco anos, embora certamente tenha muito menos, talvez dezesseis ou dezessete. Tem cabelo comprido, como quase todas, e usa sapatos de saltos altos. Quando atravessa o local (vai ao toalete), B estuda detidamente seus sapatos: são brancos e estão sujos de barro nos lados. Seu pai também ergue o olhar e a estuda por um momento. B olha para a puta, que abre a porta do banheiro, depois olha para o seu pai. Então fecha os olhos e quando torna a abri-los a puta não está mais lá e seu pai tornou a se concentrar no jogo. Seria melhor você levar seu pai embora deste lugar, lhe diz ao ouvido uma das mulheres. B pede outra tequila. Não posso, diz. A mulher lhe enfia a mão por baixo da camisa folgada, com desenhos havaianos. Está verificando se estou armado, pensa B. Os dedos da mulher sobem pelo seu peito e se enroscam ao redor do seu mamilo esquerdo. Aperta-o. Ei, faz B. Não acredita em mim?, pergunta a mulher. O que vai acontecer?, pergunta B. Uma coisa ruim, responde a mulher. Ruim, quanto?, pergunta B. Não sei, mas, se fosse você, eu cairia fora. B sorri e a olha nos olhos pela primeira vez: venha com a gente, diz a ela, enquanto bebe um gole de tequila. Nem que fosse louca, diz a mulher. B se lembra então de uma vez, antes de ir para o Chile, em que seu pai lhe disse "você é um artista e eu sou um trabalhador". O que ele quis dizer com isso?, pensa. A porta do banheiro se abre e a puta torna a aparecer, desta vez com os sapatos impolutos, e atravessa a sala até a mesa em que jogam cartas e fica ali, de pé, ao lado de um dos desconhecidos. Por que devíamos ir embora?, pergunta B. A mulher olha para ele de viés e não responde. Há coisas que podem ser contadas, pensa B, e há coisas que não podem ser contadas. Fecha os olhos.

Como num sonho, regressa ao pátio nos fundos do bar. A mulher pintada de loura leva-o pela mão. Eu já fiz isso, pensa B, estou bêbado, nunca mais vou conseguir sair daqui. Alguns gestos se repetem: a mulher senta numa cadeira desconjuntada e lhe abre a braguilha, a noite parece flutuar como um gás letal à altura das caixas de cerveja vazias. Mas faltam algumas coisas:

o cachorro não está mais lá, por exemplo, e a leste já não está dependurada a lua e sim alguns filamentos de claridade que antecipam o amanhecer. Quando acabam, atraído talvez pelos gemidos de B, aparece o cachorro. Ele não morde, diz a mulher, enquanto o cachorro para a poucos metros deles e arreganha os dentes. A mulher se levanta e alisa o vestido. O lombo do cachorro está eriçado e do focinho cai uma baba transparente. Quieto, Púas, quieto, Púas, repete a mulher. Ele vai nos morder, pensa B enquanto retrocedem até a porta. O que se segue é caótico: na mesa onde seu pai joga, todos se puseram de pé. Um dos desconhecidos grita a plenos pulmões. B não demora a se dar conta de que está insultando seu pai. Por precaução, se aproxima do bar e pede uma garrafa de cerveja que bebe em grandes goles, sufocando, antes de se aproximar. Seu pai parece tranquilo, pensa B. Junto dele há uma boa quantidade de notas que ele pega uma a uma e guarda no bolso. Você não vai sair daqui com esse dinheiro, grita o desconhecido. B olha para o ex-*clavadista*. Procura descobrir em seu rosto de quem ele vai tomar partido. Provavelmente do desconhecido, pensa B. A cerveja escorre por seu pescoço e só então se dá conta de que está ardendo.

O pai de B termina de contar o dinheiro e olha para os três homens que tem à sua frente e para a mulher vestida de branco. Bom, cavalheiros, vamos indo, diz. Filho, fique a meu lado, diz. B joga no chão a cerveja que resta e empunha a garrafa pelo gargalo. O que está fazendo, filho?, diz o pai de B. Em sua voz, B percebe certo tom de censura. Vamos sair tranquilamente, diz o pai de B, e depois se vira e pergunta às mulheres quanto lhes deve. A do bar consulta um papel e diz um valor bastante alto. A loura, que está de pé a meio caminho entre a mesa e o bar, diz outra cifra. O pai de B soma, tira o dinheiro e o entrega à loura: o seu e a consumação, diz. Depois acrescenta mais um par de notas: a gorjeta. Agora vamos sair, pensa B. Os dois desconhecidos se plantam interrompendo a passagem. B não quer olhar para ela, mas olha: a mulher de branco sentou-se numa das cadeiras vazias e revisa com a ponta dos dedos as cartas espalhadas na mesa. Não me atrapalhe, sussurra seu pai, e B demora a compreender que está falando com ele. O ex-*clavadista* põe as mãos nos bolsos. O desconhecido torna a insultar o pai de B, intima-o a voltar à mesa, a voltar a jogar. Não tem mais jogo, diz o pai de B. Por um instante, enquanto contempla a mulher vestida de branco (que lhe parece, pela primeira vez, muito bonita), B pensa em Gui Rosey, que desaparece do planeta sem deixar rastro, dócil como um cordeiro, enquanto os hinos nazistas sobem ao céu cor de sangue, e vê a si mesmo como Gui Rosey, um Gui Rosey enterrado em algum terreno baldio de Acapulco, desaparecido para sempre, mas então ouve seu pai que está recriminando o ex-*clavadista* e se dá conta de que, ao contrário de Gui Rosey, ele não está só.

Depois seu pai caminha ligeiramente encurvado para a saída e B lhe concede espaço suficiente para que se mova à vontade. Amanhã vamos embora, amanhã voltamos ao DF, pensa B com alegria. Começam a brigar.

Dias de 1978

Em certa ocasião B assiste a uma festa de chilenos exilados na Europa. B acaba de chegar do México e não conhece a maioria dos presentes. A festa, ao contrário das expectativas de B, é familiar: os convidados estão unidos não apenas por laços de amizade mas também por laços de parentesco. Os irmãos dançam com as primas, as tias com os sobrinhos, o vinho corre a rodo.

Em determinado momento, possivelmente ao amanhecer, um jovem se estranha com B utilizando um pretexto qualquer. A discussão é lamentável e inevitável. O jovem, U, se gaba de uma bibliografia demente: confunde Marx com Feuerbach, Che com Franz Fanon, Rodó com Mariátegui, Mariátegui com Gramsci. A hora da discussão, de resto, não é a mais apropriada, as primeiras luzes de Barcelona costumam enlouquecer alguns notívagos, a outros dotam de uma frieza de executores. Isso não sou eu que digo, é B que pensa e, consequentemente, suas respostas são gélidas, sarcásticas, um casus belli mais do que suficiente para a vontade de brigar que U sente. Mas quando a briga já é iminente, B se levanta e recusa o enfrentamento. U o insulta, o desafia, soca a mesa (e talvez a parede). Tudo em vão.

B não liga para ele e vai embora.

Aqui poderia terminar a história. B detesta os chilenos residentes em Barcelona, apesar de ele, irremediavelmente, ser um chileno residente em Barcelona. O mais pobre dos chilenos residentes em Barcelona e também, provavelmente, o mais solitário. Ou é o que ele crê. Em sua memória, o incidente se parece, no máximo, com uma briga de colégio. A violência de U, no entanto, o leva a tirar amargas conclusões, pois U militava e talvez ainda milite num dos partidos de esquerda que, naquela época, B via com mais simpatia. A realidade, mais uma vez, lhe demonstrou que a demagogia, o dogmatismo e a ignorância não são patrimônio de nenhum grupo concreto.

Mas B esquece ou tenta esquecer o incidente e continua vivendo.

De forma vaga, como se falassem de um morto, periodicamente lhe chegam notícias de U. No fundo, B preferiria não saber nada, mas se você frequenta certas pessoas é impossível não se inteirar do que acontece ao seu redor ou do que a gente crê que acontece. Assim, B sabe agora que U obteve a nacionalidade espanhola ou que U assistiu certa noite, acompanhado pela mulher, a um concerto de um grupo folclórico chileno. Mais ainda, por um segundo B imagina U e a mulher de U sentados num teatro que paulatinamente vai se enchendo de gente, à espera de que o pano suba e apareça o grupo folclórico, gente de cabelos compridos e barba, iguais, de certo modo, a U, e imagina também a mulher de U, que só viu uma vez e que lhe parece bonita, com um quê de estranheza, uma mulher que está em outro lugar, que cumprimenta (como cumprimentou B naquela festa) de outro lugar e que olha para o pano, que ainda não se levantou, e para seu marido de outro lugar, um lugar informe filtrado por seus olhos grandes e plácidos. Mas como essa mulher pode ter olhos plácidos?, pensa B. Não há resposta.

Uma noite, porém, chega uma resposta, se bem que não a resposta que B esperava. Ao jantar com um casal de chilenos, B fica sabendo que U está internado num hospital psiquiátrico depois de ter tentado matar a mulher.

Talvez essa noite B tivesse bebido demais. Talvez a história que o casal de chilenos conta esteja exagerada, com tintas caricaturais. Mas o certo é que B ouve o relato das adversidades de U com sumo prazer e, depois, imperceptivelmente, com uma sensação de vitória, uma vitória irracional, mesquinha, em que entram em cena todas as sombras do seu rancor e também do seu desencanto. Imagina U correndo por uma rua vagamente chilena, vagamente latino-americana, urrando ou soltando gritos, enquanto dos dois lados os edifícios começam a fumegar, continuamente, apesar de em nenhum momento ser possível discernir uma só chama.

A partir de então, B, cada vez que se encontra com esse casal de chilenos, indefectivelmente pergunta por U e assim se inteira, de forma paulatina, como se as notícias, para sua secreta satisfação, fossem sendo pingadas a cada quinzena ou a cada mês, de que U saiu do hospital psiquiátrico, de que U não trabalha mais, de que a mulher de U não o abandonou (coisa que, para B, parece francamente heroica), de que ocasionalmente U e sua mulher falam em voltar para o Chile. Para o casal de amigos chilenos, é claro, a ideia de voltar para o Chile é sedutora. Para B, parece uma ideia atroz. Mas U não era de esquerda?, pergunta. Mas U não era do MIR?

Embora não diga, B tem pena da mulher de U. Por que uma mulher como essa se apaixonou por um cara como aquele? Em certa ocasião, inclusive, imagina-os fazendo amor. U é alto e louro e seus braços são fortes. Se naquela noite tivéssemos brigado, pensa, eu teria perdido. A mulher de U é magra, de cadeiras estreitas e cabelos negros. De que cor são seus olhos?, pensa B. Verdes. Uns olhos muito bonitos. Às vezes B fica com raiva de pensar em U e em sua mulher, se pudesse, se fosse possível, ele os esqueceria para sempre (só os viu uma vez!), mas o fato é que a imagem de ambos, emoldurada naquela festa lamentável, perdura em sua memória de forma misteriosa, como se estivesse ali para lhe dizer algo, algo que é importante, mas que B, por mais que esprema os miolos, não sabe o que é.

Uma noite, passeando pelas Ramblas, encontra por acaso seus amigos chilenos. Eles estão acompanhados por U e pela mulher de U. Inevitavelmente tem de cumprimentá-los. A mulher de U sorri para ele e seu cumprimento poderia ser considerado efusivo. U, pelo contrário, mal lhe dirige a palavra. Por um instante B pensa que U está bancando o tímido ou o distraído. Em sua atitude não percebe, porém, o menor sinal de agressividade. De fato, é como se U o visse pela primeira vez. Está fingindo? Esse desinteresse é natural ou é produto do seu surto psicótico? A mulher de U, como se quisesse chamar a atenção de B, fala de um livro que acaba de comprar num dos quiosques das Ramblas. Exibe o livro, mostra-o a B, pergunta qual sua opinião sobre o autor. B confessa, a contragosto, que não o leu. Tem que ler, diz a mulher de U, e em seguida acrescenta: se quiser, quando eu terminar, posso emprestar. B não sabe o que dizer. Encolhe os ombros. Balbucia um sim que não o compromete com nada.

Ao se despedir, a mulher de U o beija no rosto. U lhe dá um aperto de mão. A gente se vê, diz.

Quando fica a sós, B pensa que U já não lhe parece tão alto nem tão forte quanto na festa, na verdade é só um pouco mais alto que ele. A imagem da sua mulher, pelo contrário, cresceu e ganhou brilho até um nível insuspeito. Naquela noite, por motivos alheios a esse encontro, B custa a pegar no sono e num momento da sua insônia torna a pensar em U.

Imagina-o no hospital psiquiátrico de Sant Boi, vê U amarrado a uma cadeira, contorcendo-se de raiva enquanto alguns médicos (ou a sombra de alguns médicos) lhe aplicam eletrodos na cabeça. Um tratamento dessa natureza, pensa, talvez possa tornar mais baixa uma pessoa alta. Tudo parece absurdo. Antes de adormecer se dá conta de que sua dívida com U já está saldada.

Mas a história não se acabou.

B sabe disso. E também sabe que sua história com U não é uma vulgar história de rancores.

Passam os dias. A princípio B tenta, com um impulso que tem algo de autodestrutivo, encontrar U, a mulher de U, e com esse fim visita, como nunca havia feito, a casa dos chilenos exilados em Barcelona que conhece, ouve seus problemas, seus comentários sobre o cotidiano com uma mescla de horror e indiferença que disfarça sob um olhar de aparente interesse, mas U e sua mulher nunca estão, ninguém os viu, todos, é claro, têm algo a contar, alguma opinião pertinente a emitir sobre a desgraça que paira sobre eles, mas a única coisa certa, conclui B ao cabo de muitas visitas e monólogos, é que U e sua mulher evitam a companhia dos seus pares. Depois o impulso perde potência, se esgota, e B retorna a seus costumes.

Um dia, porém, encontra a mulher de U no mercado da Boquería. Ele a vê de longe. Está acompanhada por uma moça que B não conhece. Estão paradas diante de uma barraca de frutas exóticas. Enquanto se aproxima delas observa que o rosto da mulher de U ganhou profundidade. Já não é somente uma mulher formosa, agora também parece uma mulher interessante. B as cumprimenta. A resposta da mulher de U é distante, como se não o reconhecesse. Por um segundo B pensa que, de fato, não o reconheceu, e trata de se apresentar. Lembra-lhe a última vez que se viram, o livro que ela lhe recomendou, fala inclusive da malfadada festa em que se conheceram. A mulher de U assente a tudo que B diz, mas em seus gestos se percebe um fastio crescente, como se o seu mais ardente desejo fosse que B desaparecesse. Confuso, B continua junto delas, embora no íntimo saiba que o melhor seria se despedir imediatamente. No fundo B espera algo, um sinal, uma palavra que ateste seu equívoco. Mas o sinal não chega. A mulher de U tenta *não enxergá-lo*. A outra mulher, pelo contrário, observa-o detidamente e B se aferra a esse olhar como a uma tábua de salvação. A amiga da mulher de U se chama K e não é chilena, é dinamarquesa. Seu espanhol é ruim mas inteligível. Não faz muito que vive em Barcelona e mal conhece a cidade. B se oferece para mostrá-la. K aceita.

Assim, naquela mesma noite B se encontra com a dinamarquesa e eles passeiam pelo bairro gótico (ele sem saber muito bem por que está fazendo o que está fazendo, ela feliz e um pouco alta, pois já visitaram um par de velhas tabernas), conversam, K o faz contemplar mais detidamente as sombras que seus corpos projetam nos velhos muros, nas ruas de calçadas de pedra. São sombras que têm vida própria, diz K. Num primeiro instante B mal presta atenção. Mas depois observa a sua sombra, ou talvez a sombra da dinamarquesa, e por um segundo tem a impressão de que aquela silhueta escura e comprida o espia de viés. Sente um sobressalto. Depois os três, ou os quatro, se fundem numa escuridão informe.

Naquela noite dorme com K. A dinamarquesa estuda antropologia com a mulher de U, e embora não seja o que se chama de amiga íntima (na verdade, são apenas colegas de universidade), quando começa a amanhecer põe-se a falar dela, talvez por ser a única pessoa que ambos conhecem. B tira a limpo pouca coisa. A informação de K abunda em lugares-comuns. É uma boa pessoa, sempre disposta a prestar um favor, é uma estudante inteligente (o que isso quer dizer?, pensa B, que nunca fez universidade), mas, e afirma isso sem nenhuma prova, baseando-se unicamente na sua intuição feminina, está cheia de problemas. Que tipo de problemas?, pergunta B. Não sei, diz K, problemas de todo tipo.

Passam-se os dias. B para de procurar U ou a mulher de U nas casas dos chilenos exilados em Barcelona. Cada dois ou três dias se encontra com K e fazem amor, mas já não falam da mulher de U, e as raras vezes que K faz menção a ela, B se faz de desentendido ou tenta ouvir sua amiga com distância e displicência, procurando, sem que lhe custe muito, ser objetivo, como se K falasse de antropologia social ou da sereia de Copenhague. Volta ao seu cotidiano, o que é uma maneira de dizer que volta à sua própria loucura ou ao seu próprio tédio. Com K, por outro lado, não faz uma vida social, o que o exime de qualquer encontro não desejado ou ditado pelo acaso.

Um dia, depois de muito tempo sem visitá-los, seus passos o levam à casa do casal de chilenos que são seus amigos.

B espera encontrar somente eles, B espera jantar com eles e, para isso, aparece com uma garrafa de vinho. Ao chegar, a casa está virtualmente tomada. Estão lá seus amigos, mas também há outra chilena, uma mulher mais velha, de uns cinquenta anos, que ganha a vida lendo tarô, e uma garota de uns dezesseis anos, pálida e antipática, que no círculo de exilados tem fama de ser um gênio (fama que, no fim das contas, revelou-se infundada), filha de um dirigente operário assassinado pela ditadura, e o namorado da menina, um dirigente comunista catalão pelo menos vinte anos mais velho do que ela, e também está a mulher de U, com as faces vermelhas e nos olhos sinais de ter chorado, e na sala, sentado numa poltrona, como se não soubesse o que está acontecendo, U.

O primeiro impulso de B é ir embora de imediato com sua garrafa de vinho. Mas pensa melhor (embora na verdade não veja motivos para permanecer ali) e fica.

A atmosfera que se respira na casa de seus amigos é fúnebre. O ambiente, os movimentos que se registram, são de conciliábulo, mas não de conciliábulo geral, e sim de conciliábulos em petit comité ou conciliábulos fragmentados nos diferentes cômodos do apartamento, como se uma conversa entre todos estivesse proibida por motivos indizíveis que todos acatam. A bruxa e a dona da casa estão trancadas no quarto de trabalho do dono da casa. A garota pálida, o dono da casa e a mulher de U estão trancados na cozinha. O namorado da garota pálida e a dona da casa estão trancados no quarto. A mulher de U e a garota estão trancadas no banheiro. A bruxa e o dono da casa estão trancados no corredor, o que é dizer muito. Inclusive, num dos vaivéns, o próprio B se vê trancado no quarto de hóspedes com a dona da casa e a garota pálida enquanto ouve através da parede a voz aguda da bruxa que fala ou salmodia uma advertência à mulher de U, ambas trancadas no quarto de despejo!

O único que permanece sentado numa poltrona, na sala, o tempo todo, como se a agitação não fosse com ele ou proviesse de um mundo ilusório, é U. E é para lá que se dirige B depois de ouvir uma torrente de informações confusas, quando não contraditórias, das quais a única coisa que lhe ficou clara é que U, naquela mesma manhã, havia tentado se suicidar.

Na sala, U o cumprimenta com um gesto que não se pode considerar amistoso mas tampouco agressivo. B senta numa poltrona colocada em frente à poltrona de U. Por um instante ambos permanecem em silêncio, olhando para o chão, observando o ir e vir dos outros, até que B se dá conta de que U está com a televisão ligada, sem som, e que parece interessado no programa.

Não há nada no rosto de U que denuncie um suicida ou uma tentativa de suicídio, pensa B. Ao contrário, em seu rosto dá para perceber uma serenidade desconhecida ou que pelo menos B desconhecia. A cara de U, em sua memória, ficou congelada na cara que ele tinha no dia da festa, uma cara sanguínea, colhida entre o medo e o rancor, ou a cara de quando o encontrou nas Ramblas, uma máscara inexpressiva (embora tampouco se possa dizer agora que sua cara seja excessivamente expressiva) detrás da qual se escondiam os monstros do medo e do rancor. O rosto de agora parece lavado. Como se U tivesse ficado horas ou talvez dias submerso no leito de um rio de corrente poderosa. Só a tevê sem som e seus olhos secos que acompanham cuidadosamente os movimentos que se sucedem na tela (enquanto na casa se escutam os murmúrios dos chilenos que discutem de forma estéril sobre a possibilidade de interná-lo outra vez em Sant Boi) dão a B a certeza de que, efetivamente, está acontecendo algo extraordinário ali.

Depois se desata (ou, mais propriamente, se *desprende*) um movimento em aparência insignificante, um movimento claramente de refluxo: B observa, sem se mexer da poltrona em que está sentado, como todos os que até pouco antes discutiam e parlamentavam em pequenos grupos se dirigem em fila indiana para o quarto dos donos da casa, exceto a garota pálida, a filha do dirigente sindical assassinado, que num gesto que não sabe se deve considerar de rebeldia, aborrecimento ou vigilância, se instala na sala, numa cadeira não muito distante da poltrona em que U assiste à televisão. A porta do quarto se fecha. Acabam-se os ruídos em surdina.

Talvez esse fosse um bom momento para ir embora, pensa B. Em vez disso, o que ele faz é abrir a garrafa de vinho e oferecer um copo à garota pálida, que o aceita sem pestanejar, e a U, que só bebe um golinho, como para não fazer uma desfeita a B, mas na realidade não tem vontade ou não pode beber. E então, enquanto bebem ou fingem que bebem, a garota pálida desanda a falar e comenta o último filme que viu, muito ruim, diz, depois pergunta se eles viram algum filme bom que possam lhe recomendar. A pergunta, na realidade, é retórica. A garota pálida, ao formulá-la, o que faz é sugerir uma hierarquia na qual ela reina num dos lugares mais altos. Não carece de delicadeza. Na pergunta também está implícita a vontade (sua vontade, mas também uma vontade superior, alheia a todos, menos ao acaso) de considerar B e U parte dessa hierarquia, o que não deixa de ser uma mostra palpável do seu senso integrador, inclusive em circunstâncias como aquela.

U abre a boca pela primeira vez e diz que há muito não vai ao cinema. Ao contrário do que B esperava, o timbre da sua voz é perfeitamente normal. Bem modulado, com um tom que deixa transparecer uma leve tristeza, um tom chileno, um tom piramidal que não desagrada a garota pálida nem teria desagradado aos que estão trancados no quarto se houvessem tido a oportunidade de ouvi-lo. Tampouco desagrada a B, para quem esse tom traz ressonâncias estranhas, um filme em preto e branco e mudo em que de repente todos começam a gritar de forma incompreensível e ensurdecedora, enquanto no centro da objetiva uma estria vermelha começa a se formar e a se estender pelo resto da tela. Essa visão ou essa premonição, se podemos chamá-la assim, deixa B tão nervoso que, sem querer, abre a boca e diz que viu sim, recentemente, um filme e que o filme é muito bom.

E ato contínuo (embora no fundo o que deseja é se levantar daquela poltrona e sair da sala e da casa e ir para longe daquele bairro) põe-se a contar o filme. Conta para a garota pálida, que o ouve com uma expressão de mal-estar e de interesse no rosto (como se o mal-estar e o interesse fossem indissociáveis), mas na realidade é a U que ele está contando, ou é isso que, em meio às suas palavras desajeitadas e rápidas, a consciência de B crê.

Em sua memória esse filme está marcado a fogo. Ainda hoje se lembra dele, inclusive em pequenos detalhes. Naquela época acabara de vê-lo, de modo que sua narração deve ter sido, pelo menos, viva. O filme conta a história de um monge pintor de ícones na Rússia medieval. Através das palavras de B desfilam os senhores feudais, os popes, os camponeses, as igrejas queimadas, as invejas e a ignorância, as festas e um rio de noite, as dúvidas e o tempo, a certeza da arte, o sangue que é irremediável. Três personagens aparecem como figuras centrais, se não no filme, em todo caso na narração que do filme russo faz esse chileno em casa de chilenos, em frente da cadeira de um chileno suicida frustrado, numa suave tarde de primavera em Barcelona: o primeiro personagem é o monge pintor; o segundo personagem é um poeta satírico, na realidade uma espécie de beatnik, um goliardo, um sujeito pobre e mais para o ignorante, um bufão, um Villon perdido nas imensidões da Rússia, que o monge, sem querer, faz ser preso pelos soldados; o terceiro personagem é um adolescente, o filho de um fundidor de sinos, que depois de uma epidemia afirma ter herdado os segredos paternos daquela difícil arte. O monge é o artista integral e íntegro. O poeta caminhante é um bufão, mas em seu rosto se concentra toda a fragilidade e toda a dor do mundo. O adolescente fundidor de sinos é Rimbaud, isto é, o órfão.

O fim do filme, demorado como um nascimento, é o processo de fundição do sino. O senhor feudal quer um sino novo, mas uma praga dizimou a população e o fundidor morreu. Os homens do senhor feudal vão buscá-lo, mas só encontram uma casa em ruínas e o único sobrevivente, seu filho. O adolescente tenta convencê-los de que sabe como se faz um sino. Depois de algumas hesitações, os esbirros do senhor o levam consigo, não sem antes avisar que ele pagará com a vida se o sino sair defeituoso.

O monge, que voluntariamente parou de pintar e se impôs o voto de silêncio, passa de vez em quando pelo campo onde os trabalhadores estão construindo o sino. O adolescente às vezes o vê e caçoa dele (o adolescente caçoa de tudo). Faz perguntas que o monge não responde. O rapaz ri dele. Nos arredores da cidade murada, enquanto avança o processo de construção do sino, cresce uma espécie de romaria popular à sombra dos andaimes dos trabalhadores. Uma tarde, passando por ali em companhia de outros monges, o monge pintor para para ouvir um poeta, que é o beatnik que, por culpa sua, foi encarcerado faz muitos anos. O poeta o reconhece e joga-lhe na cara sua ação passada e relata para ele, com palavras brutais e com palavras infantis, os castigos que sofreu, quão perto esteve, dia após dia, da morte. O monge, fiel ao seu voto de silêncio, não responde, mas pela forma que o fita percebe-se que assume tudo, o que lhe cabe e o que não lhe cabe, e que lhe pede perdão. A gente olha para o poeta e para o monge e não entende nada, mas roga ao poeta que siga contando histórias, que deixe o monge em paz e continue fazendo-os rir. O poeta está chorando, mas quando se volta para os seus ouvintes recobra o bom humor.

E assim se passam os dias. Às vezes o senhor feudal e seus nobres se aproximam da fundição improvisada para ver os trabalhos do sino. Não falam com o adolescente e sim com um esbirro do senhor feudal, que serve de intermediário. O monge também passa e observa, com interesse crescente, os trabalhos. O interesse do monge, nem o próprio monge compreende. Por outro lado, a equipe de artesãos às ordens do adolescente está preocupada com o garoto. Alimentam-no. Brincam com ele. Com o convívio diário se afeiçoaram ao rapaz. Chega por fim o grande dia. Levantam o sino. Todo mundo se reúne ao redor dos andaimes de madeira onde está pendurado e onde tangerá pela primeira vez. O povoado inteiro saiu para o outro lado da muralha. O senhor feudal e seus nobres, inclusive um jovem embaixador italiano, para o qual os russos parecem uns selvagens, esperam. O monge, misturado à multidão, também espera. Tocam o sino. O repique é perfeito. Nem o sino se quebra, nem o som se apaga. Todos felicitam o senhor feudal, inclusive o italiano. O povo está em festa.

Quando tudo acaba, no que antes era uma romaria e agora é um grande espaço cheio de escombros, só restam duas pessoas junto da fundição abandonada, o adolescente e o monge. O adolescente está sentado no chão e chora copiosamente. O monge está de pé ao lado dele e o observa. O adolescente olha para o monge e diz que o pai, aquele porco bêbado, nunca lhe ensinou a arte da construção de sinos, que preferiu morrer levando o segredo consigo, que ele aprendeu sozinho, observando-o. Depois continua a chorar. Então o monge se agacha e, quebrando o voto de silêncio que havia jurado seria por toda a vida, lhe diz: venha comigo para o mosteiro, tornarei a pintar e você fará sinos para as igrejas, não chore mais.

E aí acaba o filme.

Quando B para de falar, U está chorando.

A garota pálida está sentada na cadeira e espia algo pela janela, talvez somente a noite. Deve ser um bom filme, diz, e continua espiando algo que B não vê. Então U toma de um só gole seu copo de vinho, sorri para a garota pálida, depois para B e esconde a cabeça entre as mãos. A garota pálida se levanta em silêncio e ao retornar vem acompanhada pela mulher de U e pela dona da casa. A mulher de U se ajoelha junto de U e lhe afaga os cabelos. O dono da casa e a bruxa aparecem no corredor, sem dizer nada, até que a bruxa vê a garrafa de vinho esquecida sobre a mesa e serve-se um copo.

Esse gesto é como um tiro inicial. Todos começam a se servir um pouco de vinho. A bruxa faz um brinde. O dono da casa faz um brinde. A garota pálida faz um brinde. Quando B quer encher seu copo outra vez, não tem mais vinho. Tchau, diz aos donos da casa. E vai embora.

Só quando chega à porta da rua (à porta que está escura e à rua que o aguarda) se dá conta de que não contou o filme para U, mas para si mesmo.

Este relato deveria acabar aqui, mas a vida é um pouco mais dura do que a literatura.

B não torna a ver U nem a mulher de U. Na verdade, B já não necessita de U nem do fantasma radiante que sua imagem derruída lhe sugeria. Um dia, porém, fica sabendo que U foi a Paris visitar um ex-companheiro de partido. Não fez a viagem sozinho. U parte acompanhado de outro chileno. Viajam de trem. Pouco antes de chegar a Paris, U se levanta sem dizer nada e não volta mais para o seu compartimento. O companheiro acorda quando o trem se põe em marcha. Procura U e não o encontra. Depois de falar com o fiscal do trem conclui que U desceu na estação que acabam de deixar para trás. Nessa mesma hora, de madrugada, o telefone toca na casa de U. Quando sua mulher por fim acorda, se levanta e vai até a sala, o telefone para de tocar. Pouco depois toca o telefone na casa de um amigo, que, sim, atende a tempo e consegue falar com U. Este diz que está num vilarejo francês que não conhece, que ia a Paris, mas que de repente, inexplicavelmente, perdeu a vontade e que agora está voltando para Barcelona. O amigo pergunta se tem dinheiro. U responde que sim. Segundo esse amigo, U parece tranquilo, *aliviado* até de ter tomado essa decisão. De modo que o trem de U segue viagem para Paris, rumo ao norte, e U começa a caminhar pelo lugarejo, rumo ao sul, como se de repente tivesse adormecido ou quisesse voltar para Barcelona a pé.

Não telefona mais.

Junto do lugarejo há um bosque. Em algum momento da noite, U abandona o caminho e se interna no bosque. No dia seguinte um camponês o encontra pendurado numa árvore, enforcado com seu próprio cinto, um feito não tão fácil quanto à primeira vista pode parecer. O passaporte, os demais documentos de U, a carteira de motorista, o cartão da Seguridade Social, os policiais localizam espalhados longe do cadáver, como se U os houvesse atirado enquanto ia pelo bosque ou como se houvesse tentado escondê-los.

Vagabundo na França e na Bélgica

B entrou na França. Passa cinco meses andando por lá e gastando todo o dinheiro que tem. Sacrifício ritual, ato gratuito, aborrecimento. Às vezes toma notas, mas em geral não escreve, só lê. O que lê? Romances policiais em francês, idioma que mal entende, o que faz os romances serem mais interessantes ainda. Mesmo assim sempre descobre o assassino antes da última página. Por outro lado, a França é menos perigosa que a Espanha, e B precisa sentir-se numa zona de baixa intensidade de perigo. Na realidade B entrou na França e tem dinheiro porque vendeu um livro que ainda não escreveu e, depois de depositar sessenta por cento na conta corrente de seu filho, foi para a França porque gosta da França. Só isso. B pegou o trem de Barcelona a Perpignan e durante meia hora ficou zanzando pela estação de Perpignan, entendeu tudo o que precisava entender, depois foi comer num restaurante da cidade, foi ao cinema ver um filme inglês, depois, ao cair da tarde, pegou outro trem que o levou diretamente a Paris.

Em Paris, B se hospeda num pequeno hotel da rue Saint-

-Jacques, no primeiro dia visita o Jardin du Luxembourg, senta--se num banco do parque, lê, então volta à rue Saint-Jacques e procura um restaurante barato onde come.

No segundo dia, depois de terminar um romance em que o assassino vive num asilo (se bem que o asilo pareça o espelho de Lewis Carroll), vai dar umas voltas pelos sebos e encontra um na rue du Vieux Colombier, onde descobre um antigo número da revista *Luna Park*, o número 2, um número especial dedicado aos grafismos ou às grafias, com textos e desenhos (o texto é o desenho e vice-versa) de Roberto Altmann, Frédéric Baal, Roland Barthes, Jacques Calonne, Carlfriedrich Claus, Mirtha Dermisache, Christian Dotremont, Pierre Guyotat, Brion Gysin, Henri Lefebvre e Sophie Podolski.

A revista, que aparece ou aparecia três vezes ao ano por iniciativa de Marc Dachy, é editada em Bruxelas, pela TRANS-ÉDITION, e tem ou tinha seu endereço na rue Henry van Zuylen, número 59. Roberto Altmann, em certa época, foi um artista famoso. Quem se lembra agora de Roberto Altmann?, pensa B. Carlfriedrich Claus, a mesma coisa. Pierre Guyotat foi um romancista notável. Mas notável não é sinônimo de memorável. Na verdade B gostaria de ser como Guyotat, em outros tempos, quando B era moço e lia as obras de Guyotat. Aquele Guyotat calvo e poderoso. Aquele Guyotat disposto a comer qualquer um na escuridão de uma chambre de bonne. De Mirtha Dermisache não se lembra, mas o nome dela lhe soa familiar, devia ser uma mulher bonita, uma mulher elegante com quase toda certeza. Sophie Podolski foi uma poeta que ele e seu amigo L apreciaram (e inclusive se poderia dizer que amaram) ainda no México, quando B e L viviam no México e tinham apenas pouco mais de vinte anos. Roland Barthes, bem, todo mundo sabe quem é Roland Barthes. De Dotremont tem notícias vagas, talvez tenha lido alguns poemas dele em alguma antologia perdida. Brion Gysin foi o amigo de Burroughs, aquele que deu a ideia dos cut-up. E finalmente Henri Lefebvre. B não sabe nada de Lefebvre. É o único de que não sabe nada e seu nome, naquele sebo, se ilumina de repente como um fósforo num quarto escuro. Pelo menos é dessa forma que B sente. Gostaria mesmo é que tivesse se iluminado como uma tocha. E não num quarto escuro mas numa caverna, mas o caso é que Lefebvre, o nome Lefebvre, resplandece brevemente daquela maneira e não de outra.

B então compra a revista e se perde pelas ruas de Paris, aonde foi para se perder, para ver passarem os dias, se bem que a imagem que B tem desses dias perdidos seja uma imagem ensolarada, e ao caminhar com a revista *Luna Park* dentro de uma sacolinha de plástico que pende preguiçosamente da sua mão, a imagem é ocluída, como se aquela velha revista (muito bem editada, decerto, e que se mantém quase nova apesar dos anos e da poeira que se acumula nos sebos) concitasse ou produzisse um eclipse. O eclipse, B sabe, é Henri Lefebvre. O eclipse é a relação entre Henri Lefebvre e a literatura. Ou melhor dizendo: o eclipse é a relação entre Lefebvre e a escritura.

Depois de andar sem rumo por muitas horas, B volta ao hotel. Sente-se bem. Sente-se descansado e com vontade de ler. Antes, num banco do *square* Louis XVI, tentou em vão decifrar os grafismos de Lefebvre. A empreitada se mostra difícil. Lefebvre desenha suas palavras como se as letras fossem folhas de relva. As palavras parecem movidas pelo vento, um vento que sopra do leste, um prado de relva de altura desigual, um cone que se desfaz. Enquanto as observa (porque a primeira coisa a fazer é *observar* essas palavras), B recorda, como se estivesse vendo no cinema, campos perdidos onde ele, adolescente e no hemisfério sul, procurava, distraído, um trevo de quatro folhas. Depois pensa que talvez essa recordação pertença efetivamente a um filme e não à sua vida real. A vida real de Henri Lefebvre, aliás, é de uma simplicidade comovente: nasceu em Masnuy Saint-Jean em 1925. Morreu em Bruxelas em 1973. Ou seja: morreu no ano em que os militares chilenos deram o golpe. B começa a recordar o ano de 1973. É inútil. Andou demais e, no fundo, embora se sinta descansado, está cansado e é de dormir ou comer que precisa. Mas B não consegue dormir e sai para comer alguma coisa. Veste-se (estava nu mas não se lembra em que momento se despiu), penteia-se e desce à rua. Come num restaurante da rue des Écoles.

Junto da sua mesa tem uma mulher que também come sozinha. Sorriem um para o outro, saem juntos. Ele a convida para subir ao seu quarto. A mulher aceita com naturalidade. Fala e B a observa como se a visse através de uma cortina. Embora a escute com atenção, é pouco o que entende. A mulher conta fatos desconexos: crianças balançando-se num parque, uma velha tricotando, o movimento das nuvens, o silêncio que, segundo os físicos, reina no espaço exterior. Um mundo sem ruídos, diz, onde até a morte é silenciosa. A certa altura B pergunta, só por perguntar, em que trabalha, e ela responde que é prostituta. Ah, sei, diz B. Mas diz por dizer. Na realidade, para ele tanto faz. Quando a mulher por fim adormece, B procura a *Luna Park*, que está jogada no chão, quase debaixo da cama. Lê que Henri Lefebvre, nascido em 1925 e morto em 1973, passou a infância e a adolescência no campo. Nos campos verde-escuros da Bélgica. Depois seu pai morre. Sua mãe, Julia Nys, torna a se casar quando ele tem dezoito anos. Seu padrasto, um sujeito jovial, chama-o de Van Gogh. Não porque gostasse de Van Gogh, evidentemente, mas para debochar do enteado. Lefebvre vai morar sozinho. Não tarda porém a voltar para a casa da mãe, ao lado de quem permanece até a morte dela, em junho de 1973.

Dois ou três dias depois da morte da mãe, encontram o corpo de Henri junto da escrivaninha. Causa do óbito: morte por absorção maciça de medicamentos. B se levanta da cama, abre a janela e contempla a rua. Depois da morte de Lefebvre encontram quinze quilos de manuscritos e desenhos. *Très peu de textes "publiables"*, diz a breve nota bibliográfica. De fato, Lefebvre só publica em vida um trabalho intitulado "Phases de la poésie d'André du Bouchet", sob o pseudônimo de Henri Demasnuy, em *Synthèses*, número 190, março de 1962. B imagina Lefebvre em seu vilarejo de Masnuy Saint-Jean. Imagina-o com dezesseis anos, observando um transporte alemão onde só há dois soldados alemães que fumam e leem cartas. Henri Demasnuy; Henri, de Masnuy. Ao se virar a mulher está folheando a revista. Preciso ir embora, ela diz sem olhar para ele e sem parar de virar as páginas. Pode ficar aqui, diz B sem muita esperança. A mulher não diz que sim nem que não, mas um instante depois se levanta e começa a se vestir.

Nos dois dias seguintes B se dedica a vagar pelas ruas de Paris. Às vezes chega até as portas de um museu, mas nunca entra. Às vezes chega até as portas de um cinema e fica um bom tempo contemplando as fotografias, depois vai embora. Compra livros que folheia e nunca termina de ler. Come em restaurantes desconhecidos, depois demora-se um tempão na mesa, como se em vez de estar em Paris estivesse no campo e não tivesse nada melhor a fazer do que fumar e tomar chá de camomila.

Certa manhã, depois de ter dormido um par de horas, B toma um trem para Bruxelas. Tem uma amiga lá, uma negra filha de um exilado chileno e de uma ugandense, mas não se resolve a telefonar para ela. Por algumas horas passeia pelo centro de Bruxelas, depois toma o rumo dos bairros do norte, até que dá com um hotel pequeno numa rua onde não parece haver nada mais do que o hotel. Junto a este há um tapume que protege um terreno baldio onde o mato cresce com o lixo. Em frente há uma fileira de casas que parecem bombardeadas, a maioria desocupada. Em algumas, os vidros estão quebrados, as janelas pendem incertas, como se o vento as houvesse despregado, mas nessa rua quase não tem vento, pensa B debruçado à janela do seu quarto. Também pensa: preciso alugar um carro. Também pensa: não sei dirigir. No dia seguinte vai ver sua amiga. Ela se chama M e agora vive sozinha. Ele a encontra em casa, de jeans e camiseta. Está descalça. Quando M o vê, durante os primeiros segundos custa a reconhecê-lo. Não sabe quem é, fala com ele em francês, olha para ele como se soubesse que B ia machucá-la e não se importasse com isso.

Após hesitar um momento, B diz seu nome. Fala em espanhol. Sou B, diz. Então M se lembra dele e lhe sorri, mas seu sorriso não é uma expressão de alegria por vê-lo, é antes um sorriso de perplexidade, como se não estivesse em seus planos a repentina aparição de B e achasse graça nesse imprevisto. Mas convida-o a entrar e lhe oferece uma bebida. Conversam um pouco, sentados um de frente para o outro, B pergunta por sua mãe (o pai dela morreu faz tempo), por seus estudos, por sua vida na Bélgica. M responde de maneira oblíqua, responde com perguntas sobre a saúde de B, sobre seus livros, sobre sua vida na Espanha.

Finalmente não têm nada o que dizer um ao outro e ficam calados. O silêncio cai bem para M. Tem cerca de vinte e cinco anos, é alta e magra. Seus olhos são verdes, a mesma cor dos olhos do pai. Até as olheiras de M, muito pronunciadas, se assemelham às que tinha o chileno exilado que B conheceu faz muito, quanto tempo?, não se lembra nem lhe importa, quando M era uma menina de dois anos ou algo assim e seu pai e sua mãe, uma estudante ugandense de ciências políticas (curso que aliás não completou), viajavam pela França e pela Espanha sem dinheiro, hospedando-se em casa de amigos.

Por um instante imagina os três, o pai de M, a mãe de M e M, com dois ou três anos e olhos verdes, cercados de pontes pênseis. Na realidade nunca fui muito amigo do pai dela, pensa B. Na realidade nunca houve pontes, nem mesmo pênseis.

Antes de ir embora dá o nome e o telefone do hotel. Naquela noite caminha pelo centro de Bruxelas procurando mulher, mas só encontra figuras espectrais, como se os burocratas ou os bancários houvessem postergado o horário de saída de seus escritórios. Ao chegar ao hotel espera um bom tempo até lhe abrirem a porta. O porteiro é um rapaz jovem e abatido. B lhe dá uma gorjeta, depois sobe pela escada escura até seu quarto.

Na manhã seguinte é acordado por um telefonema de M. Convida-o para almoçar. Onde?, pergunta B. Em qualquer lugar, diz M, pego você e vamos a um lugar qualquer. Enquanto se veste, B pensa em Julia Nys, a mãe de Lefebvre, que ilustrou alguns dos últimos textos do filho. Viviam aqui, pensa, em Bruxelas, em alguma casa deste bairro. Uma rajada de vento que só atravessa sua imaginação borra as casas do bairro de que se lembra. Depois de se barbear, B vai à janela e observa as fachadas vizinhas. Tudo está igual a ontem. Pela rua passa uma senhora de meia-idade, talvez apenas poucos anos mais velha que B, arrastando um carrinho de compras vazio. Alguns metros adiante há um cachorro parado, com o focinho levantado e os olhos, como duas ranhuras de cofrinho, fixos numa das janelas do hotel, talvez a janela de que B o observa. Tudo está igual a ontem, pensa B enquanto põe uma camisa branca, um blazer preto e uma calça preta, então desce para esperar M no saguão do hotel.

O que você acha que é isto?, B pergunta a M, já no carro, apontando para as páginas de Lefebvre na *Luna Park*. Parecem cachos de uva, diz M. Você entende alguma coisa do que está escrito? Não, diz M. Depois torna a olhar para os grafismos de Lefebvre e diz que talvez, só talvez, fale do ser. Naquela manhã, quem fala do ser na realidade é M. Conta-lhe que sua vida é uma sucessão de erros, que esteve muito doente (não diz de quê), relata uma viagem a Nova York semelhante a uma viagem ao inferno. M fala um espanhol recheado de palavras francesas e seu rosto permanece inexpressivo ao longo do seu discurso. De vez em quando se permite um sorriso para acentuar o ridículo de uma situação, ou o que para ela parece ridículo e que de forma alguma o é, pensa B.

Almoçam juntos numa lanchonete da rue de l'Orient, perto da igreja de Notre-Dame Immaculée, igreja que M parece conhecer bem, como se nos últimos anos tivesse virado católica. Depois ela diz que vai levá-lo ao Museu de Ciências Naturais, junto do Leopold Park e do Parlamento Europeu, algo que a B parece contraditório, mas contraditório por quê?, não sabe, mas antes, avisa M, precisa ir em casa pôr outra roupa. B não tem vontade de ver nenhum museu. Além disso, acha que M não precisa trocar de roupa. Diz isso para ela. M solta uma gargalhada. Pareço uma junkie, diz.

Enquanto M se troca, B senta numa poltrona e folheia *Luna Park*, mas logo se chateia, como se *Luna Park* e o pequeno apartamento de M fossem incompatíveis, então se levanta e se dedica a olhar as fotos e os quadros que estão pendurados nas paredes e depois a única estante de livros da sala, com não muitos exemplares, poucos em espanhol, entre os quais reconhece alguns livros do pai de M e que M certamente jamais leu, ensaios políticos, uma história do golpe, um livro sobre as comunidades mapuches, que o fazem sorrir com incredulidade e também com um ligeiro estremecimento que não compreende e que pode ser ternura ou asco ou o simples aviso de que alguma coisa não vai bem, até que de repente M aparece na sala, melhor dizendo, cruza a sala, do seu quarto até onde está a roupa estendida, e B a observa atravessar a sala seminua ou semivestida, e isso mais os velhos livros do pai falecido lhe parecem um sinal. Um sinal de quê? Não sabe. Um sinal terrível, em todo caso.

Quando saem do apartamento, M vai vestida com uma saia escura, bem justa, que chega abaixo dos joelhos, uma blusa branca com os primeiros botões abertos, permitindo ver o nascimento dos seios, e sapatos de salto a fazem pelo menos dois centímetros mais alta do que B. Enquanto seguem a caminho do museu, M fala da sua mãe e indica a fachada de um edifício pelo qual passam sem parar. Só quando estão a mais de cinco ruas de distância B compreende que a mãe de M, viúva do exilado chileno, mora ali, num apartamento daquele prédio. Em vez de perguntar por ela, como queria, lhe diz que na realidade não tem vontade de ir a um museu cujo tema, as ciências naturais, lhe parece meio chato. Mas sua oposição é fraca e se deixa arrastar por M, de repente vigorosa, embora sem perder certa aura de frieza, até o museu.

Lá outra surpresa o aguarda. Ao chegar ao museu, M, depois de pagar as entradas, fica à sua espera no café, lendo o jornal diante de um cappuccino, com as pernas cruzadas num gesto elegante e ao mesmo tempo solitário, que dá a B (que se vira para olhá-la) uma sensação de velhice mais irreal do que verdadeira. Depois B se interna pelas salas até chegar a uma onde encontra umas máquinas onduladas. O que acontecerá com M?, pensa enquanto se senta, as mãos apoiadas nos joelhos, com uma ligeira pontada de dor no peito. Tem vontade de fumar mas ali é proibido. A dor é cada vez mais forte. B fecha os olhos e as silhuetas das máquinas persistem como sua dor no peito, máquinas que talvez não sejam máquinas e sim esculturas incompreensíveis, o desfile da humanidade dolente e ridente rumo ao nada.

Quando volta ao café do museu, M continua sentada, de pernas cruzadas, sublinhando com uma esferográfica prateada alguma coisa no jornal, provavelmente na seção de ofertas de trabalho, que ela fecha com discrição mal B aparece. Comem juntos num restaurante da rue des Béguines. M apenas prova a comida. Quase não fala e, quando o faz, diz que poderiam ir juntos ao cemitério. Venho com frequência a estes bairros, diz. B a encara e garante que não tem a menor vontade de visitar cemitério nenhum. Mas ao saírem do restaurante pergunta onde fica o cemitério. M não responde. Entram no carro e em menos de três minutos lhe mostra com a mão (uma mão que B acha fina e elegante) o castelo Du Karreveld, o cemitério Demolenbeek e um complexo esportivo onde há várias quadras de tênis. B ri. O rosto de M, pelo contrário, permanece hierático e imutável. Mas, no fundo, pensa B, ela também está rindo.

O que vai fazer esta noite?, ela pergunta a B ao levá-lo de volta para o hotel. Não sei, diz B, talvez fique lendo. Por um instante B acredita que M quer lhe dizer uma coisa, mas acaba ficando calada. Naquela noite, efetivamente B tenta ler um dos romances que não esqueceu em Paris, mas ao fim de poucas páginas se dá por vencido e joga o livro nos pés da cama. Sai do hotel. Depois de caminhar um bom tempo sem rumo determinado, envereda por um bairro onde abunda gente de cor. É o que pensa, assim enuncia o momento em que abre os olhos e se vê andando por aquelas ruas. A expressão *gente de cor* nunca lhe agradou. Por que então essa figura de linguagem lhe vem à cabeça? Negros, asiáticos, magrebinos, isso sim, mas não gente de cor, pensa. Pouco depois entra num bar topless. Pede um chá de camomila. A garçonete olha para ele e dá uma risada. É uma mulher bonita, de uns trinta anos, loura e grande. B também ri. Estou doente, diz ele entre risos. A mulher prepara a camomila. Naquela noite B dorme com uma moça negra que fala enquanto dorme. Sua voz, que B recorda suave e cadenciada, durante o sono é rouca e peremptória, como se em algum momento da noite (que escapou a B) se houvesse operado uma transformação nas cordas vocais da moça. Na verdade foi essa voz que o despertou como se lhe dessem uma martelada, depois, quando se dá conta de que é apenas a sua companheira que fala dormindo, permanece apoiado num cotovelo ouvindo-a por um instante, até que decide acordá-la. O que estava sonhando?, pergunta. A moça responde que sonhava com a mãe, morta havia pouco. Os mortos estão em paz, pensa B estirando-se na cama. A moça, como se adivinhasse seus pensamentos, replica que ninguém que já existiu no mundo está em paz. Nem nesta época, nem em nenhuma outra, diz com plena convicção. B sente vontade de chorar, mas em vez disso adormece. Ao acordar na manhã seguinte está sozinho. Não toma café. Não sai do quarto, onde se dedica a ler até uma arrumadeira lhe perguntar se pode fazer a cama. Enquanto espera, sentado no saguão, M o chama ao telefone. Pergunta o que pretende fazer. Antes que B se dê conta M se compromete a ir buscá-lo no hotel.

Nesse dia, como B desconfiava, visitam outro museu e depois comem num restaurante junto de um parque onde um numeroso grupo de crianças e adolescentes se dedica a patinar. Quanto tempo vai ficar aqui?, pergunta M. B responde que pensa ir embora no dia seguinte. Para Masnuy Saint-Jean, diz antes que M lhe pergunte para onde. M não tem a menor ideia de em que lugar da Bélgica fique esse vilarejo. Nem eu, diz B. Se não ficar muito longe posso te levar de carro, diz M. Você tem algum amigo lá? B responde que não. Quando por fim se separam, na porta do hotel, B sai andando pelo bairro até encontrar uma farmácia. Compra preservativos. Depois se dirige para o bar topless da noite anterior, porém por mais voltas que dê (e se perde várias vezes nesse intento) não o encontra. No dia seguinte toma o café da manhã com M num restaurante de beira de estrada. M lhe conta que às vezes, quando está triste, pega o carro e sai guiando sem saber direito aonde vai, só pelo gosto de sentir-se em movimento. Uma vez, diz, cheguei a Bremen e não sabia onde estava. Só sabia que estava na Alemanha, só sabia que tinha saído de Bruxelas de manhã e que já era de noite. E o que você fez?, pergunta B, que intui a resposta. Voltei, diz M.

Em Masnuy Saint-Jean veem vacas. Árvores. Terras em repouso. Um galpão de fibrocimento. Casas de três andares. M, por insistência de B, pergunta pela casa de Julia Nys a uma velha que vende verduras. A velha dá de ombros, mas depois cai na gargalhada e desata uma conversa comprida que B ouve da janela do carro. Ambas, M e a velha, gesticulam, como se falassem da chuva ou do tempo, pensa B. A casa fica na rue Colombier: tem um jardim amplo e descuidado, e um telheiro transformado em garagem. Suas paredes são amarelas, uma árvore de grandes dimensões e que ninguém poda faz muito tempo sombreia a metade esquerda, onde não há janelas. A velha está maluca, diz M, pode ser esta casa mas também pode ser qualquer outra. B toca a campainha. Lá dentro soa uma espécie de badalo. Passado um instante aparece uma garota de uns quinze anos, vestindo jeans e com o cabelo molhado. M pergunta se aquela era a casa de Julia Nys e de seu filho, Henri. A garota diz que quem mora lá são os Marteau. Desde quando?, pergunta B. Desde sempre, diz a garota. Estava lavando o cabelo?, pergunta M. Estava tingindo, responde a garota. Segue-se um curto diálogo que B não entende, mas por um instante M, com seus saltos altos de um lado da cerca, e a garota, com sua calça justa do outro, parecem as figuras principais de uma pintura que, por trás de uma aparência de paz e equilíbrio, lhe provocam uma profunda inquietude. Mais tarde, depois de percorrer o povoado de norte a sul e de sul a norte, entram no que parece ser a biblioteca. Era aqui que Henri, o de Masnuy, vinha ler? Parece impossível. A biblioteca é nova e Lefebvre deve ter sido usuário da anterior, a que havia antes da guerra. Pelo menos há duas bibliotecas, a do seu Henri e esta, diz M, que parece conhecer bem os serviços públicos do seu país. No almoço B come um bife e M uma salada, que deixa pela metade. Eu nem sequer tinha nascido quando seu amigo morreu, diz M com um tom nostálgico. Não foi meu amigo, diz B. Mas você já tinha nascido, replica M com um suave sorriso galhofeiro. Quando ele morreu, eu estava viajando, diz B.

Depois, quando no restaurante em que comeram só restam eles dois numa mesa perto da janela, M lê *Luna Park* 2 e se detém na última página, a que anuncia as colaborações para *Luna Park* 3 ou *Luna Park* 4, se é que o número quatro alguma vez veio à luz. Lê em voz alta a lista de futuros colaboradores: Jean-Jacques Abrahams, Pierrette Berthoud, Sylvano Bussoti, William Burroughs, John Cage, até chegar a Henri Lefebvre, Julia Nys e Sophie Podolski. Tudo parece muito familiar, diz M com um sorriso galhofeiro.

Estão todos mortos, pensa B.

E depois: pena M não sorrir com mais frequência.

Você tem um sorriso lindo, diz. M olha-o nos olhos. Está tentando me seduzir? Não, não, Deus me livre, murmura B.

Bem avançada a tarde, saem do restaurante e voltam ao carro. Onde vamos agora?, pergunta M. A Bruxelas, diz B. M pensa por um momento e finalmente diz que não lhe parece uma boa ideia. Mas liga o motor. Não tenho mais nada a fazer aqui, diz B. Essa frase o perseguirá ao longo de toda a viagem de volta como os faróis de um carro fantasma.

Quando chegam a Bruxelas, B quer voltar para o hotel do qual havia saído naquela manhã. M acha uma besteira ele gastar dinheiro por causa de umas poucas horas, já que ela tem um sofá-cama disponível. Conversam um instante sem sair do carro, estacionado junto da casa de M. Finalmente B aceita passar a noite na casa dela. Pensa sair cedinho na manhã seguinte e pegar o primeiro trem para Paris. Jantam num restaurante vegetariano administrado por um casal de brasileiros, que fecha às três da manhã. Mais uma vez são os últimos fregueses a deixar o local.

No jantar, M fala da sua vida. Por um momento B chega a acreditar que M está analisando toda a sua vida. Não é verdade: M fala da sua adolescência, das suas idas e vindas de Nova York, das suas noites de insônia. Não fala de namorados, não fala de trabalhos, não fala de loucura. M bebe vinho e B fuma um cigarro atrás do outro. Às vezes param de se olhar e observam a passagem de um carro através da janela. Ao chegar em casa, M ajuda B a abrir o sofá-cama e, depois, se tranca em seu quarto. Sem se despir, enquanto lê um romance como se estivesse escrito numa língua de outro planeta, B adormece. Acorda-o a voz de M. Como a puta da outra noite, pensa B, a que falava dormindo. Mas antes que possa reunir vontade suficiente para se levantar, ir ao quarto de M e despertá-la do seu pesadelo, torna a adormecer.

Na manhã seguinte pega um trem com destino a Paris.

Hospeda-se no hotel da rue Saint-Jacques, em outro quarto, e dedica os primeiros dias a procurar nos sebos um livro qualquer de André du Bouchet. Não acha nada. Du Bouchet, como Henri, o de Masnuy, foi apagado do mapa. No quarto dia não sai mais à rua. Manda subir comida ao seu quarto, mas quase não come. Termina de ler o último romance que comprou e joga-o no cesto de lixo. Dorme e tem pesadelos, mas quando acorda tem certeza de que não falou enquanto dormia. No dia seguinte, depois de tomar uma boa chuveirada, sai para passear no Jardin du Luxembourg. Em seguida, pega o metrô e desce em Pigalle. Come num restaurante da rue La Bruyère e vai para a cama com uma puta, que usa o cabelo bem curto na nuca e bem comprido na parte superior do crânio, num hotelzinho da rue Navarin. A puta diz que mora no quarto andar. Não tem elevador. E ali, é evidente, não mora ninguém. É apenas um quarto impessoal que ela e suas amigas utilizam.

Enquanto transam a puta conta piadas. B ri. Ele também, em seu francês macarrônico, lhe conta uma piada que ela não entende. Quando acabam, a puta entra no banheiro e pergunta a B se quer tomar uma ducha. B responde que não, que já tomou de manhã, mas mesmo assim entra no banheiro para fumar um cigarro e vê-la tomar banho.

Sem surpresa (ou pelo menos é o que ele deixa entrever) observa como tira a peruca e a deixa na tampa da privada. Tem cabelo raspado a zero e no couro cabeludo se distinguem duas grandes cicatrizes relativamente recentes. B acende um cigarro e pergunta de que são. A puta está embaixo do chuveiro e não ouve. B não repete a pergunta. Nem sai do banheiro. Ao contrário, se encosta nos ladrilhos brancos e fica vendo o vapor que sai de outro lado da cortina com uma sensação de calma e abandono, até que não distingue mais a peruca, nem a privada, nem sua mão que segura o cigarro.

Quando saem é de noite e, depois de se despedirem, B passa a andar sem pressa mas quase sem parar, vai do cemitério de Montmartre até Pont Royal, um trajeto que lhe parece vagamente familiar, com a estação Saint-Lazare como ponto intermediário. Ao chegar ao hotel se olha no espelho. Espera ver um cachorro batido, mas o que vê é um sujeito de meia-idade, mais para o magro, um tanto suado por causa da caminhada, que procura, encontra e evita seus olhos numa fração de segundo. Na manhã seguinte liga para M em Bruxelas. Não espera encontrá-la. Não espera encontrar ninguém. No entanto alguém atende. Sou eu, diz B. Como está?, pergunta M. Bem, diz B. Encontrou Henri Lefebvre?, pergunta M. Ainda deve estar dormindo, pensa B. Depois responde: não. M ri. Seu riso é bonito. Por que se interessa por ele?, pergunta sem parar de rir. Porque ninguém mais se interessa, responde B. E porque era bom. Ato contínuo pensa: não devia ter dito isso. E pensa: M vai desligar. Cerra os dentes, involuntariamente seu rosto se contrai numa careta crispada. Mas M não desliga.

Prefiguração de Lalo Cura

Parece mentira, mas nasci no bairro dos Empalados. O nome brilha como a lua. O nome, com seu chifre, abre um caminho no sono e o homem caminha por essa trilha. Uma trilha trêmula. Sempre crua. A trilha de chegada ou saída do inferno. A isso se reduz tudo. Aproximar-se ou afastar-se do inferno. Eu, por exemplo, mandei matar. Dei os melhores presentes de aniversário. Financiei projetos faraônicos. Abri os olhos na escuridão. Com extrema lentidão abri os olhos na escuridão total e só vi ou imaginei aquele nome: bairro dos Empalados, fulgurante como a estrela do destino. Evidentemente vou lhes contar tudo. Meu pai foi um padre renegado. Não sei se era colombiano ou de que país. Latino-americano era. Pobre como os ratos, apareceu uma noite em Medellín pregando sermões nas biroscas e nos bordéis. Alguns acreditaram que era um agente do serviço secreto, mas minha mãe impediu que o matassem e o levou para a sua *penthouse* no bairro. Moraram juntos quatro meses, pelo que sei, depois meu pai desapareceu no Evangelho. A América Latina o chamava e ele continuou deslizando nas palavras do sacrifício até desaparecer, até não deixar rastro. Se era sacerdote católico ou protestante, aí está algo que nunca saberei. Sei que estava só e que se movia entre as massas febril e sem amor, cheio de paixão e vazio de esperança. Quando nasci me deram o nome de Olegario, mas sempre me chamaram de Lalo. Meu pai, chamavam de Cura, e foi assim que minha mãe me registrou. Tudo legal. Olegario Cura. Fui até batizado na fé católica. Minha mãe, sem dúvida, era uma sonhadora. Ela se chamava Connie Sánchez e se vocês fossem menos jovens e mais depravados o nome dela não lhes seria estranho. Foi uma das estrelas da Produtora Cinematográfica Olimpo. As outras duas estrelas eram Doris Sánchez, irmã mais moça da minha mãe, e Mónica Farr, nascida Leticia Medina, natural de Valparaíso. Três boas amigas. A Produtora Cinematográfica Olimpo se dedicava ao cinema pornográfico e, apesar do negócio ser semi-ilegal e o ambiente francamente hostil, a empresa não afundou até meados dos oitenta. O responsável era um alemão multifacetado, Helmul Bittrich, capaz de atuar como gerente, diretor, cenógrafo, músico, relações-públicas e ocasional capanga da produtora. Às vezes até representava. Para esses misteres usava o nome de Abelardo Bello. Sujeito estranho esse Bittrich. Nunca o viram com o pênis ereto. Gostava de levantar peso no Gimnasia y Esgrima, mas não era bicha. Apenas no cinema nunca tinha comido ninguém. Homem ou mulher. Se se derem ao trabalho, poderão vê-lo fazendo um voyeur, um mestre-escola ou espionando no seminário, sempre num discreto segundo plano. O que mais gostava era de fazer papel de médico. Um médico alemão, entenda-se, embora a maior parte do tempo nem abrisse a boca: era o doutor Silêncio. O doutor de olhos azuis oculto atrás de uma oportuna cortina de veludo. Bittrich tinha uma casa fora da cidade, no limite do bairro dos Empalados com o Gran Baldío. O chalé dos filmes. A casa da solidão que depois se converteu na casa do crime, numa zona perdida, cheia de arvoredos e mato. Connie costumava me levar lá. Eu ficava no quintal brincando com os cachorros e os gansos que o alemão criava como se fossem seus filhos. As flores cresciam selvagens entre a erva daninha e as covas dos cachorros. Numa manhã qualquer entravam na casa de dez a quinze pessoas. As janelas fechadas não impediam que se ouvissem os gemidos proferidos lá dentro. Às vezes também riam. Na hora de almoçar, Connie e Doris instalavam uma mesa de armar no jardim dos fundos, debaixo de uma árvore, e os empregados da Produtora Cinematográfica Olimpo devoravam com gosto as latas de conserva que Bittrich esquentava num fogareiro a gás. As pessoas comiam diretamente nas latas ou em pratos de papelão. Uma vez entrei na cozinha para ajudar e, ao abrir os armários, só encontrei frascos de laxantes, centenas de frascos alinhados como numa parada militar. Tudo na cozinha era falso. Não havia pratos de verdade, nem talheres de verdade, nem panelas de verdade. O cinema é assim, me disse Bittrich fitando-me com aqueles olhos azuis que então me assustavam e que agora só me dão pena. A cozinha era falsa. Tudo na casa era falso. Quem dorme aqui de noite? Às vezes o tio Helmut, respondia Connie. O tio Helmut dorme aqui para cuidar dos cachorros e dos gansos e continuar o trabalho. O trabalho de montagem de seus filmes artesanais. Artesanais, só que o negócio nunca parava: os filmes iam para a Alemanha, Suíça. Alguns ficavam na América Latina e outros se vendiam nos Estados Unidos, mas a maioria partia para a Europa, que era onde Bittrich tinha clientes. Talvez por isso uma voz em off, a voz do alemão, narrava em seu idioma os esquetes representados. Como um caderno de viagem para sonâmbulos. E a fixação pelo leite materno, outra característica europeia. Quando eu estava dentro de Connie, ela continuou trabalhando. E Bittrich fez filmes de leite materno. Filmes do tipo *Milch* e *Pregnant fantasies*, dedicados ao mercado dos homens que acreditavam ou que gostavam de acreditar que as mulheres grávidas têm leite. Connie, com uma barriga de oito meses, apertava os peitos e o leite fluía como lava. Inclinava-se sobre Pajarito Gómez ou sobre Sansón Fernández ou sobre ambos e dava-lhes uma esguichada de leite. Truques do alemão, Connie nunca teve leite. Um pouco sim, uns quinze dias, talvez vinte, o bastante para que eu provasse. Mas só. Na realidade, os filmes eram do tipo *Pregnant fantasies* e não do tipo *Milch*. Lá está Connie: gorda, loura, e eu dentro, todo encolhido, enquanto ela ri e unta com vaselina o cu de Pajarito Gómez. Seus movimentos já são os movimentos delicados e seguros de uma mãe. Abandonada pelo imbecil do meu pai, lá está Connie, com Doris e Mónica Farr, sorrindo-se intermitentemente, trocando caretas e expressões imperceptíveis ou secretas enquanto Pajarito olha como que hipnotizado para a barriga de Connie. O mistério da vida na América Latina. Como um passarinho diante de uma cobra. Eu tenho a Força, eu me disse da primeira vez que vi o filme, aos dezenove anos, chorando aos borbotões, rangendo os dentes, beliscando as têmporas, eu tenho a Força. Todos os sonhos são reais. Eu gostaria de acreditar que os caralhos que penetraram minha mãe se encontraram no fim da trilha com meus olhos. Sonhei com isso muitas vezes: meus olhos fechados e translúcidos na sopa negra da vida. Da vida? Não: dos negócios que arremedam a vida. Meus olhos em cruz, como a cobra que hipnotiza o passarinho. Sabem, tolices de jovem no cinema. Tudo falso, como dizia Bittrich. E tinha razão, como quase sempre. Por isso as meninas o adoravam. Gostavam de ter o alemão junto delas, uma voz amiga disposta ao consolo ou ao conselho. As meninas: Connie, Doris e Mónica. Três boas amigas perdidas na noite dos tempos. Connie tentou fazer carreira na Broadway. Acho que nunca, nem nos piores anos, repeliu a possibilidade de ser feliz. Lá, em Nova York, conheceu Mónica Farr e compartilharam misérias e ilusões. Foram garçonetes, venderam sangue, trabalharam de puta. Sempre procurando o seu espaço, perambulando pela cidade penduradas num único walkman, algo próprio de dançarinas, cada dia mais magras e mais íntimas. Vedetes, coristas. Procurando Bob Fosse. Numa festa em casa de uns colombianos encontraram Bittrich, de passagem por Nova York com um lote da sua mercadoria. Conversaram até amanhecer. Nada de cama, só música e palavras. Naquela noite foram rolar dados lá pela Sétima Avenida, o artista prussiano e as putas latino-americanas. Não havia mais nada que fazer. Quando sonho, em alguns pesadelos me vejo de novo repousando no limbo e então ouço, a princípio ao longe, o ruído dos dados no chão. Abro os olhos e grito. Alguma coisa mudou para sempre naquela madrugada. Estabeleceu-se, como a peste, o vínculo da amizade. Depois Connie e Mónica Farr conseguiram um contrato para atuar no Panamá, onde lhes sugaram conscienciosamente o sangue. O alemão pagou-lhes a passagem para Medellín, terra de Connie e lugar tão bom quanto outro qualquer para Mónica. Fotos mostram as duas na escada do avião: quem tirou foi Doris, a única pessoa que as esperava no aeroporto. Connie e Mónica estão de óculos escuros e calças justas. Não são muito altas, mas são benfeitas de corpo. O sol de Medellín encomprida suas sombras pela pista vazia de aviões, salvo um, no fundo, saindo de um hangar. Não há nuvens no céu. Connie e Mónica arreganham os dentes. Bebem coca-cola junto ao ponto de táxi e simulam poses turbulentas. Turbulências aéreas e turbulências terrenas. Com seus gestos dão a entender que chegam direto de Nova York, sob uma aura de mistério. Depois Doris, bem mocinha, aparece ao lado delas. As três abraçadas enquanto um galante desconhecido tira a foto, encostadas no para-lamas do táxi e observadas, de dentro, por um taxista tão velho e gasto que custa crer que seja real. Assim começam as trajetórias mais cheias de paixão. Um mês depois já estão rodando o primeiro filme: *Hecatombe*. Enquanto o mundo se convulsiona, o alemão filma *Hecatombe*. Um filme sobre as convulsões do espírito. No cárcere, um santo recorda as noites de plenitude e trepadas. Connie e Mónica transam com quatro caras com jeito de sombras. Doris e o maior ganso de Bittrich passeiam pela margem de um rio pouco caudaloso. A noite está muito mais estrelada que de costume. Ao amanhecer, Doris encontra o Pajarito Gómez e começam a trepar nos fundos da casa de Bittrich. Há um grande alvoroço de gansos. Connie e Mónica aplaudem de uma janela. A pica enrugada do santo resplandece de sêmen. Fim. Os créditos aparecem sobre a imagem de um policial dormindo. O humor de Bittrich. Filmes celebrados por narcotraficantes e homens de negócios. As pessoas simples, como os pistoleiros ou os motobóis, não os entendiam, de bom grado teriam dado cabo do alemão. Outro filme: *Kundalini*. O velório de um criador de gado. Enquanto os parentes choram e tomam café com aguardente, Connie entra num quarto escuro cheio de apetrechos da roça. De um armário gigantesco surgem dois sujeitos disfarçados de touro e de condor, respectivamente. Sem maiores preâmbulos forçam Connie pela frente e por trás. Os lábios de Connie se curvam desenhando uma letra. Mónica e Doris se bolinam na cozinha. Depois se veem estábulos repletos de gado e um homem que se aproxima trabalhosamente, apartando as vacas. É o Pajarito Gómez. Nunca chega: a cena seguinte mostra-o estirado no barro, entre montes de bosta e as patas dos animais. Mónica e Doris fazem um 69 anal numa grande cama branca. O pecuarista morto abre os olhos. Ergue-se e sai do caixão ante o horror e a estupefação de familiares e amigos. Coberta pelo touro e pelo condor, Connie pronuncia a palavra *kundalini*. As vacas fogem dos estábulos e os créditos aparecem sobre o corpo abandonado de Pajarito Gómez, que pouco a pouco vai escurecendo. Outro filme: *Implúvio*. Dois mendigos de verdade arrastam cada um seu saco por uma rua de terra. Chegam ao quintal dos fundos da casa de Bittrich. Acorrentada de modo que só pode ficar de pé, encontramos Mónica Farr completamente nua. Os mendigos esvaziam os sacos: uma nutrida coleção de instrumentos sexuais de aço e couro. Os mendigos põem máscaras com protuberâncias fálicas e, ajoelhados na frente e atrás de Mónica, a penetram com cabeçadas que se mostram no mínimo ambíguas, não se sabe se estão excitados ou se as máscaras os sufocam. Deitado num catre militar, o Pajarito Gómez fuma. Em outro catre, o conscrito Sansón Fernández bate uma punheta. A câmara percorre lentamente o rosto de Mónica: está chorando. Os mendigos se afastam arrastando seus sacos por uma miserável rua não asfaltada. Ainda acorrentada, Mónica fecha os olhos e parece adormecer. Sonha com as máscaras, os narizes de látex, aqueles corpos velhos que mal contêm o ar que respiram, tão enérgicos porém em seu cometimento. Corpos sobrenaturais esvaziados de todo o essencial. Depois Mónica se veste, caminha pelo centro de Medellín, é convidada para uma orgia na qual encontra Connie e Doris, elas se beijam e sorriem, trocam confidências. O Pajarito Gómez, com o uniforme de camuflagem metade por vestir, dorme. Antes de anoitecer, quando a orgia já terminou, o dono da casa quer lhes mostrar sua posse mais apreciada. As moças seguem o anfitrião até um jardim coberto por uma armação de metal e vidro. O dedo com um anel aponta para algo numa extremidade. As moças observam uma pia de cimento em forma de caixão. Ao se debruçarem sobre ela, veem seus rostos desenhados na água. Então cai o crepúsculo e os mendigos adentram uma área de grandes galpões industriais. A música, uma conga de timbaleiros, fica mais alta, torna-se mais sinistra e premonitória, até que finalmente se desencadeia a tormenta. Bittrich adorava esse tipo de efeitos sonoros. Os trovões nas montanhas, o som do raio, as árvores que caem fulminadas, a chuva batendo no vidro. Colecionava-os em fitas cassete de alta qualidade. Para seus filmes, dizia, para conseguir um toque local, mas na realidade gostava deles porque gostava. Toda a gama de ruídos que a chuva produz na selva. O tanger do vento e do mar, compassados ou descompassados. Sons para se sentir só e para arrepiar os cabelos. Sua joia era o rugido de um furacão. Ouvi-o ainda criança. Os atores tomavam café debaixo de uma árvore, e Bittrich manipulava um enorme gravador alemão, distanciado dos demais e ungido pela palidez que lhe dava o excesso de trabalho. Agora você vai ouvir o furacão de dentro, me disse. A princípio não ouvi nada. Creio que esperava um estrondo dos mil demônios, algo que danificasse os tímpanos, de modo que me senti decepcionado ao escutar tão somente uma espécie de redemoinho intermitente. Rasgado e intermitente. Como uma hélice de carne. Depois ouvi vozes, mas não era o furacão, claro, e sim os pilotos do avião que passava perto dele. Vozes duras falando em espanhol e em inglês. Enquanto eu escutava, Bittrich sorria. Depois ouvi outra vez o furacão, e dessa vez ouvi de verdade. O vazio. Uma ponte vertical e vazio, vazio, vazio. Nunca vou me esquecer daquele sorriso de Bittrich. Era como se estivesse chorando. Só isso?, perguntei sem querer reconhecer que já havia sido o bastante. Só isso, disse Bittrich absorto com a fita que girava silenciosa. Depois desligou o gravador, fechou-o com todo cuidado e voltou com os outros para a casa, a fim de continuar trabalhando. Outro filme: *Barqueiro*. Pelas ruínas, seria possível pensar que se tratava da vida na América Latina após a Terceira Guerra Mundial. As garotas percorrem lixões e caminhos despovoados. Depois se vê um rio de leito largo e águas tranquilas. O Pajarito Gómez e outros dois tipos jogam baralho iluminados por uma vela. As garotas chegam a uma taberna onde os homens andam armados. Fazem amor sucessivamente com todos. Do mato contemplam o rio e algumas madeiras amarradas desajeitadamente. O Pajarito Gómez é o barqueiro, pelo menos todos o chamam assim, mas não sai da mesa. Suas cartas são as melhores. Os meliantes comentam como ele joga bem. Como joga bem o barqueiro. Que sorte o barqueiro tem. Pouco a pouco os mantimentos começam a escassear. O cozinheiro e o ajudante de cozinha martirizam Doris, penetram-na com o cabo de enormes facas de açougueiro. A fome toma conta da taberna: alguns se levantam da cama, outros perambulam pelo mato buscando comida. Os homens caem doentes e as garotas escrevem como possessas em seus diários. Pictogramas desesperados. Superpõem-se as imagens do rio e as imagens de uma orgia que nunca termina. O final é previsível. Os homens disfarçam as mulheres de galinha e, depois de forçá-las a capitular, comem-nas num banquete aureolado de penas. Veem-se os ossos de Connie, Mónica e Doris no pátio da taberna. O Pajarito Gómez joga outra mão de pôquer. Sua sorte está apertada como uma luva. A câmara se coloca atrás dele e o espectador pode ver as cartas que tem. Estão em branco. Sobre os cadáveres de todos eles aparecem os créditos. Três segundos antes do fim, o rio muda de cor, tinge-se de negro azeviche. Filme profundo como poucos, costumava lembrar Doris, é dessa vil maneira que nós, artistas de cinema pornô, acabamos, devoradas por uns caras insensíveis depois de sermos usadas sem dó nem piedade. Parece que Bittrich fez esse filme para competir com as fitas de pornô canibal que começaram a causar sensação naquela época. Mas se alguém a vir com alguma atenção, por pouco que veja, se dará conta de que o importante é o Pajarito Gómez, sentado na mesa de jogo. O Pajarito Gómez, que sabia vibrar de dentro para fora até se incrustar nos olhos do espectador. Um grande ator desperdiçado pela vida, por nossa vida, amiguinhos. Mas aí estão os filmes do alemão, ainda impolutos.

E aí está o Pajarito Gómez segurando aquelas cartas empoeiradas, com as mãos e o colarinho sujos, as pálpebras eternamente caídas e vibrando sem parar para respirar. O Pajarito Gómez, um caso paradigmático do pornô dos anos oitenta. Não tinha um pau grande, não era culturista, não agradava aos consumidores potenciais dessa classe de filmes. Parecia-se com Walter Abel. Um aficionado que Bittrich tirou do fundo do poço para pô-lo diante de uma câmara: o resto era tão natural que parecia mentira. O Pajarito vibrava, vibrava e, de repente, dependendo da resistência do espectador, este ficava perpassado pela energia daquele pedacinho de homem de aparência tão frágil. Tão pouquinha coisa, tão mal alimentado. Tão estranhamente vitorioso. O ator pornô por excelência do ciclo de filmes colombianos de Bittrich. O que melhor se fazia de morto e o que melhor se fazia de ausente. Também foi o único do elenco do alemão a sobreviver: em 1999 só continuava vivo o Pajarito Gómez, os demais haviam sido assassinados ou tinham sido levados pela doença. Sansón Fernández, morto de aids. Praxíteles Barrionuevo, morto no Parque del Hoyo, em Bogotá. Ernesto San Román, morto a facadas na sauna Arearea, de Medellín. Alvarito Fuentes, morto de aids na prisão de Cartago. Todos jovens e de pica portentosa. Frank Moreno, morto à bala no Panamá. Óscar Guillermo Montes, morto à bala em Puerto Berrío. David Salazar, vulgo Urso Formigueiro, morto à bala em Palmira. Caídos em ajustes de contas ou em rixas fortuitas. Evelio Latapia, enforcado num quarto de hotel em Popayán. Carlos José Santelices, apunhalado por desconhecidos num beco de Maracaibo. Reinaldo Hermosilla, desaparecido em El Progreso, Honduras. Dionisio Aurelio Pérez, morto à bala num botequim da Cidade do México, Distrito Federal. Maximiliano Moret, morto afogado no rio Marañón. Caralhos de vinte e cinco e trinta centímetros, às vezes tão grandes que não conseguiam levantar. Jovens mestiços, negros, brancos, índios, filhos da América Latina cuja única riqueza era um par de ovos e um pênis maltratado pelas intempéries ou milagrosamente rosado sabe lá por que estranhos meandros da natureza. Bittrich entendeu melhor do que ninguém a tristeza dos caralhos. Quero dizer: a tristeza dessas pirocas monumentais na vastidão e na desolação deste continente. Aí está Óscar Guillermo Montes na cena de um filme que esqueci: o ator está nu da cintura para baixo, o pênis pende flácido e gotejante. O pênis é escuro e enrugado, e as gotas são de leite brilhante. Atrás do ator se abre a paisagem: montanhas, baixadas, rios, bosques, cordilheiras, amontoados de nuvens, talvez uma cidade, um vulcão, um deserto. Óscar Guillermo Montes está no alto de um promontório e um ventinho gelado acaricia uma mecha do seu cabelo. Só isso. Parece um poema de Tablada, não é mesmo?, mas vocês nunca ouviram falar de Tablada. Tampouco Bittrich, na realidade não tem importância, o filme está aí, devo ter o vídeo em algum lugar, está aí a solidão a que eu me referia. A paisagem impossível e o corpo impossível. O que pretendeu Bittrich ao filmar essa sequência? Justificar a amnésia, a nossa amnésia? Fazer o retrato dos olhos cansados de Óscar Guillermo? Mostrar-nos simplesmente um pênis não circunciso gotejando na vastidão do continente? Uma sensação de grandeza inútil, de rapazes bonitos e sem escrúpulos, destinados ao sacrifício: desaparecer na vastidão do caos? Quem sabe. Só o cinéfilo Pajarito Gómez, cujos atributos com muito trabalho chegavam aos dezoito centímetros, era inapreensível. O alemão flertava com a morte, estava cagando e andando para a morte!, flertava com a solidão e com os buracos negros, mas com o Pajarito nunca quis nem pôde. Inaferrável, ingovernável, o Pajarito entrava no olho da câmara por acaso, como se passasse por ali e houvesse parado para olhar. Então se punha a vibrar, sem se dosar, e os espectadores, fossem eles punheteiros solitários ou homens de negócios que punham o vídeo por vício, sem lhe dar mais que um par de olhadas, eram atravessados pelos humores daquela coisinha. Líquido prostático eram as emanações de Pajarito Gómez! E isso era algo bem diferente, que não cabia nas elucubrações do alemão. Bittrich sabia disso e geralmente, quando aparecia o Pajarito, não havia efeitos adicionais, nem música nem sons de nenhuma espécie, nada que desviasse a atenção do espectador do que era verdadeiramente importante: o Pajarito Gómez, hierático, chupado ou chupador, comedor ou comido, mas, sempre, como se não quisesse que fosse assim, vibrando. Aos protetores do alemão desagradava profundamente essa capacidade, preferiam que o Pajarito trabalhasse no Mercado Central descarregando caminhões, que fosse usado sem limites e que depois desaparecesse. No entanto não saberiam explicar o que não lhes agradava nele, só intuíam vagamente que era um tipo capaz de atrair o azar e causar incômodo nos corações. Às vezes, quando me lembro da minha infância, penso no que Bittrich deve ter sentido por seus protetores. Os narcotraficantes, ele respeitava, afinal de contas eram os homens do dinheiro, e Bittrich, como bom europeu, respeitava o dinheiro, um ponto de referência em meio ao caos. Mas os militares e os policiais corruptos, o que deve ter pensado deles, ele, que era alemão e lia livros de história. Que caricaturais devem ter lhe parecido, como deve ter rido deles, de noite, após alguma reunião agitada. Macacos com uniformes das SS, nem mais nem menos. E Bittrich, sozinho em casa, rodeado de seus vídeos e de seus sons tremendos, quanto deve ter rido. E eram esses macacos, com seu sexto sentido, que queriam tirar o Pajarito do negócio. Esses macacos patéticos e infames que se atreviam a sugerir a ele, um cineasta alemão em exílio permanente, quem ele devia e quem não devia contratar. Imaginem Bittrich depois de uma dessas reuniões: na casa escura do bairro dos Empalados, quando todos já tinham ido embora menos ele, que toma rum e fuma Delicados mexicanos no cômodo maior, que serve de estúdio e quarto. Na mesa há copos de papel com restos de uísque. Em cima da tevê dois ou três vídeos, as últimas produções da Produtora Cinematográfica Olimpo. Agendas e folhas arrancadas, repletas de números, salários, subornos, gratificações. Dinheiro de bolso. E, no ar, as palavras do comissário de polícia, do tenente de aviação, do coronel do Serviço de Inteligência Militar: queremos essa ave de mau agouro longe. Revolve o estômago da gente vê-lo nesses filmes. É de mau gosto ter aquela babosa fodendo as garotas. Mas Bittrich deixava-os falar, estudava-os em silêncio, depois fazia o que lhe dava na telha. Afinal, era apenas cinema pornô, nada de verdadeiramente rentável. Foi assim que o Pajarito ficou conosco, apesar de, para os capitalistas da produtora, sua presença ser inquietante. O Pajarito Gómez. Um sujeito caladão e muito carinhoso, pelo qual as meninas, sem que se saiba por quê, se tomaram de um afeto muito especial. Todas, devido ao trabalho, o passaram na cara e em todas o Pajarito deixou um ressaibo estranho, algo que não se sabia bem o que era e que convidava a repetir. Suponho que estar com o Pajarito era como não estar em lugar nenhum. Doris até chegou a viver um tempo com ele, mas a coisa não prosperou. Doris e o Pajarito: seis meses entre o hotel Aurora, que era onde ele vivia, e o apartamento da avenida de los Libertadores. Bom demais para durar, vocês sabem, os espíritos singulares não suportam tanto amor, tanta perfeição encontrada por acaso. Se Doris não tivesse tido aquele corpo e, além disso, tivesse sido muda, e se o Pajarito jamais houvesse vibrado. Durante a filmagem de *Cocaína*, um dos piores filmes de Bittrich, o caso terminou. De todo modo continuaram sendo amigos até o fim. Muitos anos depois, quando todos já estavam mortos, procurei o Pajarito. Morava num apartamento minúsculo, de um só cômodo, numa rua que dava para o mar, em Buenaventura. Trabalhava de garçom no restaurante de um policial aposentado, La Tinta del Pulpo, lugar ideal para alguém que temesse ser descoberto. De casa para o trabalho e do trabalho para casa, com uma breve escala na loja de vídeos onde costumava alugar um ou dois filmes por dia. Filmes de Walt Disney e do velho cinema colombiano, venezuelano e mexicano. Todos os dias, pontual como um relógio. Do seu apartamento sem elevador para La Tinta del Pulpo e de lá, alta noite, para o seu apartamento, com os filmes debaixo do braço. Nunca levava comida, só filmes. E os alugava indistintamente, indo ou vindo, na mesma loja, um muquifo de três metros por três, que permanecia aberto dezoito horas por dia. Procurei-o por capricho, porque me deu na veneta. Procurei-o e encontrei-o em 1999, foi fácil, não levei mais de uma semana. O Pajarito tinha então quarenta e nove anos, e aparentava mais dez. Não se surpreendeu ao chegar em casa e me encontrar sentado na cama. Disse-lhe quem eu era, lembrei-lhe os filmes que tinha feito com minha mãe e com minha tia. O Pajarito puxou uma cadeira e ao sentar-se os vídeos caíram no chão. Você veio me matar, Lalito, falou. Um filme era de Ignacio López Tarso e o outro de Matt Dillon, dois de seus atores favoritos. Lembrei-lhe dos velhos tempos de Pregnant fantasies. Nós dois sorrimos. Vi seu bilau transparente como um verme, porque eu ficava de olhos abertos, você sabe, vigiando seu olho de vidro. O Pajarito assentiu com a cabeça, depois fungou o ranho. Você sempre foi um menino esperto, disse, também foi um feto esperto, de olhos abertos, por que não. Eu o vi, isso é que importa, falei. Ali dentro você era rosado no começo, mas depois se tornou transparente e se cagou de susto, Pajarito. Naquela época, você não tinha medo, se movimentava com tanta rapidez que só os animais pequenos e os fetos podiam vê-lo. Só as baratas, as lêndeas, os chatos e os fetos. O Pajarito olhava para o chão. Ouvi-o sussurrar: etc. etc. Depois falou: jamais gostei daquele tipo de filme, um ou dois vá lá, mas tantos é um crime. Na medida do possível sou uma pessoa normal. Por Doris tive um carinho sincero, sua mãe sempre encontrou um amigo em mim, quando você era pequeno nunca fiz mal a você. Lembra? Não fui eu o promotor do negócio, nunca traí ninguém, nunca matei ninguém. Trafiquei um pouco e roubei um pouco, como todos, mas, como está vendo, não pude me aposentar bem. Depois catou os filmes do chão, pôs no vídeo o de López Tarso e, enquanto passavam as imagens sem som, começou a chorar. Não chore, Pajarito, disse-lhe, não vale a pena. Ele já não vibrava. Ou talvez ainda vibrasse um pouquinho e eu, sentado na cama, recolhi aquele resto de energia com a voracidade de um náufrago. É difícil vibrar num apartamento tão reduzido, com um cheiro de caldo de galinha que colava em todos os resquícios. É difícil perceber uma vibração se você está com os olhos fixos em Ignacio López Tarso gesticulando mudo. Os olhos de López Tarso em preto e branco: como se podiam fundir tanta inocência e tanta malícia? Um bom ator, assinalei, para dizer alguma coisa. Um pai da pátria, corroborou Pajarito. Tinha razão. Depois sussurrou: etc. etc. Pobre Pajarito fodido. Por um longo tempo ficamos em silêncio: López Tarso escorregou por seu argumento como um peixe dentro de uma baleia, as imagens de Connie, Mónica e Doris brilharam alguns segundos na minha cabeça e a vibração de Pajarito se tornou imperceptível. Não vim liquidá-lo, disse-lhe finalmente. Naquela época, quando ainda era moço, me custava empregar a palavra matar. Nunca matava: abotoava, apagava, baixava, desintegrava, fazia purê, esfarelava, deitava, pacificava, quebrava, azarava, empacotava, botava lenço e sorriso perenes, arquivava, vomitava. Queimava. Mas o Pajarito eu não queimei, só queria vê-lo e conversar um pouco com ele. Sentir seu tique-taque e recordar meu passado. Obrigado, Lalito, disse, depois se levantou e encheu uma bacia com a água de uma garrafa.

Com movimentos exatos, artísticos e resignados, lavou as mãos e o rosto. Quando eu era menino, Connie, Mónica, Doris, Bittrich, o Pajarito, Sansón Fernández, todos me chamavam assim: Lalito. Lalito Cura brincando com os gansos e os cachorros no jardim da casa do crime, que para mim era a casa da chateação e às vezes do espanto e da felicidade. Agora não há tempo para se chatear, a felicidade desapareceu em algum lugar da terra e só resta o espanto. Um espanto constante, feito de cadáveres e de pessoas comuns e corriqueiras como o Pajarito, que me agradecia. Nunca pensei em matá-lo, falei, conservei todos os seus filmes, não os vejo com muita frequência, reconheço, só em momentos especiais, mas os guardo com cuidado. Sou um colecionador do seu passado cinematográfico, disse-lhe. O Pajarito voltou a sentar-se. Já não vibrava: com o canto dos olhos, espiava o filme de López Tarso e em seu descanso transluzia a paciência das rochas. Eram duas da manhã, segundo o despertador da cama. Na noite anterior eu tinha sonhado que encontrava o Pajarito nu e que enquanto o enrabava lhe gritava no ouvido palavras ininteligíveis sobre um tesouro escondido. Ou sobre um defunto envolto em papéis que resistiam à podridão e à passagem do tempo. Mas nem sequer pus a mão em seu ombro. Vou deixar um dinheiro, Pajarito, para que você viva sem trabalhar. Vou comprar o que você quiser. Vou levá-lo para um lugar tranquilo onde poderá se dedicar a admirar seus atores favoritos. No bairro dos Empalados não houve ninguém como você, falei. Paciência de pedra, Ignacio López Tarso e Pajarito Gómez olharam para mim. Os dois com uma mudez enlouquecida. Com os olhos cheios de humanidade e de medo e de fetos perdidos na vastidão da memória. Fetos e outros seres pequenos de olhos abertos. Amiguinhos, por um instante tive a sensação de que o apartamento inteiro se punha a vibrar. Em seguida me levantei com todo cuidado e fui embora.

Putas assassinas

para Teresa Ariño

— Vi você na televisão, Max, e disse comigo: este é o meu tipo.

— (O tipo mexe a cabeça obstinadamente, tenta bufar, não consegue.)

— Vi você com o seu grupo. É assim que o chama? Talvez diga banda, bando, mas não, acho que chama grupo, é uma palavra simples e você é um homem simples. Vocês tinham tirado as camisetas e exibiam todos o torso nu, peitos jovens, bíceps fortes embora não tão musculosos quanto vocês gostariam, imberbes a maioria, na verdade não prestei muita atenção nos peitos, nos tóraces dos outros, só no seu, alguma coisa em você me chamou a atenção, seu rosto, seus olhos que olhavam para o lugar onde estava a câmara (provavelmente sem saber que estava sendo gravado e que em nossa casa te víamos), olhos sem profundidade, diferentes dos olhos que você tem agora, infinitamente diferentes dos olhos que vai ter daqui a pouco, que olhavam para a glória e a felicidade, para os desejos saciados e a vitória, essas coisas que só existem no reino do futuro e que é melhor não esperar porque nunca chegam.

— (O tipo mexe a cabeça da esquerda para a direita. Insiste com as bufadas, sua.)

— Na realidade, ver você na televisão foi como um convite. Imagine por um instante que sou uma princesa que espera. Uma princesa impaciente. Uma noite vejo você, vejo você porque de alguma maneira eu o procurei (não a você, mas ao príncipe que você também é, e o que o príncipe representa). Seu grupo de dança com as camisetas amarradas no pescoço ou na cintura. Também se poderia dizer: enroladas, que segundo os velhos mais inúteis significa em espanhol voluta de capitel, mas que para mim, que sou jovem e inútil, significa uma peça de roupa enrolada em torno do pescoço, do tórax ou da cintura. Os velhos e eu seguimos por caminhos diferentes, como você pode perceber. Mas não vamos nos distrair do que na verdade nos interessa. Todos vocês são jovens, todos vocês oferecem à noite seus hinos, alguns, os que encabeçam as marchas, arvoram bandeiras. O locutor, um pobre diabo, fica impressionado com o baile tribal de que você participa. Comenta isso com o outro locutor. Estão dançando, diz a voz de boçal dele, como se na nossa casa, na frente da tevê, não nos déssemos conta. É, se divertem, diz o outro locutor. Outro boçal. A eles, de fato, a dança de vocês parece divertir. Na realidade só se trata de uma conga. Na primeira fila são oito ou nove. Na segunda fila são dez. Na terceira fila são sete ou oito. Na quarta fila são quinze. Todos unidos pelas cores e por estarem nus da cintura para cima (com as camisetas amarradas ou enroladas na cintura ou no pescoço ou, à maneira de turbante, na cabeça) e por percorrerem dançando (pode ser que a palavra dançar seja excessiva) a área em que os encerraram previamente. A dança de vocês é como um relâmpago no meio da noite de primavera. O locutor, os locutores, cansados mas ainda com uma centelha de entusiasmo, comemoram a iniciativa de vocês. Vocês percorrem os degraus de cimento da direita para a esquerda, chegam às cercas metálicas e retrocedem da esquerda para a direita. Os que encabeçam cada fila portam uma bandeira, que pode ser a das suas cores ou a espanhola; o resto, inclusive o que fecha a fila, agita bandeiras de dimensões mais reduzidas, ou echarpes, ou as camisetas de que vocês previamente se despojaram. A noite é primaveril, mas ainda faz frio, de modo que o gesto de vocês adquire finalmente a contundência que vocês desejavam e que no fundo é merecida. Depois as filas se desfazem, vocês começam a entoar seus cantos, alguns erguem o braço e saúdam à romana. Sabe qual é essa saudação? Claro que sabe e, se não sabe, neste momento você intui. Sob a noite da minha cidade, você saúda em direção às câmaras de televisão e da minha casa eu o vejo e decido lhe oferecer minha saudação, responder à sua saudação.

— (O tipo nega com a cabeça, seus olhos parecem se encher de lágrimas, os ombros tremem. Seu olhar é de amor? Seu corpo, antes de sua mente, intui o que inevitavelmente acontecerá? Ambos os fenômenos, o das lágrimas e o dos tremores, podem obedecer ao esforço que nesse instante ele realiza, vão esforço, ou a um sincero arrependimento que, como uma garra, prende todos os seus nervos.)

— Então eu tiro a roupa, tiro a calcinha, tiro o sutiã, tomo um banho, ponho perfume, ponho uma calcinha limpa, ponho um sutiã limpo, ponho uma blusa preta, de seda, ponho meu melhor jeans, ponho meias brancas, ponho minhas botas, ponho um blazer, o melhor que tenho, e saio ao jardim, pois para sair à rua tenho antes de atravessar esse jardim escuro de que você tanto gostou. Tudo em menos de dez minutos. Normalmente não sou tão rápida. Digamos que foi a sua dança que acelerou meus movimentos. Enquanto eu me visto, você dança. Em alguma dimensão diferente desta. Em outra dimensão e em outro tempo, como um príncipe e uma princesa, como o chamado ígneo dos animais que se acasalam na primavera, eu me visto e você, dentro da televisão, dança freneticamente, seus olhos fixos em algo que poderia ser a eternidade ou a chave da eternidade, não fosse seus olhos, ao mesmo tempo, estarem sem expressão, estarem vazios, nada dizerem.

— (O tipo assente repetidas vezes. O que antes eram gestos de negação ou desespero se converte em gestos de afirmação, como se subitamente tivesse sido assaltado por uma ideia ou tido uma nova ideia.)

— Finalmente, sem tempo para me olhar no espelho, para verificar o grau de perfeição da minha indumentária, embora provavelmente ainda que tivesse tido tempo não teria desejado me ver refletida no espelho (o que você e eu fazemos é segredo), saio de casa somente com a luz da porta de entrada acesa, subo na moto e atravesso as ruas onde gente mais estranha que você e eu se prepara para passar um sábado divertido, um sábado à altura das suas expectativas, isto é, um sábado triste e que nunca chegará a se encarnar no que foi sonhado, planejado com minúcia, um sábado como outro qualquer, isto é, um sábado briguento e agradecido, baixinho de estatura e amável, depravado e triste. Horríveis adjetivos que não se encaixam em mim, que me custa aceitar, mas que em última instância sempre admito como um gesto de despedida. E eu e minha moto atravessamos essas luzes, esses preparativos cristãos, essas expectativas sem fundamento, e desembocamos na Gran Avenida do estádio, ainda solitária, e paramos debaixo dos arcos das passarelas de acesso, mas olhe só que curioso, preste atenção, quando paramos a sensação que tenho sob as pernas é que o mundo continua se movendo, como efetivamente ocorre, suponho que você saiba, a Terra se move sob os meus pés, sob as rodas da minha moto, e por um instante, por uma fração de segundo, encontrar com você carece de importância, você pode ir embora com seus amigos, pode ir encher a cara ou pegar o ônibus que o levará de volta à sua cidade. Mas a sensação de abandono, como se um anjo me fodesse, sem me penetrar mas na realidade me penetrando até as tripas, é breve, e, justo enquanto hesito ou enquanto analiso surpresa, os portões se abrem e as pessoas começam a sair do estádio, bando de abutres, bando de corvos.

— (O tipo abaixa a cabeça. Ergue-a. Seus olhos tentam compor um sorriso. Seus músculos faciais se contraem num espasmo ou em vários que podem significar muitas coisas: somos feitos um para o outro, pense no futuro, a vida é maravilhosa, não faça uma besteira, sou inocente, *arriba España*.)

— A princípio, procurar você é um problema. Será igual, visto a cinco metros de distância, ao que é na tevê? Sua altura é um problema: não sei se é alto ou de estatura mediana (baixo não é), sua roupa é um problema: a esta hora já começa a fazer frio e sobre o seu torso e sobre o torso dos seus companheiros novamente há camisetas e até jaquetas; alguém sai com a echarpe enrolada (como uma voluta) em torno do pescoço e um até cobriu metade do rosto com a echarpe. A lua cai vertical sobre os meus passos no cimento. Procuro você com impaciência, mas sinto ao mesmo tempo a inquietude da princesa que contempla a moldura vazia onde deveria refulgir o sorriso do príncipe. Seus amigos são um problema elevado ao cubo: são uma tentação. Eu os vejo, sou vista por eles, sou desejada, sei que por mim baixariam as calças sem pensar duas vezes, alguns merecem sem dúvida a minha companhia pelo menos tanto quanto você, mas no último instante sempre lhe sou fiel. Por fim, você aparece rodeado de dançarinos de conga, entoando hinos cujas letras são premonitórias do nosso encontro, com o rosto grave, imbuído de uma importância que só você sabe avaliar, ver em sua exata dimensão; você é alto, bem mais alto do que eu, e tem braços compridos exatamente como imaginei depois de vê-lo na tevê, e quando sorrio para você, quando lhe digo, olá, Max, você não sabe o que dizer, a princípio não sabe o que dizer, só ri, um pouco menos retumbantemente que seus colegas, mas só ri, príncipe da máquina do tempo, ri mas já não anda.

— (O tipo olha para ela, estreita os olhos, procura acalmar a respiração, e à medida que esta se regulariza parece pensar: inspirar, expirar, pensar, inspirar, expirar, pensar...)

— Então, em vez de me dizer não sou o Max, você tenta seguir com seu grupo e por um momento o pânico me domina, um pânico que na memória se confunde mais com o riso do que com o medo. Eu o sigo sem saber muito bem o que farei dali em diante, mas você e mais três param, se viram e me fitam com seus olhos frios, e eu lhe digo Max, temos que conversar, e então você me diz não sou o Max, meu nome não é esse, qual é a sua, está me gozando, está me confundindo com alguém ou o quê, e então eu lhe digo desculpe, você parece muito com o Max, e também lhe digo que quero falar com você, de quê, ora do Max, e então você sorri e fica já definitivamente para trás, seus companheiros se vão, gritam seu nome do bar de onde vocês sairão desta cidade, não tem erro, você diz, a gente se vê lá, e seus colegas vão ficando cada vez menores, da mesma maneira que o estádio vai ficando cada vez menor, eu dirijo a moto com mão firme e acelero fundo, a Gran Avenida a essa hora está quase vazia, só as pessoas que voltam do estádio, e você está atrás de mim e me enlaça a cintura, sinto nas costas o seu corpo que se gruda como um molusco na pedra, e o ar da avenida, de fato, é frio e denso como as ondas que agitam o molusco, você se gruda em mim, Max, com a naturalidade de quem intui que o mar é não só um elemento hostil mas um túnel do tempo, você se enrola na minha cintura como antes sua camiseta estava enrolada no seu pescoço, mas desta vez a conga quem dança é o ar que entra como uma torrente pelo tubo estriado que é a Gran Avenida, e você ri ou diz alguma coisa, talvez tenha visto entre os que deslizam sob o manto das árvores alguns amigos, talvez só esteja insultando uns desconhecidos, ai, Max, você não diz até logo, nem olá, nem a gente se vê, você diz slogans mais velhos que o sangue, mas certamente não mais velhos que a pedra a que você se agarra, feliz por sentir as ondas, as correntes submarinas da noite, mas seguro de não ser arrastado por elas.

— (O tipo murmura algo ininteligível. Uma espécie de baba lhe escorre pelo queixo, mas talvez seja apenas suor. Sua respiração, não obstante, se tranquilizou.)

— E assim, ilesos, chegamos à minha casa na periferia. Você tira o capacete, apalpa os culhões, passa a mão no meu ombro. Seu gesto esconde uma dose insuspeita de ternura e timidez. Mas seus olhos ainda não são suficientemente ternos nem tímidos. Minha casa lhe agrada. Meus quadros lhe agradam. Você me pergunta sobre as figuras que aparecem neles. O príncipe e a princesa, eu lhe respondo. Parecem os Reis Católicos, você diz. Sim, algumas vezes também me ocorreu esse pensamento, Reis Católicos nos limites do reino, Reis Católicos que se espiam num perpétuo sobressalto, num perpétuo hieratismo, mas para mim, para quem sou durante pelo menos quinze horas por dia, são um príncipe e uma princesa, os noivos que atravessam os anos e que são feridos, flechados, que perdem os cavalos durante a caçada e inclusive que nunca tiveram cavalos e fogem a pé, sustentados por seus olhos, por uma vontade imbecil que alguns chamam de bondade e outros de boa disposição natural, como se a natureza pudesse ser adjetivada, boa ou má, selvagem ou doméstica, a natureza é a natureza, Max, não se iluda, e estará sempre aí, como um mistério irremediável, e não me refiro aos bosques que se incendeiam, e sim aos neurônios que se queimam e ao lado esquerdo ou ao lado direito do cérebro que se queima num incêndio de séculos e séculos. Mas você, alma abençoada, acha bonita a minha casa e ainda por cima pergunta se estou só e depois se surpreende por eu rir. Pensa que, se eu não estivesse sozinha, teria convidado você para vir? Pensa que, se eu não estivesse sozinha, teria percorrido a cidade de ponta a ponta na minha moto, com você nas minhas costas, como um molusco grudado numa pedra enquanto minha cabeça (ou minha cabeça de proa) afunda no tempo com o único empenho de trazê-lo são e salvo a este refúgio, a pedra verdadeira, aquela que magicamente se eleva desde as suas raízes e emerge? E de maneira prática: pensa que eu teria levado um capacete extra, um capacete que vela seu rosto dos olhares indiscretos, se a minha intenção não fosse trazê-lo até aqui, até a minha mais pura solidão?

— (O tipo abaixa a cabeça, assente, seus olhos percorrem as paredes do quarto até o último recanto. Mais uma vez, sua transpiração torna a manar como um rio caprichoso — uma falha no tempo? — e as sobrancelhas se veem inundadas de gotas que pendem, ameaçadoras, sobre seus olhos.)

— Você não entende nada de pintura, Max, mas intuo que entende muito de solidão. Você gosta dos meus Reis Católicos, gosta de cerveja, gosta da sua pátria, gosta de respeito, gosta do seu time de futebol, gosta dos seus amigos ou companheiros ou colegas, da banda ou grupo ou bando, da turma que viu você ficar para trás falando com uma dona boa que você não conhecia, e não gosta de desordem, não gosta de negros, não gosta de veados, não gosta que lhe faltem ao respeito, não gosta que tomem o seu lugar. Enfim, são tantas as coisas de que não gosta que no fundo você se parece comigo. Nós nos aproximamos, você e eu, a partir das extremidades do túnel e, embora só vejamos nossas silhuetas, continuamos caminhando decididamente rumo ao nosso encontro. Na metade do túnel por fim poderão nossos braços se entrelaçar e, embora ali a escuridão seja tão grande que não poderemos contemplar nossos rostos, sei que avançaremos sem temor e que tocaremos nossos rostos (você, a primeira coisa que vai tocar vai ser a minha bunda, mas isso também faz parte do seu desejo de conhecer o meu rosto), apalparemos nossos olhos e pronunciaremos talvez uma ou duas palavras de reconhecimento. Então eu me darei conta (então eu poderia me dar conta) de que você não entende nada de pintura, e sim de solidão, o que é quase a mesma coisa. Algum dia nos encontraremos no meio desse túnel, Max, e eu apalparei o seu rosto, o seu nariz, os seus lábios, que costumam expressar melhor do que ninguém a sua estupidez, seus olhos vazios, as rugas minúsculas que se formam em suas faces quando você sorri, a falsa dureza do seu rosto quando você fica sério, quando canta seus hinos, esses hinos que você não compreende, seu queixo que às vezes parece uma pedra mas que mais amiúde, suponho, parece uma hortaliça, esse queixo seu tão típico, Max (tão típico, tão arquetípico que agora penso que foi ele que trouxe você, que perdeu você). E então poderemos voltar a conversar, ou conversaremos pela primeira vez, mas então teremos de transar, tirar a roupa e enrolá-la em nosso pescoço ou no pescoço dos mortos. Aqueles que vivem na voluta imóvel.

— (O tipo chora, também parece tentar falar, mas na realidade são soluços, espasmos provocados pelo pranto o que agita as suas bochechas, as maçãs do rosto, o lugar onde se adivinham os lábios.)

— Como dizem os gângsteres, não é nada pessoal, Max. Claro, nessa asseveração há uma parte de verdade e uma parte de mentira. É sempre uma coisa pessoal. Chegamos ilesos através de um túnel do tempo porque é uma coisa pessoal. Escolhi você porque é uma coisa pessoal. Nem é preciso dizer que eu nunca tinha visto você antes. Pessoalmente, você nunca fez nada contra mim. Isso eu lhe digo para a sua tranquilidade espiritual. Você nunca me violentou. Nunca violentou ninguém que eu conheça. Pode ser até que nunca tenha violentado ninguém. Não é uma coisa pessoal. Talvez eu esteja doente. Talvez tudo isso seja o produto de um pesadelo que nem eu nem você sonhamos, embora lhe doa, embora a dor seja real e pessoal. Desconfio, no entanto, que o fim não será pessoal. O fim, a extinção, o gesto com que tudo isso se acaba irremediavelmente. Mais ainda, pessoal ou impessoalmente, você e eu voltaremos a entrar na minha casa, a contemplar meus quadros (o príncipe e a princesa), a tomar umas cervejas, a nos despir, eu voltarei a sentir suas mãos percorrendo desajeitadas minhas costas, minha bunda, minhas entrepernas, procurando talvez meu clitóris, mas sem saber onde ele se encontra exatamente, voltarei a tirar sua roupa, a pegar sua pica com as duas mãos e a dizer que ela é muito grande quando na realidade não é muito grande, Max, e você devia saber disso, voltarei a metê-la na minha boca e a chupá-la como provavelmente ninguém chupou antes, depois tirarei sua roupa e deixarei que você tire a minha, uma das suas mãos ocupadas com meus botões, a outra segurando um copo de uísque, olharei nos seus olhos, esses olhos que vi na televisão (e com que voltarei a sonhar) e que me fizeram escolher você, voltarei a me repetir que não é nada pessoal, voltarei a lhe dizer, a dizer à sua lembrança nauseabunda e elétrica que não é nada pessoal, e mesmo então terei minhas dúvidas, sentirei frio como agora sinto frio, tentarei lembrar todas as suas palavras, até as mais insignificantes, e não poderei achar consolo nelas.

— (O tipo volta a sacudir a cabeça com gestos de afirmação. O que tenta dizer? Impossível saber. Seu corpo, melhor dizendo, suas pernas, experimentam um fenômeno curioso: por momentos um suor tão abundante e espesso como o da testa as cobre, principalmente a parte interna, por momentos parece que sente frio e a pele, das virilhas até os joelhos, adquire uma textura áspera, se não ao tato, à vista.)

— Suas palavras, reconheço, foram amáveis. Temo, porém, que você não tenha pensado suficientemente bem no que dizia. Ainda menos no que eu dizia. Ouça sempre com atenção, Max, as palavras que as mulheres dizem quando são comidas. Se não falam, bom, então você não tem nada a ouvir e provavelmente não terá nada a pensar, mas se falam, ainda que seja apenas um murmúrio, ouça as palavras delas, pense em seu significado, pense no que dizem e no que não dizem, tente compreender o que na realidade querem dizer. As mulheres são putas assassinas, Max, são macacos enregelados de frio que contemplam de uma árvore doente o horizonte, são princesas que procuram você na escuridão, chorando, indagando as palavras que nunca poderão dizer. No equívoco vivemos e planejamos nossos ciclos de vida. Para os seus amigos, Max, nesse estádio que agora se comprime na sua memória como o símbolo do pesadelo, fui apenas uma piranha esquisita, um estádio dentro do estádio, a que alguns chegam depois de dançar uma conga com a camiseta enrolada na cintura ou no pescoço. Para você eu fui uma princesa na Gran Avenida fragmentada agora pelo vento e pelo medo (de tal modo que a avenida em sua cabeça agora é o túnel do tempo), o troféu particular depois de uma mágica noite coletiva. Para a polícia eu serei uma página em branco. Ninguém jamais compreenderá minhas palavras de amor. Você, Max, se lembra de alguma coisa que eu lhe disse enquanto me passava na cara?

— (O tipo mexe a cabeça, o sinal é claramente afirmativo, seus olhos úmidos dizem que sim, seus ombros tensos, seu ventre, suas pernas que não param de se mover enquanto ela não olha para ele, tentando se desamarrar, sua jugular que palpita.)

— Lembra que falei o vento? Lembra que falei as ruas subterrâneas? Lembra que falei você é a fotografia? Não, na realidade você não lembra. Você bebia demais e estava ocupado demais com os meus peitos e a minha bunda. E não entendeu nada, do contrário teria saído correndo na primeira oportunidade. Gostaria de fazer isso agora, não é verdade, Max? Sua imagem, seu outro eu correndo pelo jardim da minha casa, pulando o portão, afastando-se rua acima a grandes pernadas, como um corredor dos mil e quinhentos metros, ainda se vestindo, cantarolando um dos seus hinos para criar coragem e, depois de vinte minutos de corrida, exausto, no bar onde esperam por você os componentes do seu grupo, ou galera, ou patota, ou turma, ou como se chame, chegar e tomar uma caneca de cerveja, dizer cara, vocês nem imaginam o que me aconteceu, tentaram me matar, uma puta fodida da periferia da cidade, dos arredores da cidade e do tempo, uma puta do além que me viu na tevê (saímos na tevê!) e que me levou de moto, chupou meu pau, me deu a bunda e me disse palavras que a princípio me soaram misteriosas mas que depois entendi, quer dizer, senti, uma puta que me disse umas palavras que senti com o fígado e com os culhões e que a princípio me pareceram inocentes ou tesudas ou produto do meu ferro que chegava até as entranhas dela, mas que depois não me pareceram mais tão inocentes, cara, vou lhes contar, ela não parava de murmurar ou sussurrar enquanto eu trepava nela, normal né?, mas não era normal, não tinha nada de normal, uma puta que sussurra enquanto alguém a fode, então ouvi o que ela dizia, cara, colegas, ouvi suas palavras fodidas que abriam passagem como um barco num mar de testosterona, então foi como se esse mar de testosterona, esse mar de sêmen estremecesse ante uma voz sobrenatural, e o mar se encolheu, se retraiu, o mar desapareceu, caras, e todo o oceano ficou sem mar, toda a costa sem mar, só pedras e montanhas, precipícios, cordilheiras, fossas escuras e úmidas de medo, e nesse nada o barco continuou navegando e eu a vi com meus dois olhos, com meus três olhos, e disse não é nada, não é nada, querida, cagado de medo, fossilizado de medo, depois me levantei tentando disfarçar, disfarçar o cagaço, disse que ia ao banheiro tirar água do joelho, dar uma cagada, e ela olhou pra mim como se eu tivesse recitado John Donne, cara, como se eu tivesse recitado Ovídio, e eu recuei sem parar de olhar para ela, sem parar de olhar para o barco que avançava impassível por um mar de nada e de eletricidade, como se o planeta Terra estivesse nascendo outra vez e só eu estivesse ali para testemunhar o nascimento, mas testemunhar para quem, cara?, para as estrelas, suponho, e quando me vi no corredor fora do alcance do seu olhar, do seu desejo, em vez de abrir a porta do banheiro esgueirei-me até a porta da casa, atravessei o jardim rezando, pulei a cerca e saí correndo rua acima como o último atleta de Maratona, o que não traz notícias de vitória mas de derrota, o que não é ouvido, nem celebrado, nem ninguém lhe oferece uma caneca d'água, mas que chega vivo, cara, e que além do mais entende a lição: nesse castelo não entrarei, essa trilha não percorrerei, essas terras não atravessarei. Nem que me apontem com o dedo. Nem que tudo esteja contra mim.

— (O tipo mexe a cabeça afirmativamente. Está claro que quer dar a entender sua aquiescência. O rosto, devido ao esforço, se avermelha notavelmente, as veias incham, os olhos se esbugalham.)

— Mas você não ouviu as minhas palavras, não soube discernir dos meus gemidos aquelas palavras, as últimas, que talvez tivessem salvado você. Eu o escolhi bem. A televisão não mente, essa é a única virtude dela (essa e os filmes antigos que passam de madrugada), e seu rosto, junto da cerca metálica, depois da conga aplaudida unanimemente, me antecipava (me apressava) o desenlace inevitável. Trouxe você na minha moto, tirei a sua roupa, deixei você inconsciente, amarrei suas mãos e seus pés numa cadeira velha, pus um esparadrapo na sua boca não porque temo que seus gritos alertem alguém, mas porque não desejo ouvir suas palavras de súplica, seus lamentáveis balbucios de perdão, sua débil garantia de que você não é assim, de que tudo era brincadeira, de que estou enganada. É possível que esteja enganada. É possível que tudo seja uma brincadeira. É possível que você não seja assim. Mas o caso é que ninguém é assim, Max. Eu também não era assim. Claro, não vou lhe falar da minha dor, uma dor que você não provocou, ao contrário, você provocou um orgasmo. Você foi o príncipe perdido que provocou um orgasmo, pode se sentir satisfeito. E eu lhe dei a oportunidade de escapar, mas você também foi o príncipe surdo. Agora é tarde, está amanhecendo, você deve estar com as pernas entorpecidas, com cãibras, seus pulsos estão inchados, não devia ter se mexido tanto, quando começamos eu avisei, Max, isto é inevitável. Aceite da melhor maneira que puder. Agora não é hora de chorar nem de lembrar congas, ameaças, porradas, é hora de olhar para dentro de você e compreender que às vezes a gente vai embora inesperadamente. Você está nu na minha câmara de horrores, Max, e seus olhos acompanham o movimento pendular da minha faca, como se ela fosse um relógio ou o cuco de um relógio de parede. Feche os olhos, Max, não é preciso que você continue olhando, feche os olhos e pense com todas as suas forças numa coisa bonita.

— (O tipo, em vez de fechar os olhos, abre-os com desespero e todos os seus músculos disparam no último esforço: seu impulso é tão violento que a cadeira a que está fortemente amarrado cai com ele no chão. Bate com a cabeça e com o quadril, perde o controle do esfíncter e não retém a urina, sofre espasmos, a poeira e a sujeira das lajotas aderem ao seu corpo molhado.)

— Não vou levantar você, Max, está bem assim. Mantenha os olhos abertos ou feche-os, tanto faz, pense numa coisa bonita ou não pense em nada. Está amanhecendo mas, no caso, daria na mesma se estivesse anoitecendo. Você é o príncipe e chega na melhor hora. É bem-vindo, pouco importa como venha ou de onde venha, se uma moto o trouxe ou se chegou com seus próprios pés, se sabe o que o aguarda ou ignora, se apareceu por engano ou consciente de que enfrentava o seu destino. Seu rosto, que até há pouco só era capaz de expressar estupidez, ou raiva, ou ódio, agora se recompõe e sabe expressar aquilo que só é possível adivinhar no interior de um túnel, onde confluem e se misturam o tempo físico e o tempo verbal. Você avança resoluto pelos corredores do meu palácio, parando apenas os segundos necessários para contemplar as pinturas dos Reis Católicos, para tomar um copo d'água cristalina, para tocar com a ponta dos dedos a superfície dos espelhos. O castelo está silencioso apenas em aparência, Max. Por momentos você acredita estar sozinho, mas no fundo sabe que não está. Deixa para trás sua mão levantada, seu torso nu, sua camiseta enrolada na cintura, seus hinos guerreiros que evocam a pureza e o futuro. Este castelo é a sua montanha, que você terá de escalar e conhecer com todas as suas forças porque depois não haverá mais nada, a montanha e a sua ascensão lhe custarão o mais alto preço que você pode pagar. Pense agora no que você deixa, no que pôde deixar, no que teve de deixar e pense também no acaso, que é o maior criminoso que já pisou na Terra. Despoje-se do medo e do arrependimento, Max, pois você já está dentro do castelo e aqui só existe o movimento que o levará inelutavelmente aos meus braços. Agora você está no castelo e sem se virar ouve as portas se fecharem. Você avança no meio do sono por corredores e salas de pedra nua. Que armas você leva, Max? Só a sua solidão. Você sabe que em algum lugar eu estou à sua espera. Sabe que também estou nua. Por momentos você sente as minhas lágrimas, vê o fluir das minhas lágrimas pela pedra escura e acredita que já me encontrou, mas o cômodo está vazio e isso o desconsola e ao mesmo tempo o estimula. Você continua subindo, Max. O cômodo seguinte está sujo e não parece ser de um castelo. Tem uma velha televisão que não funciona e um catre com dois colchões. Alguém chora em algum lugar. Você vê desenhos de criança, roupa velha coberta de mofo, sangue seco e pó. Abre outra porta. Chama alguém. Diz a esse alguém que não chore. Na poeira do corredor vão ficando suas pegadas. Por momentos você acredita que as lágrimas gotejam do teto. Não tem importância. No caso, daria no mesmo se brotassem da ponta do seu pau. Por momentos todos os cômodos parecem o mesmo cômodo estragado pelo tempo. Se olhar para o teto vai pensar ver uma estrela ou um cometa ou um relógio cuco sulcando o espaço que vai dos lábios do príncipe aos lábios da princesa. O castelo é escuro, enorme, frio, e você está só. Mas sabe que há outra pessoa escondida em alguma parte, sente as lágrimas, sente a nudez dela. Nos braços dela aguarda-o a paz, o calor, e nessa esperança você avança, evita caixas cheias de recordações que ninguém tornará a fitar, malas com roupa velha que alguém esqueceu ou não quis jogar no lixo, e de vez em quando você chama a sua princesa, onde você está?, diz você com o corpo enregelado de frio, fazendo os dentes rangerem, bem no meio do túnel, sorrindo na escuridão, talvez pela primeira vez sem medo, sem ânimo para provocar medo, animado, exultante, cheio de vida, tateando na escuridão, abrindo portas, cruzando por corredores que o aproximam das lágrimas, na escuridão, guiando-se unicamente pela necessidade que seu corpo tem de outro corpo, caindo e se levantando, e por fim chega à câmara central, e por fim me vê e grita. Estou imóvel e não sei de que natureza é o seu grito. Só sei que por fim nos encontramos e que você é o príncipe veemente e eu sou a princesa inclemente.

O retorno

Tenho uma notícia boa e uma má. A boa é que existe vida (ou algo parecido) depois da vida. A má é que Jean-Claude Villeneuve é necrófilo.

Minha morte sobreveio numa discoteca de Paris às quatro da manhã. Meu médico tinha me avisado, mas há coisas superiores à razão. Erroneamente acreditei (do que ainda agora me arrependo) que dançar e beber não constituíam a mais perigosa das minhas paixões. Além do mais, minha rotina de quadro médio da Fracsa contribuía para que todas as noites eu procurasse nos lugares da moda em Paris o que não encontrava no meu trabalho nem no que a gente chama de vida interior: o calor de uma certa desmesura.

Mas prefiro não falar ou falar o menos possível disso. Eu tinha me divorciado havia pouco e estava com trinta e quatro anos quando ocorreu meu falecimento. Mal me dei conta do sucedido. De repente uma pontada no coração, o rosto de Cecile Lamballe, a mulher dos meus sonhos, que permanecia impávido, a pista de dança que girava de forma demasiado violenta absorvendo os que dançavam e as sombras, e logo em seguida um breve instante de escuridão.

Depois tudo ocorreu como explicam em alguns filmes, e sobre esse ponto gostaria de dizer algumas palavras.

Na vida não fui uma pessoa inteligente nem brilhante. Continuo não sendo (embora tenha melhorado muito). Quando digo inteligente, na realidade quero dizer reflexivo. Mas tenho certo ímpeto e certo gosto. Ou seja, não sou um casca-grossa. Objetivamente falando, sempre estive longe de ser um casca-grossa. Estudei administração de empresas, é verdade, mas isso não me impediu de ler de vez em quando um bom romance, de ir de vez em quando ao teatro e de frequentar com mais assiduidade que a maioria das pessoas as salas de cinema. Alguns filmes vi por obrigação, arrastado pela minha ex-mulher. O resto vi por vocação de cinéfilo.

Como tantas outras pessoas também fui ver *Ghost*, não sei se vocês se lembram, um sucesso de bilheteria, aquele com Demi Moore e Whoopy Goldberg, aquele em que matam o Patrick Swayze e o corpo fica estendido numa rua de Manhattan, um beco talvez, enfim, uma rua suja, enquanto o espírito de Patrick Swayze se separa do corpo, num espetáculo de efeitos especiais (principalmente para a época) e contempla estupefato seu cadáver. Bom, para mim (efeitos especiais à parte) pareceu uma idiotice. Uma solução fácil, digna do cinema americano, superficial e nada crível.

Quando chegou a minha vez, no entanto, foi exatamente isso que aconteceu. Fiquei petrificado. Em primeiro lugar, por ter morrido, o que é sempre inesperado, salvo, suponho, no caso de alguns suicidas, e depois por estar interpretando involuntariamente uma das piores cenas de *Ghost*. Minha experiência, entre mil outras coisas, me faz pensar que por trás da puerilidade dos americanos às vezes se esconde algo que nós, europeus, não podemos ou não queremos entender. Mas depois de morrer não pensei nisso. Depois de morrer teria com muito gosto desatado a rir aos berros.

A gente se acostuma a tudo, e além do mais naquela madrugada eu me sentia enjoado ou bêbado, não por ter ingerido bebidas alcoólicas na noite do meu falecimento, o que não fiz, ao contrário, foi uma noite de suco de abacaxi misturado com cerveja sem álcool, mas pela impressão de estar morto, pelo medo de estar morto e não saber o que viria depois. Quando a gente morre o mundo real se *move* um pouquinho, e isso contribui para o enjoo. É como se de repente você colocasse uns óculos de outro grau, não muito diferentes dos seus, mas distintos. E o pior é que você sabe que são seus os óculos que colocou, e não óculos errados. O mundo real se *move* um pouquinho para a direita, um pouquinho para baixo, a distância que separa você de determinado objeto muda imperceptivelmente, e a gente percebe essa mudança como um abismo, e o abismo contribui para o seu enjoo, mas também não importa.

Dá vontade de chorar ou de rezar. Os primeiros minutos do fantasma são minutos de nocaute iminente. Você fica como um boxeador acertado que se move pelo ringue no dilatado instante em que o ringue está se evaporando. Mas logo você se tranquiliza e geralmente o que você costuma fazer é acompanhar as pessoas que estão com você, sua namorada, seus amigos ou, pelo contrário, seu cadáver.

Eu estava com Cecile Lamballe, a mulher dos meus sonhos, estava com ela quando morri e a vi antes de morrer, mas quando meu espírito se separou do meu corpo não a vi mais em lugar nenhum. A surpresa foi considerável e a decepção, maiúscula, principalmente agora quando penso no fato, apesar de então não ter tido tempo para lamentá-lo. Ali estava eu, olhando para o meu corpo estendido no chão numa pose grotesca, como se no meio da dança e do ataque do coração eu me houvesse descabelado totalmente, ou como se não tivesse morrido de uma parada cardíaca mas pulando do teto de um arranha-céu, e a única coisa que fazia era olhar, rodar, cair, pois eu me sentia absolutamente enjoado, enquanto um voluntário, desses que nunca faltam, me fazia respiração artificial (ou fazia no meu corpo), depois outro me golpeava o coração, depois alguém tinha a ideia de desligar a música, e uma espécie de murmúrio de desaprovação percorria toda a discoteca, bastante cheia apesar do avançado da noite, e a voz grave de um garçom ou de um cara da segurança ordenava que ninguém me tocasse, que era para esperar a chegada da polícia e do juiz, e, embora eu estivesse grogue, gostaria de ter lhes dito que continuassem tentando, que continuassem me reanimando, mas as pessoas estavam cansadas e, quando alguém falou em polícia, todos recuaram e meu cadáver ficou só num lado da pista, com os olhos fechados, até que uma alma caridosa jogou uma toalha em cima de mim para cobrir aquilo que já estava definitivamente morto.

Depois chegou a polícia e uns caras que atestaram o que todo mundo já sabia, depois chegou o juiz e só então me dei conta de que Cecile Lamballe tinha sumido da discoteca, de modo que, quando levantaram meu corpo e o meteram numa ambulância, acompanhei os enfermeiros, entrei na parte de trás do veículo e me perdi com eles no triste e exausto amanhecer de Paris.

Que coisa pouca me pareceu então meu corpo ou meu ex-corpo (não sei como me expressar a seu respeito), condenado ao cipoal da burocracia da morte. Primeiro me levaram para os porões de um hospital, mas não posso assegurar com toda certeza que aquilo era um hospital, onde uma jovem de óculos mandou que me despissem e depois, já sozinha, ficou me olhando e me apalpando por alguns instantes. Depois me cobriram com um lençol e em outra sala tiraram uma cópia completa das minhas impressões digitais. Depois me levaram de volta para a primeira sala, onde então não havia ninguém e onde permaneci um tempo que me pareceu longo e que eu não saberia medir em horas. Talvez tenham sido apenas alguns minutos, mas eu estava cada vez mais entediado.

Passado um instante, um maqueiro negro veio me buscar e me levou para outro andar subterrâneo, onde me entregou a um par de jovenzinhos também vestidos de branco, mas que desde o primeiro momento, não sei por quê, me deixaram cismado. Talvez fosse a maneira de falarem, pretensamente sofisticada, que delatava um par de artistas plásticos de ínfima categoria, talvez fossem os brincos pendurados na orelha, brincos hexagonais que faziam lembrar de forma vaga animais fugidos de um bestiário fantástico e que os moderninhos que circulam pelas discotecas a que fui com irresponsável frequência usavam naquela temporada.

Os novos enfermeiros anotaram alguma coisa num livro, falaram com o negro por uns minutos (não sei de que falaram), o negro se foi e ficamos a sós. Quer dizer, na sala estavam os dois jovens atrás da mesa, preenchendo formulários e papeando um com o outro, meu cadáver na maca, coberto dos pés à cabeça, e eu do lado do meu cadáver, com a mão esquerda apoiada na beirada metálica da maca, tentando pensar qualquer coisa que contribuísse para esclarecer meus dias por vir, se é que haveria dias por vir, coisa sobre a qual eu não tinha nenhuma clareza naquele instante.

Depois um dos jovens se aproximou da maca, me descobriu (descobriu meu cadáver) e ficou me observando durante alguns segundos com uma expressão pensativa que não pressagiava nada de bom. Passado um instante, tornou a cobri-lo e arrastaram, os dois juntos, a maca até a sala ao lado, uma espécie de alvéolo gelado que logo percebi ser o depósito onde se acumulavam os cadáveres. Nunca teria imaginado que morria tanta gente assim em Paris no transcorrer de uma noite qualquer. Colocaram meu corpo numa gaveta refrigerada e foram embora. Não os segui.

Passei ali, no necrotério, todo aquele dia. Às vezes ia até a porta, que tinha uma janelinha de vidro, e via a hora no relógio de parede da sala ao lado. Pouco a pouco a sensação de enjoo foi diminuindo, apesar de que a certa altura tive uma crise de pânico, em que pensei no inferno e no paraíso, na recompensa e no castigo, mas essa classe de temor irracional não se prolongou por muito tempo. A verdade é que comecei a me sentir melhor.

No transcorrer do dia foram chegando novos cadáveres, mas nenhum fantasma acompanhava seu corpo, e por volta das quatro da tarde um jovem míope fez minha autópsia e determinou as causas acidentais da minha morte. Devo reconhecer que não tive estômago para ver como abriam meu corpo. Mas fui até a sala de autópsias e ouvi como o legista e sua ajudante, uma moça bem graciosa, trabalhavam, eficientes e rápidos, tal como seria desejável que todos os funcionários dos serviços públicos fizessem, enquanto eu esperava de costas, olhando para os ladrilhos cor de marfim da parede. Depois me lavaram e me costuraram, e um maqueiro me levou de volta ao necrotério.

Até as onze da noite permaneci ali, sentado no chão embaixo da minha gaveta refrigerada e, apesar de em certo momento ter pensado que ia acabar dormindo, não tinha mais sono nem como conciliá-lo, e o que fiz foi continuar refletindo sobre a minha vida passada e sobre o enigmático porvir (para chamá-lo de alguma maneira) que tinha diante de mim. O burburinho, que durante o dia havia sido como um gotejar constante mas apenas perceptível, a partir das dez da noite cessou ou se mitigou de forma considerável. Às onze e cinco tornaram a aparecer os jovens dos brincos hexagonais. Sobressaltei-me quando abriram a porta. No entanto, já estava me acostumando à minha condição de fantasma e, tendo-os reconhecido, continuei sentado no chão, pensando na distância que me separava agora de Cecile Lamballe, infinitamente maior do que a que havia entre nós quando eu ainda estava vivo. Sempre nos damos conta das coisas quando não há mais remédio. Em vida, tive medo de ser um joguete (ou menos do que um joguete) nas mãos de Cecile e, agora que estava morto, esse destino, antes origem das minhas insônias e da minha insegurança rastejante, se apresentava doce e até não desprovido de certa elegância e de certo peso: a solidez do real.

Mas eu falava dos maqueiros moderninhos. Eu os vi quando entraram no necrotério e, embora não tenha deixado de perceber em seus gestos uma cautela que contradizia seu jeito de ser pegajosamente felino, de pretensos artistas de discoteca, a princípio não prestei atenção em seus movimentos, em seus cochichos, até que um deles abriu a gaveta onde meu cadáver repousava.

Então me levantei e comecei a observá-los. Com gestos de profissionais consumados puseram meu corpo numa maca. Depois arrastaram a maca para fora do necrotério e se perderam por um corredor comprido, com uma suave subida, que ia dar diretamente no estacionamento do prédio. Por um instante pensei que estavam roubando meu cadáver. Meu delírio me levou a imaginar Cecile Lamballe, o rosto branquíssimo de Cecile Lamballe, que emergia da escuridão do estacionamento e dava aos maqueiros pseudoartistas o pagamento estipulado pelo resgate do meu cadáver. Mas no estacionamento não havia ninguém, o que demonstra que eu ainda estava longe de recuperar o meu raciocínio ou mesmo a minha serenidade.

A verdade é que em meu íntimo eu esperava uma noite tranquila.

Por uns instantes voltei a sentir o enjoo dos primeiros minutos de fantasma enquanto os seguia com certa timidez e insegurança pelas inóspitas fileiras de automóveis. Depois meteram meu cadáver no porta-malas de um Renault cinza, com a carroceria cheia de pequenos amassados, e saímos do ventre daquele edifício, que eu já começava a considerar a minha casa, rumo à noite libérrima de Paris.

Não me lembro por que avenidas e ruas transitamos. Os maqueiros estavam drogados, pelo que pude presumir depois de uma olhada mais conscienciosa, e falavam de gente que estava muito acima das suas possibilidades sociais. Não demorei a confirmar minha primeira impressão: eram uns pobres-diabos, no entanto algo em sua atitude, que por momentos parecia esperança e por momentos inocência, fez que eu me sentisse próximo deles. No fundo, nós nos parecíamos, não agora nem nos momentos anteriores à minha morte, mas na imagem que guardava de mim mesmo aos vinte e dois ou aos vinte e cinco anos, quando ainda estudava e acreditava que o mundo algum dia ia se render aos meus pés.

O Renault parou junto a uma mansão num dos bairros mais sofisticados de Paris. Pelo menos foi o que pensei. Um dos pseudoartistas desceu do carro e tocou uma campainha. Ao cabo de um instante uma voz que surgiu da escuridão mandou, não, *sugeriu*, que ele se pusesse mais à direita e erguesse o queixo. O maqueiro seguiu as instruções e levantou a cabeça. O outro assomou à janela do carro e cumprimentou com a mão na direção de uma câmera de vídeo que nos observava do alto do portão. A voz pigarreou (nesse momento eu *soube* que dentro em breve ia conhecer um homem extremamente retraído) e disse que podíamos entrar.

No mesmo instante o portão se abriu com um ligeiro rangido e o carro enveredou por um caminho pavimentado que serpeava por um jardim cheio de árvores e plantas cujo insinuado descuido correspondia mais a um capricho que ao desmazelo.

Paramos numa das laterais da casa. Enquanto os maqueiros tiravam meu corpo do porta-malas, contemplei-a com desalento e admiração. Nunca em toda minha vida tinha estado numa casa como aquela. Parecia antiga. Sem dúvida devia valer uma fortuna. Não passa muito disso o que entendo de arquitetura.

Entramos por uma das portas de serviço. Passamos pela cozinha, impoluta e fria como a cozinha de um restaurante fechado há muitos anos, e percorremos um corredor em penumbra no fim do qual pegamos um elevador que nos levou até o porão. Quando as portas do elevador se abriram lá estava Jean-Claude Villeneuve. Eu o reconheci de imediato. O cabelo comprido e grisalho, os óculos de lentes grossas, o olhar sombrio que insinuava uma criança desprotegida, os lábios finos e firmes que delatavam, pelo contrário, um homem que sabia muito bem o que queria. Usava calça jeans e camiseta branca de manga curta. Sua indumentária me pareceu chocante, pois as fotos que eu havia visto de Villeneuve sempre o mostravam vestido com elegância. Discreto, sim, mas elegante. O Villeneuve que eu tinha diante de mim, pelo contrário, parecia um velho roqueiro insone. Seu andar, no entanto, era inconfundível: movia-se com a mesma insegurança que tantas vezes eu havia visto na televisão, quando, no fim das suas coleções de outono-inverno ou de primavera-verão, pulava na passarela, dir-se-ia quase por obrigação, arrastado por suas modelos favoritas para receber o aplauso unânime do público.

Os maqueiros puseram meu cadáver em cima de um divã verde-escuro e recuaram alguns passos, à espera do veredicto de Villeneuve. Este se aproximou, descobriu meu rosto e sem dizer nada se dirigiu a uma pequena escrivaninha de madeira de lei (suponho) da qual tirou um envelope. Os maqueiros receberam o envelope, que, com quase toda certeza, continha uma soma significativa de dinheiro, mas nenhum dos dois se incomodou em contá-lo, e depois um deles disse que passariam às sete da manhã do dia seguinte para me pegar e se foram. Villeneuve ignorou suas palavras de despedida. Os maqueiros desapareceram por onde tínhamos entrado, ouvi o barulho do elevador e depois silêncio. Villeneuve, sem prestar atenção no meu corpo, ligou um monitor de vídeo. Olhei por cima do seu ombro. Os pseudoartistas estavam perto do portão, esperando que Villeneuve liberasse a saída. Depois o carro se perdeu pelas ruas daquele bairro tão seleto e a porta metálica se fechou com um rangido seco.

A partir daquele momento tudo na minha nova vida sobrenatural começou a mudar, a se acelerar em fases que se distinguiam perfeitamente umas das outras apesar da rapidez com que se sucediam. Villeneuve se aproximou de um móvel muito parecido com o minibar de um hotel qualquer e dele retirou um suco de maçã. Destampou-o, começou a tomá-lo diretamente da garrafa e desligou o monitor de vigilância. Sem parar de beber ligou a música. Uma música que eu nunca tinha ouvido, ou talvez sim, mas então eu a escutei com atenção e me pareceu ser a primeira vez: guitarras elétricas, piano, sax, meio triste e melancólico, mas também forte, como se o espírito do músico não desse seu braço a torcer. Aproximei-me do aparelho com a esperança de ter o nome do músico na capa do CD, mas não vi nada. Só o rosto de Villeneuve, que na penumbra me pareceu estranho, como se ao ficar só e tomar o suco de maçã tivesse se acalorado subitamente. Distingui uma gota de suor no meio da sua bochecha. Uma gota minúscula que descia lentamente em direção ao queixo. Também tive a impressão de perceber um ligeiro tremor.

Depois Villeneuve deixou o vasilhame ao lado do aparelho de som e se aproximou do meu corpo. Por um instante ficou me olhando como se não soubesse o que fazer, o que não era verdade, ou como se tentasse adivinhar que esperanças e desejos palpitaram uma vez naquele vulto envolto num saco de plástico que agora estava à sua mercê. Assim ficou um momento. Eu não sabia, sempre fui um ingênuo, quais eram as suas intenções. Se soubesse teria ficado nervoso. Mas não sabia, de maneira que me sentei numa das confortáveis poltronas de couro que havia na sala e esperei.

Então Villeneuve desfez com extremo cuidado o envoltório que continha meu corpo até deixar o saco enrugado sob as minhas pernas, depois (dois ou três intermináveis minutos depois) retirou totalmente o saco e deixou meu cadáver nu em cima do divã forrado de couro verde. Ato contínuo levantou-se, pois todo o precedente ele tinha feito de joelhos, tirou a camiseta e fez uma pausa sem parar de olhar para mim, e foi então que me levantei, me aproximei um pouco e vi meu corpo nu, mais gordinho do que eu desejaria, mas não muito, os olhos fechados e uma expressão ausente, vi o corpo de Villeneuve, o que poucos viram, pois nosso estilista é famoso entre tantas outras coisas por sua discrição e nunca foram publicadas fotos dele na praia, por exemplo, depois procurei a expressão de Villeneuve para adivinhar o que ia acontecer em seguida, mas só o que vi foi seu rosto tímido, mais tímido do que nas fotos, na verdade *infinitamente* mais tímido do que nas fotos das revistas de moda ou de fofocas.

Villeneuve se despojou da calça e das meias e se deitou ao lado do meu corpo. Aí sim entendi tudo e fiquei mudo de assombro. O que aconteceu em seguida qualquer um pode imaginar, mas não foi uma bacanal. Villeneuve me abraçou, me acariciou, me beijou castamente nos lábios. Massageou meu pênis e os testículos com uma delicadeza semelhante à que uma ou outra vez Cecile Lamballe, a mulher dos meus sonhos, havia usado, e ao fim de um quarto de hora de afagos na penumbra verifiquei que ele estava de pau duro. Meu Deus, pensei, agora vai me sodomizar. Mas não. O costureiro, para minha surpresa, gozou se esfregando na minha coxa. Nesse momento eu gostaria de ter fechado os olhos, mas não consegui. Experimentei sensações antagônicas: nojo pelo que via, agradecimento por não ser sodomizado, surpresa por Villeneuve ser quem era, raiva dos maqueiros por terem vendido ou alugado meu corpo e até vaidade por ser involuntariamente objeto do desejo de um dos homens mais famosos da França.

Depois de gozar Villeneuve fechou os olhos e suspirou. Nesse suspiro acreditei perceber um ligeiro sinal de fastio. Ato contínuo ergueu-se e durante alguns segundos permaneceu sentado no divã, dando as costas ao meu corpo, enquanto limpava com a mão o membro que ainda gotejava. Devia se envergonhar, disse a ele.

Desde que havia morrido era a primeira vez que falava. Villeneuve levantou a cabeça, nem um pouco surpreso ou, em todo caso, com uma surpresa muito menor do que eu teria sentido em seu lugar, enquanto com a mão procurava os óculos que estavam no carpete.

No ato compreendi que tinha me ouvido. Pareceu-me um milagre. De repente me senti tão feliz que perdoei sua precedente lascívia. Mas, como um idiota, repeti: devia se envergonhar. Quem está aí?, perguntou Villeneuve. Sou eu, falei, o fantasma do corpo que o senhor acaba de violentar. Villeneuve empalideceu e logo suas bochechas se coloriram, tudo de forma quase simultânea. Temi que fosse ter um ataque cardíaco ou que morresse de susto, se bem que na verdade não estivesse muito assustado.

Não tem problema, disse eu, conciliador, está perdoado.

Villeneuve acendeu a luz e procurou por todos os cantos do porão. Achei que ele havia enlouquecido, pois era evidente que só eu estava ali e que, para outra pessoa estar escondida ali, só se fosse um pigmeu ou menor até que um pigmeu, um gnomo. Depois compreendi que o estilista, ao contrário do que eu pensava, não estava doido mas, isso sim, exibia nervos de aço: não procurava uma pessoa mas um microfone. Enquanto me tranquilizava senti uma onda de simpatia por ele. Sua forma metódica de se mover pelo cômodo me pareceu admirável. Eu, em seu lugar, teria fugido como uma alma levada pelo diabo.

Não sou nenhum microfone, falei. Nem uma câmara de vídeo. Por favor, procure se acalmar, sente-se e vamos conversar. Sobretudo, não tenha medo de mim. Não vou lhe fazer nada. Disse-lhe isso e quando terminei de falar me calei e vi que Villeneuve, depois de hesitar imperceptivelmente, continuava procurando. Deixei-o procurar. Enquanto ele punha o local em desordem permaneci sentado numa das confortáveis poltronas. Logo me ocorreu uma ideia. Sugeri a ele que nos trancássemos num cômodo pequeno (pequeno como um caixão, foi o termo exato que empreguei), um cômodo em que fosse inimaginável a instalação de microfones ou câmaras e onde eu continuaria falando até poder convencê-lo de qual era a minha natureza, melhor dizendo, a minha nova natureza. Depois, enquanto ele refletia sobre a minha proposição, pensei que tinha me expressado mal, pois de maneira nenhuma podia chamar de natureza o meu estado de fantasma. Minha natureza continuava sendo, sob todas as luzes, a de um ser vivo. No entanto era evidente que eu não estava vivo. Por um instante ocorreu-me a possibilidade de que tudo fosse um sonho. Com a coragem dos fantasmas eu me disse que, se era um sonho, o melhor (e a única coisa) que eu podia fazer era continuar sonhando. Por experiência, sei que tentar acordar de repente de um pesadelo é inútil e, além do mais, acrescenta dor à dor ou terror ao terror.

Assim, repeti minha oferta, e dessa vez Villeneuve parou de procurar e ficou parado (observei detidamente seu rosto tantas vezes visto nas revistas de papel acetinado e a expressão que vi foi a mesma, isto é, uma expressão de solidão e elegância, ainda que agora, pela sua testa e por suas faces, escorressem algumas poucas mas significativas gotas de suor). Saiu da sala. Segui-o. No meio de um comprido corredor parou e perguntou: você continua comigo? Sua voz me soou estranhamente simpática e cheia de matizes que se aproximavam, por diversos caminhos, de uma calidez não sei se real ou quimérica.

Estou aqui, falei.

Villeneuve fez um gesto com a cabeça que não compreendi e continuou percorrendo sua mansão, parando em cada cômodo, sala de estar ou patamar de escada, e me perguntando se eu ainda estava com ele, pergunta a que eu inelutavelmente respondia a cada vez, procurando dar à minha voz um tom relaxado, ou pelo menos tentando singularizar minha voz (que em vida foi sempre uma voz um tanto vulgar, comum), influenciado, não resta dúvida, pela voz aguda (por vezes quase um silvo) e no entanto extremamente elegante do estilista. Mais ainda, a cada resposta eu acrescentava, tendo em vista alcançar maior credibilidade, detalhes do lugar em que nos encontrávamos, por exemplo, no caso de haver um abajur de cúpula tabaco e pé de ferro trabalhado, eu indicava. Continuo aqui, junto do senhor, e agora estamos num cômodo cuja única luz provém de um abajur de cúpula tabaco claro e pé de ferro trabalhado, e Villeneuve assentia ou me corrigia, o pé do abajur é de ferro forjado ou de ferro fundido, podia me dizer, com os olhos, isso sim, fixos no chão, como se temesse que de repente eu me materializasse ou como se não quisesse me envergonhar, e então eu lhe dizia: desculpe, não vi direito, ou: era o que eu queria dizer. E Villeneuve meneava a cabeça de forma ambígua, como se efetivamente aceitasse minhas desculpas ou como se estivesse formando uma ideia mais cabal do fantasma que lhe tocara.

Assim percorremos a casa toda, e, enquanto íamos de um lugar a outro, Villeneuve ficava, ou eu o via, mais tranquilo, e eu estava cada vez mais nervoso, pois descrever objetos nunca foi meu forte, ainda mais objetos que não eram objetos de uso comum, ou objetos que eram quadros de pintores contemporâneos que certamente valiam uma fortuna mas cujos autores eram para mim perfeitos desconhecidos, ou objetos que eram estatuetas que Villeneuve fora reunindo em suas viagens (incógnito) pelo mundo.

Até que chegamos a uma saleta onde não havia nada, nem um só móvel, nem uma só luz, uma saleta revestida de uma camada de cimento, onde nos trancamos e ficamos às escuras. A situação, à primeira vista, parecia embaraçosa, mas para mim foi como um segundo ou um terceiro nascimento, isto é, para mim foi o início da esperança e ao mesmo tempo a consciência desesperada da esperança. Ali Villeneuve me perguntou: descreva o lugar onde estamos agora. Eu disse que aquele lugar era como a morte, mas não como a morte real, e sim como imaginamos a morte quando estamos vivos. Tudo está escuro, falei. É como um abrigo atômico. E acrescentei que a alma se apertava num lugar assim e ia continuar enumerando o que sentia, o vazio que tinha se instalado na minha alma muito antes de morrer e de que só agora tinha consciência, mas Villeneuve me interrompeu, disse que já bastava, que acreditava em mim, e de repente abriu a porta.

Segui-o até a sala principal da casa, onde ele se serviu um uísque e me pediu perdão, com poucas e medidas frases, pelo que havia feito com meu corpo. Está perdoado, falei. Sou uma pessoa de mente aberta. Na realidade não estou nada seguro do que significa ter uma mente aberta, mas senti que era meu dever fazer tábua rasa e desanuviar nossa futura relação de culpas e rancores.

O senhor deve se perguntar por que faço o que faço, disse Villeneuve.

Garanti que não tinha intenções de lhe pedir explicações. Mas Villeneuve insistiu em dá-las. No caso de qualquer outra pessoa aquilo teria se convertido numa noitada das mais desagradáveis, mas quem falava era Jean-Claude Villeneuve, o maior estilista da França, ou seja, do mundo, e o tempo voava enquanto eu ouvia uma história sucinta da sua infância e adolescência, da sua juventude, das suas reservas quanto a sexo, das suas experiências com alguns homens e algumas mulheres, da sua inveterada solidão, do seu mórbido desejo de não machucar ninguém, que talvez encobrisse o oculto desejo de que ninguém o machucasse, de seus gostos artísticos que admirei e invejei com toda a minha alma, da sua insegurança crônica, das suas brigas com alguns costureiros famosos, dos seus primeiros trabalhos para uma casa de alta-costura, das suas viagens iniciáticas sobre as quais não quis se aprofundar, da sua amizade com três das melhores atrizes do cinema europeu, da sua relação com o par de pseudoartistas do necrotério que lhe conseguiam de vez em quando cadáveres com os quais passava só uma noite, da sua fragilidade, da sua fragilidade que se assemelhava a uma demolição em câmara lenta e infinita, até que pelas cortinas da sala principal se filtraram as primeiras luzes da manhã, e Villeneuve deu por concluída sua longa exposição.

Permanecemos em silêncio por um bom tempo. Eu soube que ambos estávamos, se não exultantes de alegria, sem dúvida razoavelmente felizes.

Pouco depois chegaram os maqueiros. Villeneuve olhou para o chão e me perguntou o que devia fazer. Afinal de contas, o corpo que vinham buscar era o meu. Agradeci-lhe a delicadeza de me perguntar, mas ao mesmo tempo lhe assegurei que eu estava além dessas preocupações. Faça o que costuma fazer, disse a ele. O senhor vai embora?, indagou. Minha decisão fazia um tempo já estava tomada, mas fingi refletir alguns segundos antes de lhe dizer que não, que não ia embora. Se ele não se importasse, claro. Villeneuve pareceu aliviado. Não me importa, muito pelo contrário, falou. Então soou uma campainha, Villeneuve acionou os monitores e liberou a passagem para os alugadores de cadáveres, que entraram sem dizer uma palavra.

Esgotado pelos acontecimentos da noite, Villeneuve não se levantou do sofá. Os pseudoartistas o cumprimentaram, pareceu-me que um deles queria conversar, mas o outro lhe deu um empurrão, e os dois sem mais tardar desceram para buscar meu cadáver. Villeneuve estava de olhos fechados, parecia dormir. Acompanhei os maqueiros até o porão. Meu cadáver jazia parcialmente coberto pelo saco do necrotério. Vi como o enfiavam nele e o carregavam até depositá-lo outra vez no porta-malas do carro. Imaginei-o ali, no frio, até que um parente ou minha ex-mulher fosse reclamá-lo. Mas não se deve dar espaço ao sentimentalismo, pensei, e quando o carro dos maqueiros deixou o jardim e se perdeu naquela rua arborizada e elegante não senti o mais leve assomo de saudade ou tristeza ou melancolia.

Ao voltar à sala, Villeneuve continuava na poltrona e falava sozinho (mas não demorei a descobrir que ele supunha falar comigo), com os braços cruzados, tremendo de frio. Sentei-me numa cadeira ao seu lado, uma cadeira de madeira trabalhada e encosto de veludo, virada para a janela, para o jardim e para a bonita luz da manhã, e deixei-o continuar falando de tudo o que quisesse.

Buba

para Juan Villoro

A cidade da sensatez. A cidade do senso comum. Assim seus habitantes chamavam Barcelona. Eu gostava dela. Era uma cidade bonita e creio que me acostumei a ela desde o segundo dia (dizer desde o primeiro dia seria um exagero), mas os resultados não eram favoráveis para o clube, e as pessoas como que começavam a te olhar feio, isso sempre acontece, falo por experiência, no começo os fãs te pedem autógrafos, te esperam na porta do hotel para te aclamar, não te deixam em paz de tão carinhosos que são, mas depois você entra numa maré de azar, é um atrás do outro, e na mesma hora começam a torcer o nariz pra você, dizem que você é frouxo, que passa as noites nas discotecas, que vive saindo com putas, sabem como é, o pessoal começa a se interessar por quanto você ganha, especula, faz contas, e nunca falta o engraçadinho que te chama em público de ladrão ou algo mil vezes pior. Enfim, coisas assim acontecem em toda parte, a mim, pessoalmente, já tinha acontecido algo parecido, mas na época minha condição era de atleta da seleção, de jogador da casa, e agora minha condição era a de estrangeiro, e a imprensa e os fãs sempre esperam um plus a mais dos estrangeiros, para isso os trouxeram, não?

Eu, por exemplo, como todo mundo sabe, sou extrema-esquerda. Quando jogava na América Latina (no Chile, depois na Argentina), marcava uma média de dez gols por temporada. Aqui, pelo contrário, minha estreia foi asquerosa, na terceira partida me contundiram, tiveram de me operar dos ligamentos, e minha recuperação, que em teoria deveria ser rápida, foi lenta e trabalhosa, não preciso lhes contar. De repente voltei a me sentir mais sozinho do que nunca. Essa é a verdade. Gastava uma fortuna em telefonemas para Santiago e a única coisa que conseguia era deixar minha mãe e meu pai preocupados, eles não entendiam. Por isso um dia decidi pegar uma puta. Não vou negar. Essa é a verdade. Na realidade a única coisa que fiz foi seguir o conselho que um dia Cerrone, o goleiro argentino, me deu. Cerrone me disse: rapaz, se você não tiver nada melhor que fazer e os problemas estiverem te matando, consulte as putas. Gente boa, o Cerrone. Naquela época eu devia ter uns dezenove anos no máximo e acabava de chegar ao Gimnasia y Esgrima. Cerrone já andava pelos trinta e cinco ou quarenta, sua idade era um mistério e entre os veteranos era o único que continuava solteiro. Alguns diziam que Cerrone era esquisito. Isso no começo me deixou de pé atrás com ele. Eu era um garoto mais para o tímido e pensava que se conhecesse um homossexual ele ia querer transar comigo na hora. Enfim, pode ser que fosse, pode ser que não fosse, a única coisa certa é que uma tarde em que eu estava mais deprimido do que nunca, ele me chamou de lado, era a primeira vez que conversávamos, praticamente, e ele me disse que naquela noite ia me levar para conhecer algumas mulheres de Buenos Aires. Nunca vou esquecer essa noitada. O apartamento ficava no centro e, enquanto Cerrone permanecia no living tomando uns drinques e vendo um programa noturno na tevê, eu fui para a cama pela primeira vez com uma argentina e a depressão começou a amainar. Na manhã seguinte, enquanto voltava para a minha casa, soube que tudo melhoraria e que minha carreira no futebol argentino ainda ia me proporcionar muitas tardes de glória. As depressões eram inevitáveis, disse comigo mesmo, mas Cerrone tinha me indicado o remédio para atenuá-las.

E foi o que fiz no meu primeiro clube europeu: peguei umas putas e, assim, fui driblando a lesão, o período de recuperação, a solidão. Se me acostumei? Pode ser que sim, pode ser que não, quem sou eu para emitir um juízo tão definitivo. Lá as putas são verdadeiros bombons, putas de categoria, quer dizer, além de em linhas gerais serem garotas bastante inteligentes e preparadas, de modo que não é muito difícil ficar fã, mas fã mesmo, delas.

Em resumo, dei de sair todas as noites, inclusive aos domingos, quando tinha jogo, e o que se esperava da gente, dos contundidos, era que estivéssemos lá, na arquibancada, transformados em torcedores de luxo. Mas assim ninguém se cura das lesões e eu preferia passar as tardes de domingo em alguma casa de massagem, com meu uísque e uma ou duas amigas de cada lado, falando de coisas mais sérias. No começo, claro, ninguém notou. Eu não era o único contundido, devíamos ser uns seis ou sete a estar no estaleiro, o azar parecia tirar a barriga da miséria com o nosso clube. Mas, claro, nunca falta o jornalista escroto que te vê sair de uma discoteca às quatro da matina, e aí acabou-se a brincadeira. Em Barcelona, que parece tão grande e civilizada, as notícias voam. Quero dizer: as notícias futebolísticas.

Certa manhã o treinador me chamou e disse que sabia que eu estava levando um ritmo de vida impróprio para um esportista e que isso precisava acabar. Eu, é claro, disse que sim, que só tinha dado um bordejozinho e continuei com meus programas, porque, vem cá, o que mais eu podia fazer enquanto durava a contusão e o time caía tanto na classificação que dava até pena abrir o jornal segunda-feira para ver em que lugar estava? Além do mais, é lógico, eu pensava que o que tinha funcionado na Argentina certamente ia funcionar na Espanha, e o pior é que eu tinha razão: funcionava mesmo. Mas aí entraram os cartolas do clube e me disseram: escute aqui, Acevedo, isso tem que acabar, você está se tornando um mau exemplo para a juventude e um péssimo investimento para a nossa agremiação, onde só trabalham homens sérios, de modo que a partir de agora acabaram-se os programas noturnos. Depois, sem mais nem meio mais, recebi de supetão uma multa, que eu podia pagar, claro, mas se fosse pra perder dinheiro eu teria preferido mandar a grana para o Chile, sei lá, pro meu tio Julio, por exemplo, pra que gastasse arrumando a casa.

Mas essas coisas acontecem e a gente tem que ficar na sua. De modo que fiquei na minha e me compenetrei do firme propósito de sair menos, digamos uma vez a cada quinze dias, mas então chegou o Buba e o pessoal do clube disse que o melhor para mim era sair do hotel e dividir o apartamento que haviam posto à disposição do Buba, um apartamento bem gostoso, de dois quartos e uma varanda pequena mas com uma vista bonita, bem perto do nosso campo de treinamento. Foi o que tive que fazer. Peguei então minhas malas e fui com um funcionário do clube para o apartamento, e como o Buba não estava escolhi o quarto que queria, tirei minhas coisas da mala e arrumei no armário, então o funcionário me deu as chaves, foi embora e eu tirei uma soneca.

Eram mais ou menos cinco da tarde e, antes, eu tinha mandado pro bucho uma *fideuà*, um prato típico de Barcelona que eu já havia provado e que adoro, apesar de não ser um prato fácil de digerir, e quando me deixei cair na minha nova cama senti uma moleza tão grande que só tive forças para tirar os sapatos, e logo caí no sono. Tive então um sonho estranhíssimo. Sonhei que estava em Santiago outra vez, no meu bairro de La Cisterna, e que percorria com meu pai aquela praça onde antes ficava a estátua do Che, a primeira estátua do Che na América, tirando Cuba, e era isso que meu pai contava no meio do sonho, a história do monumento e de todos os atentados que ele sofreu até chegarem os milicos e mandarem definitivamente a estátua pelos ares, e enquanto andávamos eu olhava para todos os lados e era como se andássemos no meio da selva, e meu pai dizia a estátua deve estar por aqui, mas não se via nada, o mato era alto e as árvores mal deixavam passar uns raiozinhos de sol, suficientes para enxergar, para nos dar conta de que era de dia, e íamos por uma trilha de terra e de pedras, mas dos lados havia até cipós, e não se via nada, só sombras, até que de repente chegamos como que a uma espécie de clareira, uma clareira rodeada de selva, e meu pai então parava, punha uma mão no meu ombro e com a outra apontava para algo que se erguia no meio da clareira, um pedestal de cimento de um cinza bem claro e em cima do pedestal não havia nada, nem sinal da estátua do Che, mas isso meu pai e eu sabíamos e esperávamos, haviam tirado o Che dali fazia muito tempo, isso não nos surpreendia, o importante era que estávamos juntos, meu velho e eu, e que havíamos encontrado o lugar exato onde antes se erguia a estátua, mas enquanto contemplávamos a clareira sem nos mexer, como que embriagados por nosso achado, percebi que sob o pedestal, do outro lado, havia alguma coisa, uma coisa escura que se mexia, aí larguei a mão do meu pai (ele me dava a mão) e comecei a rodear lentamente o pedestal.

Então eu o vi: do outro lado havia um negro nuzinho em pelo fazendo uns desenhos no chão, e eu soube na hora que aquele negro era o Buba, meu colega de clube e meu companheiro de apartamento, mas, se querem que diga a verdade, eu só tinha visto o Buba numa ou duas fotos, eu e todos os outros companheiros, e ninguém tem uma ideia completa de uma pessoa se só viu sua foto no jornal, além do mais de passagem. Mas era o Buba, disso não tenho a menor dúvida. Então pensei: puta merda, devo estar sonhando, não estou no Chile, não estou em La Cisterna, meu pai não me trouxe a nenhuma praça e aquele babaca pelado não é o Buba, o meia africano recém-contratado pelo nosso clube.

Justo quando acabava de pensar isso, o negro ergueu o olhar e sorriu para mim, largou o pauzinho com que estava fazendo os desenhos na terra amarela (esta sim, uma terra cem por cento chilena) e de um salto se pôs de pé e me estendeu a mão. Você é o Acevedo, disse, prazer em conhecê-lo, cara, foi o que disse. E pensei: talvez estejamos em excursão. Mas excursão por onde? Estaríamos fazendo uma excursão pelo Chile? Impossível. Então nos demos a mão, Buba apertou a minha com muita força e não a soltou, e enquanto ele me apertava a mão eu olhava para o chão e via os desenhos na terra, garatujas, nada mais, o que poderia ser, mas eu como que encontrei o fio da meada, não sei se me explico, as garatujas tinham sentido, isto é, não eram garatujas, eram outra coisa. Então quis me agachar e ver os desenhos mais de perto, mas a mão de Buba que apertava a minha me impediu e, quando eu quis me soltar (já não para ver os desenhos mas para me afastar dele, para tomar distância, porque senti algo parecido com medo), não consegui, a mão de Buba, seu braço, pareciam de uma estátua, uma estátua recém-feita, e minha mão havia ficado incrustada naquele material que por momentos parecia barro e por momentos parecia lava ardente.

Creio que foi então que acordei. Ouvi ruídos na cozinha, depois passos que iam do living até o outro quarto, e acordei com cãibra no braço (tinha dormido em má posição, o que naqueles dias, antes de me recuperar da lesão, costumava acontecer) e fiquei esperando, a porta do meu quarto estava aberta, de modo que ele tinha de ter me visto, no entanto por mais que tenha esperado Buba não apareceu no umbral. Ouvi seus passos, pigarreei, tossi, me levantei, ouvi que alguém abria a porta da rua e, depois, quase sem fazer barulho, tornava a fechá-la. Passei o resto do dia sozinho, sentado na frente da tevê, cada vez mais nervoso. Fucei (não sou curioso, mas não consegui evitar) seu quarto: ele tinha posto a roupa nas gavetas do armário, roupa esportiva, alguma roupa social e alguns trajes africanos que me pareceram fantasias mas que no fundo eram bonitos. No banheiro encontrei seus objetos de higiene pessoal, uma navalha (eu me barbeio com aparelhos descartáveis e fazia tempo que não via uma navalha), uma loção, um perfume inglês ou comprado na Inglaterra, na banheira uma esponja cor de terra, muito grande.

Às nove da noite Buba apareceu em nossa casa nova. Meus olhos doíam de tanto ver televisão e ele, segundo me contou, vinha de uma entrevista com a imprensa esportiva da cidade. No começo custamos um pouco para fazer amizade, mas às vezes, quando paro para pensar, chego à amarga conclusão de que amigos, amigos mesmo, nunca fomos. Mas outras vezes, agora mesmo, para não ir mais longe, creio que fomos, sim, bastante amigos e que, em todo caso, se Buba teve um amigo no clube, esse amigo fui eu.

Nossa vida em comum, de resto, não foi difícil. Duas vezes por semana ia uma mulher fazer faxina no apartamento e o resto do tempo cada um limpava o que sujava, lavava seus pratos, fazia sua cama, enfim, o de sempre. À noite, às vezes eu saía por aí com Herrera, um rapaz que havia subido das categorias inferiores do clube para a equipe principal e que acabou titular indiscutível da seleção espanhola, e às vezes Buba ia com a gente, mas poucas, porque Buba não gostava da vida noturna.

Quando ficava em casa eu via televisão, e Buba se trancava no quarto dele e ficava ouvindo música. Música africana. A princípio, as fitas cassete de Buba não me agradavam nem um pouco. Da primeira vez que as ouvi, no segundo dia que compartilhávamos o apartamento, até levei um susto. Eu estava assistindo a um documentário sobre a Amazônia, fazendo hora até começar um filme com Van Damme, quando de repente me pareceu que estavam matando alguém no quarto de Buba. Ponham-se no meu lugar. A situação era fora do comum, capaz de mexer com os nervos do cara mais corajoso. O que fiz? Me levantei, estava de costas para a porta de Buba, e fiquei em estado de alerta, claro, até que compreendi que aquilo era uma fita, que os gritos provinham do toca-fitas. Depois os barulhos se atenuaram, só se ouvia algo como um tambor, depois os gemidos de uma pessoa, o choro de uma pessoa, que pouco a pouco foi ficando mais alto. Até aí eu aguentei. Lembro que me aproximei da porta, que bati com os nós dos dedos e que ninguém me respondeu. Nesse momento pensei que as lágrimas e os gemidos eram de Buba e não da fita. Mas então ouvi a voz de Buba me perguntando o que eu queria e não soube o que responder. Era tudo muito embaraçoso. Pedi que baixasse o volume. Disse aquilo com uma voz em que me empenhei para que saísse normal. Por um instante Buba se manteve em silêncio. Depois a música (na realidade, o som dos tambores, talvez uma espécie de flauta também) parou e a voz de Buba disse que ia dormir. Boa noite, eu disse e voltei à poltrona, mas fiquei algum tempo vendo o documentário sobre os índios da Amazônia sem som.

O resto, o cotidiano, como se costuma dizer, era tranquilo. Buba tinha acabado de chegar e ainda não tinha jogado nenhuma partida como titular. O clube, naquela época, apresentava um superávit de jogadores que só eu sei. Tinha Antoine García, o libério-francês, tinha Delève, o atacante belga, Neuhuys, o zagueiro central holandês, Jovanovic, atacante iugoslavo, o argentino Percutti e o uruguaio Buzatti, meio-campistas, além dos espanhóis, entre os quais quatro jogadores da seleção nacional. Mas as coisas iam mal para a gente e depois de dez jogos desastrosos estávamos no meio da tabela de classificação, tendendo mais para baixo do que para cima. Para dizer a verdade, não sei por que contrataram o Buba. Acho que para calar as críticas cada vez mais ásperas dos nossos torcedores, mas pelo menos em tese foi uma cagada completa. O que todo mundo esperava era uma contratação de emergência para cobrir *minha* vaga, ou seja, o que todo mundo esperava era que contratassem um ponta, e não um meio-campista, porque nessa posição já tinha o Percutti, mas em tudo que é canto os dirigentes costumam ser bastante imbecis e pegaram o primeiro que acharam à mão, daí apareceu o Buba. Muitos pensaram que o plano era botá-lo para jogar um tempo no segundo time, um segundo time que naqueles dias estava atolado na Segunda Divisão B, mas o empresário do Buba disse que nem pensar, que o contrato era bem claro a esse respeito: ou Buba jogava no primeiro time, ou não jogava. De modo que lá estávamos nós dois, em nosso apartamento próximo do campo de treinamento, ele esquentando o banco de reservas todos os domingos e eu me recuperando da minha lesão e afundado numa melancolia que só eu sei. Nós dois éramos os mais moços, como já disse, e se não disse digo agora, se bem que sobre isso também especularam um bocado. Eu tinha na época vinte e dois anos, e isso estava claro. De Buba diziam que tinha dezenove, embora parecesse já ter feito vinte e nove, e é claro que não faltou um jornalista engraçadinho para dizer que nossos dirigentes tinham sido enganados, que na terra de Buba as certidões de nascimento eram emitidas ao gosto do freguês, que na realidade Buba não só parecia ter mais idade como tinha mesmo e que, resumindo, sua contratação tinha sido uma fraude.

A verdade é que eu estava sem saber que rumo tomar. No dia a dia, fora isso, viver com Buba não era nada pesado. Às vezes, de noite, ele se trancava no quarto e punha a sua música de gritos e gemidos, mas a gente acaba se acostumando a tudo. Eu também gostava de ver televisão com o som bem alto, até altas horas da madrugada, e Buba, que eu saiba, nunca se queixou disso. A princípio a comunicação não era muito fluida, por questões de idioma, e nos comunicávamos mais por gestos. Mas Buba logo aprendeu um pouco de castelhano e algumas manhãs, enquanto tomávamos café, até falávamos de filmes, que sempre foi um dos meus temas favoritos, se bem que na verdade Buba não era de muita conversa nem se interessava muito por cinema. Na verdade, agora que penso nisso, Buba era do tipo caladão. E não é que fosse tímido nem que tivesse medo de dar mancada, Herrera, que sabia falar inglês, uma vez me disse que o fato era que ele não tinha o que dizer. O louco Herrera. Como o Herrera era simpático. E um bom amigo, além disso. Quantas noites saímos todos juntos. Herrera, Pepito Vila, que também era cria da casa, Buba e eu. Mas Buba sempre em silêncio, olhando pra tudo como se estivesse e não estivesse ali, e embora às vezes Herrera se aproximasse e desandasse a falar em inglês com ele, um inglês fluente o de Herrera, o negro sempre enrolava, como se tivesse preguiça de explicar coisas da sua infância e da sua pátria, muito menos ainda da sua família, tanto que Herrera estava convencido de que alguma coisa de ruim devia ter acontecido com o Buba quando era criança, por sua reiterada negativa de contar o mais insignificante detalhe íntimo, como se houvessem arrasado sua aldeia, dizia Herrera, que era e é de esquerda, como se houvesse presenciado ao vivo a morte de seus pais e irmãos e pretendesse apagar da memória todos aqueles anos, algo pra lá de lógico se as suposições de Herrera estivessem certas, mas na verdade, e eu sempre soube disso, sempre intuí isso, Herrera estava enganado, Buba falava pouco porque era assim, e era isso que importava, muito mais do que uma infância ou adolescência atroz ou agradável: a vida de Buba estava cercada de mistério porque Buba era assim, só isso.

Em todo caso, a única coisa certa é que naquela época o time ia mal, e Herrera e Buba pareciam condenados a esquentar o banco até o final da temporada, eu estava contundido e qualquer time do interior era capaz de ganhar da gente em nosso próprio campo. Foi então, quando íamos de mal a pior, quando nada parecia capaz de piorar o afundamento do clube, que Percutti se contundiu e o treinador não teve outro remédio senão escalar Buba. Lembro-me como se fosse ontem. Tínhamos que jogar num sábado e, no treino de quinta, num choque fortuito com Palau, um zagueiro central, Percutti arrebentou o joelho. Daí nosso técnico escalou Buba em seu lugar no treino de sexta, e para Herrera e para mim ficou claro que entraria titular no sábado.

Quando dissemos isso a ele, de tarde, no hotel onde estávamos concentrados (porque, embora jogássemos em casa e com um adversário teoricamente fraco, o clube havia decidido que toda partida era de importância vital), Buba olhou para nós como se nos visse pela primeira vez e depois se trancou no banheiro com uma desculpa qualquer. Herrera e eu ficamos vendo tevê e decidindo a que horas pensávamos dar uma chegada no carteado que Buzatti havia organizado em seu quarto. Não contávamos com Buba, é claro.

Pouco depois ouvimos uma música selvagem saindo do banheiro. Já havia comentado com Herrera sobre os gostos selvagens de Buba, das vezes que ele se trancava em nosso apartamento com seu toca-fitas infernal, mas Herrera nunca tinha ouvido ao vivo. Por um momento ficamos atentos aos gemidos e aos tambores, depois Herrera, que francamente era um cara culto, disse que aquilo era de um tal de Mango sei lá o quê, um músico de Serra Leoa ou da Libéria, um dos maiores expoentes da música étnica, e não prestamos mais atenção na coisa. Então a porta se abriu e Buba saiu do banheiro, sentou-se ao nosso lado, em silêncio, como se também se interessasse pela tevê, e notei que ele estava com um cheiro meio esquisito, um cheiro de suor, mas que não era suor, um cheiro de ranço mas que também não era cheiro de ranço. Tinha cheiro de umidade, de cogumelo. Tinha um cheiro estranho. Confesso, fiquei nervoso e sei que Herrera também ficou, nós dois estávamos nervosos, nós dois tínhamos vontade de ir embora dali, de sair correndo para o quarto de Buzatti, onde na certa íamos encontrar uns seis ou sete companheiros jogando cartas, pôquer aberto ou onze, um jogo civilizado. Mas o caso é que nenhum dos dois nos mexemos, como se o cheiro e a presença de Buba ao nosso lado nos houvesse deixado sem ânimo para nada. Não era medo. Não tinha nada a ver com medo. Era algo muito mais rápido. Como se o ar que nos rodeava tivesse se condensado e nós tivéssemos nos liquefeito. Bom, pelo menos foi o que senti. Buba se pôs a falar e nos disse que precisava de sangue. Do sangue de Herrera e do meu.

Creio que Herrera achou graça, não muito, só um pouquinho. Depois alguém desligou a tevê, não me lembro quem, talvez Herrera, talvez eu. E Buba disse que podia ganhar, que só precisava das gotas de sangue e do nosso silêncio. Ganhar o quê?, perguntou Herrera. O jogo, respondi. Não sei como foi que soube, mas o caso é que soube desde o primeiro momento. É, o jogo, disse Buba. Então Herrera e eu rimos e talvez tenhamos nos entreolhado. Herrera estava sentado numa poltrona, eu nos pés da minha cama, e Buba esperava sentado humildemente na cabeceira da cama dele. Creio que Herrera fez umas perguntas. Também fiz uma. Buba respondeu com sinais. Levantou a mão esquerda e nos mostrou três dedos, o médio, o anular e o mindinho. Disse que não perdíamos nada em tentar. O polegar e o indicador estavam cruzados, como se formassem um laço ou uma forca onde um animal diminuto se asfixiava. Ele previa que Herrera ia jogar. Falou de responsabilidade com a camisa do clube e também de oportunidade. Seu castelhano continuava precário.

Depois disso, lembro que Buba entrou novamente no banheiro e que, ao sair, trazia um copo e sua navalha de barbear. Não vamos nos furar com isso, disse Herrera. A navalha é boa, replicou Buba. Com a sua navalha, não, disse Herrera. Por que não?, perguntou Buba. Porque não estamos a fim, respondeu Herrera. Ou estamos? Olhava para mim. Não, confirmei. Eu me corto com o meu aparelho de barbear. Lembro-me que quando me levantei para ir ao banheiro minhas pernas tremiam. Não encontrei meu aparelho, provavelmente tinha esquecido no apartamento, de modo que peguei o que o hotel punha à disposição dos clientes. Herrera ainda não tinha voltado e Buba parecia dormir, sentado na cabeceira da cama, mas quando fechei a porta levantou a cabeça e olhou para mim sem dizer nada. Ficamos em silêncio até que alguém bateu na porta. Fui abrir. Era Herrera. Sentamos os dois na minha cama. Buba sentou-se em frente, na dele, segurando o copo entre as duas camas. Em seguida, com um gesto rápido, levantou um dos dedos da mão com que segurava o copo e fez um corte limpo nele. Agora você, disse a Herrera, que enfrentou a parada armado com um alfinete de gravata, único objeto penetrante que havia encontrado. Depois foi a minha vez. Quando quisemos ir ao banheiro lavar as mãos, Buba se antecipou. Deixe-me entrar, Buba, gritei-lhe através da porta. Como única resposta ouvimos outra vez a música que minutos antes Herrera havia qualificado de maneira um tanto apressada (ou assim me parecia agora) como música étnica.

Naquela noite demorei para ir para a cama. Fiquei um tempo no quarto de Buzatti, depois fui ao bar do hotel, onde já não sobrava nenhum jogador acordado. Pedi um uísque e tomei-o numa mesa da qual se apreciavam com nitidez as luzes de Barcelona. Depois de certo tempo, senti que alguém estava sentado ao meu lado. Tive um sobressalto. Era o treinador, que também não conseguia dormir. Me perguntou o que fazia acordado uma hora daquelas. Disse-lhe que estava nervoso. Mas se você não joga amanhã, Acevedo, comentou. Isso é que é o pior, falei. O treinador olhou para a cidade, assentindo, e esfregou as mãos. O que você está bebendo?, perguntou. A mesma coisa que o senhor, respondi. Ah, fez ele, isto é bom para os nervos. Depois o treinador começou a falar do filho e da família, que viviam na Inglaterra, mas principalmente do filho, e por fim nós dois nos levantamos deixando nossos copos vazios no balcão. Quando entrei no meu quarto, Buba dormia calmamente em sua cama. Normalmente eu não teria acendido a luz, mas dessa vez acendi. Buba não se mexeu. Fui ao banheiro: estava tudo em ordem. Pus o pijama, me deitei e apaguei a luz. Por uns minutos fiquei ouvindo a respiração compassada de Buba. Não me lembro em que momento adormeci.

No dia seguinte, ganhamos de três a zero. O primeiro gol foi Herrera que marcou. Era o primeiro que ele fazia naquela temporada. Os outros dois foram do Buba. A imprensa esportiva, um pouco reticente, falava de mudança substancial em nosso modo de jogar e destacava a grande partida de Buba. Vi o jogo. Sei o que realmente aconteceu. Na realidade, Buba não jogou bem. Quem jogou bem foi Herrera, e Delève, e Buzatti. A espinha dorsal do time. Na realidade, Buba estivera como que ausente durante boa parte do jogo. Mas tinha marcado dois gols, e isso bastava.

Agora eu talvez devesse dizer alguma coisa sobre os gols. O primeiro (que foi o segundo do encontro) ocorreu na sequência de um escanteio cobrado por Palau. Buba, no meio da confusão, meteu o pé e marcou. O segundo foi estranho: o time rival já havia aceitado a derrota, já passavam os quarenta minutos do segundo tempo, todos os jogadores estavam cansados, os nossos provavelmente mais, o tom da partida era francamente conservador, e então alguém passou a bola para Buba, com a esperança, eu é que digo, de que ele devolvesse ou atrasasse, mas Buba correu em sua faixa de campo, rápido, muito mais rápido do que estivera no resto da partida, aproximou-se a uns quatro metros da grande área e, quando todos esperavam que ele centrasse, deu um tiro que surpreendeu os dois zagueiros que tinha diante de si e o goleiro, um tiro com um efeito como eu nunca tinha visto, uma bomba endemoniada própria somente de jogadores brasileiros, que entrou no ângulo direito da meta adversária e pôs todos os espectadores de pé.

Naquela noite, depois de comemorar a vitória, conversei com ele. Perguntei pela magia, pelo feitiço, pelo sangue no copo. Buba me encarou e ficou sério. Aproxime o seu ouvido, disse. Estávamos numa discoteca e mal nos ouvíamos. Buba me sussurrou umas palavras que de início não entendi. Provavelmente eu já estava de porre. Depois afastou a boca do meu ouvido e sorriu. Você logo vai poder marcar gols mais bonitos, disse. Falou, perfeito, respondi.

A partir de então tudo entrou nos eixos. A partida seguinte, ganhamos de quatro a dois, e jogando fora de casa. Herrera marcou um gol de cabeça, Delève um de pênalti, e Buba os outros dois, que foram estranhíssimos, ou assim me pareceu, a mim que conhecia a história e que antes da viagem, em que não fui, participei com Herrera da cerimônia dos dedos cortados, do copo, do sangue.

Três semanas depois me convocaram e retornei no segundo tempo, aos trinta minutos. Jogávamos em casa do líder e ganhamos de um a zero. O gol fui eu que marquei, aos quarenta e três minutos. O passe quem me deu foi Buba ou foi isso o que todo mundo pensou, mas tenho as minhas dúvidas. Só sei que Buba escapou pelo lado direito e disparei pela esquerda. Havia quatro defensores, um atrás de Buba, dois no meio, e um a uns três metros de onde eu corria. Então aconteceu uma coisa que ainda não sei explicar. Os zagueiros centrais me pareceram pregados em suas posições; continuei correndo com o lateral direito deles colado aos meus calcanhares. Buba se aproximou da área com o lateral esquerdo que tampouco desgrudava dele. Então fez uma finta e centrou. E eu me enfiei na área sem a menor possibilidade de tocar na pelota, mas entre estarem os centrais como que desorientados ou subitamente enjoados e o efeito estranhíssimo que o balão pegou, o caso é que milagrosamente eu me vi dentro da área, com a bola controlada, o goleiro deles saindo e o lateral direito colado no meu ombro esquerdo sem saber se fazia uma falta ou não, e aí simplesmente chutei, marquei o gol e ganhamos.

No domingo seguinte fui titular indiscutível. E a partir de então comecei a marcar mais gols do que nunca na minha vida. Herrera também teve uma maré goleadora. E todo mundo adorava o Buba. E também adorava o Herrera e a mim. Da noite para o dia nos transformamos nos reis da cidade. Tudo sorria para nós. O clube iniciou uma ascensão irrefreável. Ganhávamos e gostávamos.

Nosso rito de sangue continuou se repetindo indefectivelmente antes de cada partida. De fato, a partir da primeira vez, Herrera e eu compramos navalhas de barbear parecidas com a de Buba e, toda vez que íamos jogar fora, a primeira coisa que púnhamos em nossa bagagem eram as navalhas, e quando jogávamos em casa nos reuníamos na noite anterior no nosso apartamento (porque não havia mais concentração para as partidas locais), realizávamos a sessão, Buba recolhia seu sangue e o nosso num copo, se trancava no banheiro e, enquanto ouvíamos a música que saía de lá, Herrera punha-se a falar de livros ou de peças de teatro que tinha visto e eu ficava calado e assentia em tudo, até que Buba reaparecia e nós olhávamos para ele como que perguntando se tudo estava em ordem, e Buba então sorria para nós e ia até a cozinha pegar o pano de chão, o balde e voltava ao banheiro, onde ficava pelo menos uns quinze minutos arrumando tudo, e quando entrávamos no banheiro tudo estava igual a antes e, às vezes, quando eu ia com Herrera a uma discoteca e Buba não (porque Buba não gostava muito de discotecas), Herrera ficava conversando comigo e me perguntava o que eu achava que Buba fazia com nosso sangue no banheiro, porque o caso é que, quando Buba desocupava o banheiro, já não havia sinais de sangue em lugar nenhum, o copo que o contivera estava reluzente, o chão limpo, o banheiro parecia como quando ia a faxineira, e eu dizia a Herrera que não sabia, que não tinha a menor ideia do que Buba fazia quando se trancava ali, e Herrera me encarava e dizia: se eu morasse com ele, teria medo, e eu encarava Herrera como que lhe dizendo: está falando sério ou de brincadeira?, e Herrera dizia: estou de gozação, Buba é nosso amigo, graças a ele agora estou na seleção, graças a ele nosso time vai ser campeão, graças a ele a glória nos sorri, e isso era verdade.

De resto, nunca tive medo do Buba. Às vezes, quando víamos tevê em nosso apartamento antes de dormir, eu dava umas espiadas nele com o rabo do olho e pensava como aquilo tudo era estranho. Mas não pensava nisso por muito tempo. O futebol é estranho.

Finalmente naquele ano que começamos tão mal fomos campeões da liga, desfilamos pelo centro de Barcelona no meio de uma multidão eufórica, da sacada da prefeitura falamos a outra multidão eufórica e oferecemos o título à Virgem de Montserrat, do mosteiro de Montserrat, uma virgem negra como Buba, pode parecer mentira mas é verdade, e demos entrevistas até não conseguirmos mais falar. Passei as férias no Chile. Buba foi para a África. Herrera viajou para o Caribe com a namorada.

Voltamos a nos encontrar na pré-temporada, num centro esportivo do leste da Holanda, perto de uma cidade feia e cinzenta que me fez ter os piores pressentimentos.

Todos estavam lá, menos Buba. Não sei que problema ele teve em seu país de origem. Herrera parecia esgotado apesar de exibir um bronzeado de esportista de elite. Me disse que tinha pensado em se casar. Contei-lhe das minhas férias no Chile, mas, como vocês sabem, quando na Europa é verão no Chile é inverno, de modo que minhas férias não tinham sido nada de mais. A família estava bem. Pouco mais que isso. A demora de Buba nos deixou preocupados. Não queríamos reconhecer, mas estávamos preocupados. De repente sentimos, tanto Herrera quanto eu, que sem ele estávamos perdidos. Já nosso treinador contribuiu para relevar a importância da impontualidade de Buba.

Uma manhã, depois de um voo que fez escala em Roma e Frankfurt, o negro se incorporou à equipe. As partidas da pré-temporada, no entanto, foram péssimas. Fomos derrotados por um time da Terceira Divisão holandesa. Empatamos com o time amador da cidade em que nos concentrávamos. Nem Herrera nem eu nos atrevíamos a pedir a Buba o rito do sangue, embora nossas navalhas estivessem prontas.

Na verdade, demorei pra compreender isso, era como se tivéssemos medo de pedir a Buba um pouco da sua magia. Claro, continuávamos sendo amigos e numa ou noutra ocasião fomos juntos a uma discoteca holandesa, mas não falávamos de sangue, só das fofocas que circulavam na pré-temporada, dos jogadores que mudavam de time, dos novos contratados, da Liga dos Campeões que íamos disputar aquele ano, dos contratos que venciam ou que precisavam ser melhorados. Também falávamos de filmes e das férias que já haviam terminado, e Herrera, só Herrera, falava de livros, entre outras coisas porque era o único que lia.

Depois voltamos pra nossa cidade e tornei a me ver a sós com Buba e com nosso cotidiano naquele apartamento em frente aos campos de treinamento, depois começou a liga, a primeira partida, e na noite anterior Herrera apareceu em nossa casa e enfrentou a situação. Perguntou a Buba o que estava acontecendo. Não ia ter magia este ano? Buba sorriu e disse que não era magia. Herrera replicou que porra é então? Buba deu de ombros e respondeu que era uma coisa que só ele entendia. Depois fez um gesto como que negando importância ao assunto. Herrera disse que ele queria mais, que acreditava em Buba, fosse o que fosse o que ele fazia. Buba disse que estava cansado e, quando disse isso, encarei-o e ele não me pareceu de modo algum um cara de dezenove ou vinte anos, e sim um jogador com mais de trinta que já havia exigido demais do seu corpo. Herrera, diferentemente do que eu esperava, aceitou as palavras de Buba com uma atitude admirável. Disse: então não se fala mais no assunto, convido vocês para jantar. Herrera era assim. Cara legal.

De modo que saímos pra jantar num dos melhores restaurantes da cidade, e um fotógrafo de imprensa que estava por lá tirou uma foto nossa, é a que tenho pendurada na sala de almoço, Herrera, Buba e eu sorrindo, bem vestidos, diante de uma mesa belíssima e, se me permitem a expressão (é que não tem outra), dispostos a cair de boca na vida, embora em nosso íntimo tivéssemos muitas dúvidas (sobretudo Herrera e eu) de que fôssemos efetivamente cair de boca em alguma coisa que prestasse. Enquanto estávamos lá não se falou de magia nem de sangue: falamos de filmes, de viagens, não de viagens de trabalho mas de viagens de prazer, e de pouca coisa mais. Quando saímos do restaurante, não sem antes ter dado autógrafos aos garçons, ao cozinheiro e aos ajudantes de cozinha, fomos andar um pouco pelas ruas vazias da cidade, essa cidade tão bonita, a cidade da sensatez e do senso comum como a chamavam alguns exaltados, mas que era também a cidade do esplendor, onde você se sentia bem consigo mesmo, e que pra mim é agora a cidade da minha juventude, bem, como eu dizia, fomos andar pelas ruas de Barcelona, porque um esportista sabe que depois de um jantar copioso o melhor é esticar as pernas, e então, quando já estávamos passeando fazia um tempinho e apreciando os edifícios iluminados (obra de grandes arquitetos que Herrera citava como se os tivesse conhecido pessoalmente), Buba disse com um sorriso meio triste que se quiséssemos poderíamos repetir a experiência do ano passado.

Foi essa a palavra que empregou. *Experiência*. Herrera e eu ficamos calados. Depois voltamos ao estacionamento, entramos no meu carro e fomos para o nosso apartamento sem dizer uma só palavra. Eu me cortei com minha navalha. Herrera usou uma faca da cozinha. Quando Buba saiu do banheiro, olhou para nós e pela primeira vez, enquanto ia pegar o pano de chão e o balde na cozinha, deixou a porta aberta. Lembro-me que Herrera se levantou, mas logo em seguida tornou a sentar. Depois Buba trancou-se no banheiro e quando saiu tudo estava como antes. Propus comemorarmos tomando um último uísque. Herrera aceitou. Buba disse que não com a cabeça. Ninguém estava com vontade de falar, suponho, porque o único a dizer alguma coisa foi Buba. Falou: isso não é necessário, já somos ricos. Foi tudo. Depois Herrera e eu tomamos nossos uísques de um só gole e fomos todos dormir.

No dia seguinte começamos a liga ganhando de seis a zero. Buba marcou três gols, Herrera um, eu dois. Foi uma temporada gloriosa, pra mim parece mentira que as pessoas se lembrem, porque já passou muito tempo, mas se penso bem, se boto pra funcionar minha memória, acho lógico (perdoem a vaidade) que ainda não tenha caído no esquecimento a segunda e última temporada que joguei com Buba na Europa. Vocês assistiram às partidas pela televisão. Se vivessem em Barcelona, teriam enlouquecido. Ganhamos a liga com mais de quinze pontos de vantagem e fomos campeões da Europa sem perder um só jogo, só empatamos com o Milan em San Siro, e o Bayern nos arrancou outro empate em sua casa. O resto, vitórias.

Buba tornou-se a estrela do momento, artilheiro da Liga Espanhola e da Liga dos Campeões, sua cotação subiu acima das nuvens. Na metade da temporada, seu agente tentou renegociar o contrato por mais do triplo do montante anual e o clube se viu obrigado a vendê-lo para o Juve no começo da pré-temporada seguinte. Herrera também se tornou um jogador cobiçado por muitos clubes, mas como era *canterano*, quer dizer, tinha sido praticamente criado nas categorias inferiores do nosso clube, não quis sair, embora que eu saiba tenha recebido ofertas do Manchester, onde teria ganhado mais. Pra mim também choveram ofertas, mas depois de deixar Buba ir embora o clube não podia se dar ao luxo de se desfazer de mim, então reajustaram o meu contrato e eu fiquei.

Naqueles dias eu havia conhecido uma catalã, que não demoraria a ser minha esposa, e creio que isso influiu na minha decisão de não ir embora. Não me arrependo. Naquela temporada voltamos a ser campeões da Liga Espanhola, mas na Liga dos Campeões enfrentamos nas semifinais o time de Buba e fomos eliminados. Na Itália, tomamos de três a zero, e um dos gols foi feito por Buba, um dos gols mais bonitos que vi na vida, um gol de falta, ou tiro livre para vocês, rapazes, de uma distância de mais de vinte metros, o que os brasileiros chamam de folha-seca, uma folha de outono, uma bola que parece que vai sair e de repente cai como uma folha seca, coisa que dizem que Didi sabia fazer, coisa que eu nunca tinha visto Buba fazer, e me lembro que, depois do gol, Herrera olhou pra mim, eu estava na barreira e Herrera atrás marcando um italiano, e, enquanto nosso arqueiro ia buscar a pelota no fundo das redes, Herrera olhou pra mim e sorriu como se dissesse pô, e eu também sorri. Foi o primeiro gol dos italianos e a partir daí Buba se apagou. Substituíram-no aos cinco minutos do segundo tempo. Antes de sair do gramado abraçou o Herrera e a mim. Depois que a partida terminou estivemos um instantinho com ele nos túneis do vestiário.

Na partida de volta, em nosso campo, os italianos empataram conosco, zero a zero. Foi uma das partidas mais esquisitas que joguei na vida. Tudo parecia transcorrer como que em câmara lenta e no fim os italianos nos eliminaram. Mas em linhas gerais foi uma temporada inesquecível. Voltamos a ganhar a liga, Herrera e eu fomos convocados para disputar o Mundial nas respectivas seleções, as notícias que tínhamos de Buba eram magníficas. Ele também ganhou a Liga Italiana (o famoso *scudetto*) e a Liga dos Campeões pelo segundo ano consecutivo. Às vezes nos telefonávamos e conversávamos banalidades. Pouco antes de sairmos de umas férias que iam ser mais curtas do que de costume (naquele ano nós, jogadores de seleção, nos concentramos para o Mundial quase sem tempo para nada), saiu a notícia na primeira página dos jornais esportivos: Buba tinha morrido num acidente de automóvel a caminho do aeroporto de Turim.

Ficamos gelados. Não posso dizer muito mais. Juro: ficamos gelados, e pronto. O Mundial foi asqueroso. O Chile foi eliminado nas oitavas de final, mas não ganhamos nenhuma partida. A Espanha nem sequer chegou às oitavas, apesar de ter vencido uma partida. Minha atuação, vocês devem se lembrar, foi funesta. De modo que é melhor nem falar. O país de Buba? Não, eles foram excluídos nas eliminatórias por Camarões ou pela Nigéria, não lembro. Portanto Buba não teria participado do Mundial nem vivo nem morto. Como jogador, quero dizer.

Depois o tempo passou, vieram outras ligas, outros mundiais, outros amigos. Fiquei mais seis anos em Barcelona. Na Espanha, dez. Claro que ainda cheguei a viver muitas noites de glória, mas nada de comparável. Encerrei a carreira jogando no Colo-Colo, não mais de ponta-esquerda, a vida de um ponta-esquerda é curta, mas como meio-campista. Me dediquei então à minha loja de material esportivo. Poderia ter sido treinador, fiz o curso, mas a verdade é que já estava cheio. Herrera ainda jogou mais alguns anos. Depois parou, idolatrado pelas multidões. Jogou mais de cem vezes pela seleção (eu, só em quarenta e três ocasiões) e, quando abandonou o futebol, a torcida de Barcelona lhe prestou uma homenagem como poucas. Agora tem não sei quantas empresas em sua cidade e, é óbvio, está muito bem de vida.

Ficamos muitos anos sem nos ver. Até outro dia, quando fizeram um programa de televisão, desses meio nostálgicos, sobre a equipe que havia vencido pela primeira vez a Liga dos Campeões. Recebi o convite e, apesar de agora não gostar mais de viajar, aceitei, porque era uma oportunidade de encontrar velhos amigos. A cidade, que outra coisa posso dizer, continua bonita. Nos hospedaram num hotel de primeira, e minha mulher foi direto ver a família e os amigos. Preferi ficar na cama e dormir um pouco, mas a verdade é que ao cabo de um quarto de hora me dei conta de que não ia conseguir dormir.

Depois um rapaz da produção chegou para me buscar e me levou aos estúdios da televisão. Na sala de maquiagem encontrei o Pepito Vila. Estava completamente careca, demorei a reconhecê-lo. Depois apareceu o Delève e aquilo foi a gota d'água. Como todos estavam velhos. Meu moral melhorou um pouco quando, antes de entrar no platô, vi Herrera. Ele, sim, eu teria reconhecido em qualquer lugar. Nos abraçamos e trocamos umas poucas palavras, as suficientes para que eu soubesse que naquela noite, acontecesse o que acontecesse, jantaríamos juntos.

O programa foi longo e prolixo. Falou-se da Copa, do que ela havia significado para o clube, do Buba, daquele primeiro ano do Buba na Europa, mas se falou também de Buzatti e de Delève, de Palau e Pepito Vila, de mim e, sobretudo, de Herrera e da sua longa carreira esportiva, um exemplo para a juventude. Éramos sete ex-jogadores, três jornalistas e dois célebres fãs de futebol, um ator de cinema e uma cantora brasileira, que acabou se revelando a mais fanática torcedora que já vi. Ela se chamava Liza do Elisa, não creio que fosse seu nome verdadeiro, mas o caso é que, quando o programa terminou (eu mal disse quatro bobagens, sentia um nó no estômago), a Liza do Elisa foi jantar conosco, com Herrera, comigo, com Pepito Vila e um dos jornalistas, não sei, talvez fosse amiga deste último, o caso é que de repente me vi num restaurante na penumbra jantando com toda essa gente e depois numa discoteca ainda mais escura, menos a pista de dança, onde dancei algumas vezes sozinho, outras vezes com Liza do Elisa e, finalmente, lá pelas tantas da madrugada, num bar perto do porto, tomando café com conhaque numa mesa meio suja onde só estavam Herrera e a cantora brasileira.

Não me lembro quem puxou o assunto. Talvez a Liza do Elisa estivesse falando de magia, pode ser, talvez Herrera quisesse falar disso e a tenha provocado, magia negra e magia branca, dizia a brasileira, ou assim acreditei entender, depois pôs-se a contar histórias, fatos reais que haviam lhe ocorrido na infância ou durante a juventude, quando precisou abrir o seu caminho no mundo do espetáculo. Lembro que olhei pra ela e pensei que devia ser uma mulher boa de briga: falava do mesmo jeito, com a mesma energia e agressividade que durante o programa de tevê. Tinha precisado batalhar muito pra vencer e permanecia em guarda, como se a qualquer momento fossem atacá-la. Era uma mulher bonita, de uns trinta e cinco anos, com uma senhora peitaria. Dava pra ver que não tivera uma vida fácil. Mas isso não interessava a Herrera, compreendi no ato. Herrera queria falar de magia, de vodu, de ritos de candomblé, de negros, em suma. E a Liza do Elisa não se fez de rogada.

De modo que terminei meu café com conhaque e procurei aguentar a conversa, mas como o tema sinceramente me chateava um pouco, pedi um uísque, depois outro uísque e, quando a luz do dia já começava a entrar pelas janelas do bar, Herrera disse que ele tinha uma história parecida com as histórias que Liza do Elisa tinha contado e que ia contá-la pra ela dizer o que achava. Então fechei os olhos, como se estivesse com sono, apesar de não estar com sono nenhum, e ouvi Herrera contar a história de Buba, dele e minha, mas sem dizer que Buba era Buba, nem ele e eu nós, mas uns jogadores franceses que ele tinha conhecido muito tempo atrás, e Liza do Elisa se calou (acho que era a primeira vez que ela se calava naquela noite) até que Herrera chegou ao final, à morte de Buba, e só então Liza do Elisa abriu a boca e disse que sim, que era possível, Herrera perguntou sobre o sangue que os três jogadores vertiam no copo, e Liza do Elisa disse que aquilo fazia parte da cerimônia, Herrera perguntou sobre a música que vinha do banheiro em que o negro se trancava, e Liza do Elisa disse que aquilo fazia parte da cerimônia, depois Herrera perguntou sobre o destino do sangue que o negro levava para o banheiro, sobre o pano de chão e o balde d'água com sabão em pó, e também quis saber o que Liza do Elisa achava que ele fazia no banheiro, e a todas as perguntas a brasileira respondeu que aquilo fazia parte da cerimônia, até que Herrera se irritou e disse que obviamente tudo fazia parte da cerimônia, mas que ele queria saber em que consistia a cerimônia. Então Liza do Elisa lhe disse que não levantasse a voz pra ela, muito menos ainda se pensava em comê-la, textual, empregou essas palavras, ao que Herrera respondeu com uma risadinha que me fez recordar com emoção o Herrera da Liga dos Campeões e das duas ligas que ganhamos juntos, quero dizer, que ganhamos com Buba, e das cinco que ganhamos ao todo, e depois de rir disse que não era sua intenção ofendê-la (a Liza do Elisa se ofendia por qualquer coisinha) e repetiu a pergunta.

Então a brasileira fez cara de que meditava, olhou pro Herrera, olhou pra mim (mas pro Herrera olhou com muito mais intensidade) e disse que não sabia direito. Que talvez bebesse o sangue, talvez o jogasse na privada, talvez urinasse ou defecasse no sangue ou talvez não fizesse nenhuma dessas coisas, que talvez se despisse e se empapasse com o sangue e depois tomasse uma chuveirada, mas que tudo isso eram somente suposições. Nós três nos calamos até que a Liza do Elisa voltou a abrir a boca pra dizer que, fosse como fosse, o que é certo é que aquele cara sofria e amava muito.

Depois Herrera perguntou se ela acreditava que a magia daquele negro que jogava num time francês era eficaz. Não, respondeu Liza do Elisa. Estava louco. Como ia ser eficaz? E Herrera replicou: e por que seus companheiros começaram a jogar melhor? Porque eram bons jogadores, disse a brasileira. Então eu meti a colher e perguntei o que ela tinha querido dizer com sofria muito, sofrer como?, perguntei, e ela respondeu que com todo o corpo e, mais do que com o corpo, com toda a mente.

O que você quer dizer, Liza?, perguntei.

Que estava louco, disse a brasileira.

O bar tinha baixado a porta de enrolar. Numa parede distingui várias fotos do nosso time. A brasileira nos perguntou (não só a Herrera, a mim também) se estávamos falando de Buba. Herrera não mexeu um só músculo da face. Eu talvez tenha feito que sim. A Liza do Elisa se persignou. Eu me levantei e fui dar uma olhada nas fotos. Lá estava o nosso onze: Herrera, de pé, com os braços cruzados, ao lado de Miquel Serra, o goleiro, e Palau, e abaixo deles, de cócoras, Buba e eu. Estou sorrindo, como se nada me preocupasse, e Buba está sério e olha diretamente para a câmera.

Fui ao banheiro e quando voltei Herrera estava no balcão, pagando, a brasileira também tinha se levantado e alisava o vestido, um vestido grená bem justo, ao lado da mesa. Antes de irmos embora o gerente do bar, ou talvez fosse o dono, o cara que tinha nos suportado até amanhecer, me pediu que pusesse minha assinatura em outra das fotos que enfeitavam a parede. Ali estava eu, sozinho, era uma das primeiras fotos que tiraram de mim quando cheguei à cidade. Perguntei seu nome. Disse que se chamava Narcís. Dediquei-lhe a foto com afeto.

Já clareava quando saímos. Como nos velhos tempos, passeamos um tempinho pelas ruas de Barcelona. Notei sem surpresa que Herrera abraçava a brasileira pela cintura. Depois entramos num táxi e eles me deixaram no hotel.

Dentista

Não era Rimbaud, só era um menino índio.

Conheci-o em 1986. Nesse ano, por motivos que não vêm ao caso ou que agora me parecem banais, estive uns dias em Irapuato, a capital dos morangos, em casa de um amigo dentista que estava passando por um mau pedaço. Na realidade, quem estava mal era eu (minha namorada havia decidido romper abruptamente nossa já prolongada relação), mas quando cheguei a Irapuato, onde supostamente ia ter tempo para pensar no meu futuro e me tranquilizar, encontrei meu amigo dentista, sempre tão discreto e ponderado, à beira do desespero.

Dez minutos depois de ter chegado me contou que havia matado uma paciente. Como não me entrava na cabeça que um dentista pudesse matar alguém, roguei que se tranquilizasse e me contasse toda a história. Esta era simples, até o ponto em que podem ser simples as histórias dessa natureza, e da narração meio desconexa que dela meu amigo fez deduzi que de maneira nenhuma não se podia imputar a ele a morte de ninguém.

Por outro lado, a história me pareceu estranha. Meu amigo, além de trabalhar numa clínica odontológica privada, que lhe garantia dividendos substanciais, trabalhava algumas horas para uma espécie de cooperativa médica aberta aos pobres e aos indigentes, o que parece a mesma coisa, mas que para o meu amigo, e sobretudo para os ideólogos desse tipo de organismo beneficente de saúde, não era. Na cooperativa só havia dois dentistas e o trabalho era árduo. Como a cooperativa não tinha consultório dentário, atendiam no deles, em horários não comerciais (foi a palavra que empregou), principalmente de noite, e se faziam auxiliar por estudantes solidários de odontologia, a maioria esquerdistas, e com vontade de praticar.

A mulher morta era uma índia velha que chegara uma noite com um abscesso na gengiva. Não foi meu amigo que operou o abscesso, mas a cirurgia foi feita em seu consultório. O responsável foi um estudante, a mulher desmaiou e o estudante teve um ataque de nervos. Outro estudante telefonou para o meu amigo. Quando meu amigo chegou ao consultório e quis ver o que estava acontecendo, topou com um câncer na gengiva incisado por uma mão inábil e rapidamente se deu conta de que já não podia fazer nada. Hospitalizaram a mulher no Hospital Geral de Irapuato, onde morreu uma semana depois.

Esses casos eram, pelo que me contou, bastante raros, digamos um em dez mil, e nenhum dentista bom do juízo espera encontrá-los na vida. Disse-lhe que o entendia, embora na verdade não entendesse nada, e naquela noite saímos para tomar umas e outras. Enquanto percorríamos os bares da cidade, bares mais de classe média alta, eu não conseguia parar de pensar na índia velha e no câncer que lhe roía a gengiva.

Meu amigo tornou a me contar a história, com algumas mudanças substanciais que atribuí ao álcool que àquela altura já havíamos ingerido, depois pegamos seu Volkswagen e fomos comer numa bodega de *comidas corridas* no subúrbio de Irapuato.

A mudança de cenário era notável. Se antes havíamos estado em meio a profissionais liberais, funcionários de escritório e comerciantes, agora estávamos rodeados de operários, desempregados e mendigos.

A melancolia do meu amigo, por outro lado, ia aumentando. À meia-noite começou a meter o pau em Cavernas. O pintor. Alguns anos antes meu amigo havia comprado umas gravuras dele que brilhavam num lugar de honra numa parede da sala da sua casa. Um dia em que por acaso encontrou o ubérrimo artista numa festa que outro dentista dava em sua residência da Zona Rosa, um dentista dedicado, se bem me lembro, a recompor o sorriso das estrelas da sétima arte mexicana (nas palavras do meu amigo), tentou falar com ele.

No início, Cavernas não só condescendeu em conversar como até, segundo meu amigo, o fez confidente involuntário de algumas intimidades da sua vida. Em algum momento da noite Cavernas propôs compartilhar uma mocinha que, insensatamente, parecia mais interessada pelo dentista do que pelo artista. Meu amigo estava cagando para a mocinha e assim declarou. Ao contrário, o que ele queria não era uma noite de amor a três, mas comprar outra gravura de Cavernas, diretamente, sem intermediários, o que o pintor quisesse e pelo preço que o pintor cobrasse, desde que a gravura tivesse uma dedicatória pessoal, do tipo "ao Pancho, como recordação de uma noite louca" ou algo assim.

A partir desse momento a atitude de Cavernas mudou. Começou a olhar para mim de través, comentou meu amigo. Disse que os dentistas não entendiam porra nenhuma de arte. Me perguntou na lata se eu era veado ou se aquilo era só uma frivolidade passageira. Meu amigo, claro, não demorou a perceber que Cavernas o estava insultando. Quando quis reagir, explicar ao pintor que sua admiração era meramente a que um amante da arte sentia pela obra de um gênio incompreendido da pintura universal, Cavernas não estava mais a seu lado.

Demorou para encontrá-lo. Enquanto o procurava ia repassando mentalmente o que tencionava lhe dizer. Avistou-o na varanda do apartamento, em companhia de dois sujeitos com cara de gângster. Cavernas o viu se aproximar e disse alguma coisa a seus acompanhantes. Meu amigo dentista sorriu. Os acompanhantes de Cavernas também sorriam. Provavelmente meu amigo estava bem mais bêbado do que pensava, do que queria se lembrar. O caso é que o pintor o recebeu com um insulto, e seus acompanhantes o agarraram pelos braços e pela cintura e o suspenderam no vazio. Meu amigo desmaiou.

Entre brumas lembrava-se de que Cavernas o havia chamado novamente de veado, do riso dos homens que o seguravam, dos automóveis estacionados no céu, um céu cinzento parecido com a rua Sevilla. A certeza de que você vai morrer e de que vai morrer por nada, por uma bobagem, e de que a sua vida, a vida que você está a ponto de perder, também é uma sucessão de bobagens, é nada. Até a certeza carece de dignidade.

Isso ele me disse enquanto bebíamos tequila na tal bodega, que obviamente não tinha licença para servir bebidas alcoólicas, num dos bairros populares de Irapuato. Depois se estendeu numa argumentação cujo eixo central era o descrédito da arte. As gravuras de Cavernas, eu sabia, ainda estavam penduradas na sua sala e eu não tinha notícia de que meu amigo houvesse feito nenhum gesto para vendê-las. Quando quis alegar que seu caso com Cavernas pertencia à história particular e não à história da arte e que portanto podia utilizar essa história para o descrédito dos seres humanos mas não para o descrédito dos artistas nem muito menos para o descrédito da arte, meu amigo fez um escândalo.

A arte, disse, é parte da história particular muito mais do

que da história da arte propriamente dita. A arte, disse, é a história particular. É a única história particular possível. É a história particular e ao mesmo tempo a matriz da história particular. E o que é a matriz da história particular?, perguntei. Ato contínuo pensei que me responderia: a arte. Também pensei, e esse foi um pensamento afável, que já estávamos bêbados e que era hora de voltar para casa. Mas meu amigo falou: a matriz da história particular é a história secreta.

Por uns instantes me fitou com os olhos brilhantes. Pensei que a morte da índia com câncer na gengiva o havia afetado muito mais do que a princípio eu tinha imaginado.

Você deve estar se perguntando o que é a história secreta, disse meu amigo. Pois bem, a história secreta é aquela que nunca conheceremos, a que vivemos dia a dia, pensando que vivemos, pensando que temos tudo sob controle, pensando que o que passa batido por nós não tem importância. Mas tudo tem importância, cara! O que acontece é que não percebemos. Acreditamos que a arte vai por uma calçada e que a vida, nossa vida, vai pela outra, e não percebemos que isso é mentira.

O que existe entre uma calçada e outra?, ele me perguntou. Devo ter respondido alguma coisa, suponho, mas não me lembro do que disse porque nesse momento meu amigo viu um conhecido e o cumprimentou com a mão, desviando a atenção de mim. Lembro-me de que a casa foi se enchendo de gente. Lembro-me das paredes de azulejos verdes, como se fosse um mictório público, e do balcão onde antes não havia ninguém e que agora estava cheio de personagens de aspecto cansado, ou festivo, ou sinistro. Lembro-me de um cego cantando uma canção num canto da sala ou uma canção que falava de um cego. A fumaça, antes inexistente, pairava por cima da nossa cabeça. Então o amigo que meu amigo havia cumprimentado com um gesto se aproximou da nossa mesa.

Não tinha mais de dezesseis anos. Aparentava menos. Era baixinho e sua figura, que podia ser forte, tendia para o redondo, para a eliminação de arestas. Vestia-se pobremente, mas algo havia em sua roupa que não se completava, uma qualidade movediça, como se a roupa estivesse dizendo algo incompreensível a partir de diversos lugares ao mesmo tempo, calçava tênis gastos de tanto andar, tênis que, no círculo das minhas amizades, melhor dizendo, no círculo dos filhos de algumas das minhas amizades, estariam há muito tempo sepultados no armário ou abandonados numa lata de lixo.

Sentou-se à nossa mesa e meu amigo lhe disse para pedir o que quisesse. Foi a primeira vez que sorriu. Não posso dizer que tivesse um sorriso bonito, muito pelo contrário: era o sorriso de alguém desconfiado, o sorriso de quem espera poucas coisas dos outros, e todas elas ruins. Nesse momento, quando o adolescente sentou conosco e exibiu seu sorriso frio, me passou pela cabeça a possibilidade de que meu amigo, que era um solteiro empedernido e que, podendo ter se radicado havia anos no DF, havia preferido não abandonar sua cidade natal de Irapuato, tivesse virado homossexual ou que sempre tivesse sido e só naquela noite, precisamente na noite em que havíamos falado da morte da índia e do câncer na gengiva, aflorasse, fora de toda lógica, uma verdade oculta durante anos. Mas logo descartei essa ideia e me concentrei no recém-chegado ou talvez tenham sido seus olhos, em que eu não havia reparado até então, que me obrigaram a deixar de lado meus temores (pois a possibilidade, mesmo remota, de que meu amigo fosse homossexual naquele momento me atemorizava) e a me dedicar à observação daquele ser que parecia pairar entre a adolescência e uma infantilidade espantosa.

Seus olhos, como dizer, eram poderosos. Foi esse o adjetivo que me ocorreu então, um adjetivo que evidentemente aprofundava a impressão real que seus olhos deixavam no ar, na testa de quem sustentasse seu olhar, uma espécie de dor entre as sobrancelhas, mas não encontro outro que sirva melhor aos meus propósitos. Se seu corpo tendia, como já disse, a uma redondez que os anos acabariam lhe concedendo rotundamente, seus olhos tendiam para o afilado, o afilado em movimento.

Meu amigo apresentou-o a mim com não dissimulada alegria. Chamava-se José Ramírez. Estendi-lhe a mão (não sei por quê, não sou dado a esses formalismos, pelo menos não num bar e de noite) e ele hesitou antes de me dar a dele. Quando a apertei, minha surpresa foi maiúscula. Sua mão direita, que esperava suave e hesitante como a de qualquer adolescente, exibia ao tato uma acumulação de calosidades que lhe dava uma aparência de ferro, uma mão não muito grande, na verdade, agora que penso, agora que retorno àquela noite na periferia de Irapuato, o que aparece diante dos meus olhos é uma mão *pequena*, uma mão pequena rodeada ou orlada pela exígua iluminação do bar, uma mão que surge de um lugar desconhecido, como o tentáculo de uma tormenta, mas dura, duríssima, uma mão forjada na oficina de um ferreiro.

Meu amigo sorria. Pela primeira vez naquele dia vi em seu rosto um lampejo de felicidade, como se a presença tangível (com sua figura redonda, seus olhos afilados e suas mãos duras) de José Ramírez afugentasse a culpa da índia com câncer na boca, o mal-estar recorrente que a recordação do pintor Cavernas lhe causava. Como se adivinhasse a pergunta que eu me sentia tentado a fazer mas que por uma elementar questão de educação não faria, meu amigo disse que tinha conhecido José Ramírez profissionalmente.

Demorei a entender que se referia a uma consulta odontológica. Grátis, disse então o rapaz, com uma voz que, como as suas mãos e os seus olhos, também desdizia do resto do corpo.

Na consulta da cooperativa, disse meu amigo. Obturei-lhe sete molares, um trabalho fino. José Ramírez assentiu e baixou os olhos. Foi como se de novo se transformasse no que de fato era, um rapaz de dezesseis anos. Lembro-me que depois pedimos mais bebidas e que José Ramírez comeu um prato de *chilaquiles* (não quis comer mais nada, apesar de meu amigo ter insistido em que pedisse o que quisesse, que estava convidando).

Durante todo o tempo que permanecemos na birosca a conversa se manteve entre os dois e fiquei à margem. Às vezes ouvia as suas palavras: falavam de arte, isto é, meu amigo havia retomado a história de Cavernas, que misturava arbitrariamente com a índia morta numa cama de hospital, em meio a dores pavorosas, ou talvez não, talvez tenha sido sedada, talvez alguém tenha lhe aplicado morfina regularmente, mas a imagem era essa, a índia, apenas um vulto minúsculo, abandonada numa cama de hospital em Irapuato, e o riso de Cavernas e suas gravuras perfeitamente emolduradas na sala do dentista, uma sala e, por conseguinte, uma residência, que o jovem Ramírez havia visitado, conforme deduzi das palavras do meu amigo, e onde havia visto as gravuras de Cavernas, as joias da sua pinacoteca particular, e havia gostado delas.

Em algum momento fomos embora dali. Meu amigo pagou e encabeçou a marcha rumo à porta de saída. Não estava tão bêbado quanto eu acreditava e não foi preciso que eu lhe sugerisse que trocássemos de banco, que ele me deixasse guiar. Lembro de outras biroscas, biroscas em que não ficávamos muito tempo, e finalmente lembro de um enorme terreno baldio, uma rua sem calçamento que terminava no campo e onde José Ramírez desceu do carro e se despediu de nós sem nos estender a mão.

Eu disse achar estranho que o rapaz morasse ali, onde não havia moradias, só escuridão e talvez a silhueta de um morro, no fundo, apenas recortada pela lua. Sugeri que o acompanhássemos um pedaço. Meu amigo (ao falar não olhou para mim, estava com as mãos no volante e sua atitude era de cansaço e calma) replicou que não podíamos acompanhá-lo, que não me preocupasse, que o cara conhecia muito bem o caminho. Ligou o motor, acendeu o farol alto e pude ver, antes que o carro começasse a recuar, uma paisagem irreal, como em preto e branco, composta de árvores raquíticas, mato, uma trilha de carroças, um híbrido entre o lixão e a cena bucólica tipicamente mexicana.

Nem vestígio do rapaz.

Depois voltamos para sua casa e demorei a dormir. No quarto de hóspedes havia um quadro de um pintor de Irapuato, uma paisagem impressionista em que se adivinhava uma cidade e um vale e em que predominava extensa gama de amarelos. Creio que o quadro tinha algo de maligno. Lembro-me que rolava na cama, cansado e insone, e que pela janela entrava uma luz débil que literalmente *acendia* a paisagem e a fazia ondular. Não era um bom quadro. Não era o quadro que me obcecava, que não me deixava dormir, que me enchia de uma tristeza imprecisa e irremediável, embora de muito bom grado eu tivesse me levantado para tirá-lo e colocá-lo virado para a parede. De muito bom grado teria regressado naquela mesma noite para o DF.

No dia seguinte levantei tarde e não vi meu amigo até a hora do almoço. Na casa só estava a mulher que ia todos os dias fazer a limpeza e decidi que o melhor era sair e dar uma volta pela cidade. Irapuato não é uma cidade bonita, mas ninguém pode negar o encanto das suas ruas, a atmosfera de tranquilidade que se respira no centro, onde os habitantes aparentam preocupações que aos nativos do DF parecem meras distrações. Como eu não tinha nada que fazer, depois de tomar um suco de laranja numa cafeteria li o jornal sentado num banco, enquanto passavam por mim estudantes secundaristas ou funcionários públicos com clara vocação para o ócio e a conversa irrelevante.

Que distantes me pareceram então, e pela primeira vez desde que havia iniciado a viagem, os meus problemas sentimentais do DF. Até passarinhos havia naquela praça de Irapuato. Mais tarde passei por uma livraria (foi difícil encontrar uma), onde comprei um livro com ilustrações de Emilio Carranza, um paisagista nascido em El Hospital, uma aldeia ou *ejido* perto de Irapuato, o qual imaginei que agradaria ao meu amigo dentista, a quem pensava dar de presente.

Nós nos encontramos às duas da tarde. Fui buscá-lo no seu consultório. A secretária me pediu amavelmente que o esperasse, que na última hora aparecera um paciente imprevisto e que ele não demoraria para se liberar. Sentei-me na sala de espera e comecei a ler uma revista. Não havia ninguém. O silêncio, não só no consultório do meu amigo mas em todo o edifício, era quase total. Por um momento pensei que o que a secretária tinha dito fosse mentira, que meu amigo não estava, que havia acontecido algo de errado e que as instruções expressas que ele havia deixado antes de sair a toda pressa eram para não me dar motivos de alarme. Levantei-me, dei uns passos pela sala de espera, senti-me, evidentemente, ridículo.

A secretária não estava mais na recepção. Quis pegar o telefone para fazer uma chamada, mas foi um impulso totalmente automático, pois para quem ia ligar numa cidade onde não conhecia ninguém? Arrependi-me mil vezes de ter ido a Irapuato, amaldiçoei minha sensibilidade atrofiada, prometi-me que mal voltasse ao DF encontraria uma mulher inteligente e bonita, mas sobretudo prática, com a qual casaria após breve namoro, isento de gestos desmedidos. Sentei-me na cadeira da secretária e procurei me acalmar. Por um instante contemplei a máquina de escrever, o livro onde estavam anotadas as consultas, um recipiente de madeira cheio de lápis, clipes e borrachas que pareciam estar em sua perfeita ordem, o que me pareceu impossível, pois ninguém bom do juízo arruma clipes (lápis e borrachas, sim, mas clipes, não), até que a visão involuntária das minhas mãos tremendo sobre a máquina de escrever me fez levantar de um salto e, já sem hesitar, procurar, com o coração batendo no peito, o meu amigo.

A educação, no entanto, às vezes é mais forte do que um repentino ataque de nervos. Enquanto abria portas e arremetia para o interior da clínica chamando-o em voz alta, lembro-me que ao mesmo tempo ia pensando na desculpa que daria quando o encontrasse, se é que o encontraria. Ainda hoje não sei o que aconteceu comigo naquela tarde. Provavelmente foi a última manifestação exterior do meu mal-estar ou da minha tristeza, mal-estar e tristeza que eu levava do DF e que se evaporaram em Irapuato.

Meu amigo, claro, estava em seu consultório, e ao lado dele vi uma paciente, uma mulher de uns trintas anos, de porte distinto, e a enfermeira, uma moça de baixa estatura, traços mestiços, que eu não tinha notado até aquele momento. Nenhum dos três pareceu surpreender-se com a minha aparição. Já, já termino, disse meu amigo sorrindo para mim.

Mais tarde, ao lhe explicar o que eu havia sentido em sua clínica (isto é: apreensão, medo, uma angústia que subia em descontrole), meu amigo declarou que costumava lhe acontecer coisa parecida nos edifícios aparentemente vazios. Compreendi que suas palavras eram basicamente benévolas comigo e procurei não pensar mais no assunto. Mas quando meu amigo se punha a falar não havia quem o fizesse parar, e durante o almoço, que durou das três às seis da tarde, dedicou-se a remoer o tema: os edifícios aparentemente vazios, isto é, os edifícios que a gente crê que estão vazios, e a gente crê por não ouvir nenhum ruído, mas que na realidade não estão vazios, e isso a gente também sabe, apesar de os sentidos, o ouvido, a vista, dizerem que está vazio. E então a angústia, o medo, não obedecem ao que a gente crê que obedecem, isto é, ao fato de se encontrar dentro de um edifício vazio, nem ao fato, nada fantástico, de se crer pego ou trancado dentro de um edifício vazio, mas a gente sabe, bem no fundo a gente sabe que não existem edifícios vazios, que nas porras dos edifícios vazios sempre há alguém que se furta ao nosso olhar e que não faz barulho, e tudo se reduz a isso, a que não estamos sozinhos quando tudo racionalmente nos indica que estamos.

Depois disse: sabe quando ficamos sozinhos de verdade? Nas multidões, respondi pensando que assim remava conforme a sua corrente, mas não, não era nas multidões, isso eu devo ter imaginado, mas depois da morte, a única solidão mexicana, a única solidão de Irapuato.

Naquela noite enchemos a cara. Entreguei-lhe meu presente, disse que não conhecia o pintor Carranza, fomos comer e enchemos a cara.

Começamos pelas cantinas do centro da cidade, depois voltamos à periferia, onde havíamos estado na noite anterior e onde havíamos encontrado o jovem Ramírez. Lembro-me que a certa altura do nosso errático périplo pensei que meu amigo procurava Ramírez. Disse-lhe isso. Respondeu que não. Disse-lhe que comigo podia falar com franqueza, que qualquer coisa que me dissesse ia ficar entre nós dois, ele disse que sempre havia falado com franqueza comigo e passado um instante acrescentou olhando-me nos olhos que não tinha nada a ocultar. Acreditei nele. Mas a impressão de que procurava o jovem camponês persistiu. Naquela noite fomos tarde para a cama, por volta das seis da manhã. Em algum momento meu amigo dentista pôs-se a recordar nossa juventude, quando ambos estudávamos na Unam e ambos admirávamos com fervor cego a obra de Elizondo. Eu estudava na faculdade de filosofia e letras e ele na de odontologia, e nos conhecemos no cineclube da minha faculdade, durante o debate que se seguiu a um filme de um diretor boliviano, suponho que Sanjinés.

Durante o debate meu amigo se levantou e foi, não sei se o único, mas certamente o primeiro a dizer que não tinha gostado do filme e a explicar por quê. Eu também não tinha gostado, mas então jamais teria admitido isso. A amizade entre nós foi espontânea: naquela mesma noite soube da sua admiração por Elizondo, que eu também professava, e durante o segundo verão quisemos imitar os personagens de *Narda ou o verão* alugando uma casinha perto do mar em Mazatlán, que, embora não fosse a costa italiana, com um pouco de imaginação e boa vontade poderia se parecer com ela.

Depois crescemos e nossas aventuras juvenis nos pareceram detestáveis. Os jovens mexicanos de classe média alta estão condenados a imitar Salvador Elizondo, que por sua vez imita um inimitável Klossowski, ou a engordar lentamente no comércio ou na burocracia, ou experimentando a torto e a direito organizações vagamente esquerdistas, vagamente caritativas. Entre Elizondo, cuja obra já não relia, e o pintor Cavernas se consumia nossa fome inesgotável, e cada mordida que dávamos mais pobres, mais magros, mais feios, mais ridículos ficávamos. Depois meu amigo voltou para Irapuato e fiquei no DF, e de alguma maneira procuramos nos desinteressar do lento naufrágio das nossas vidas, do lento naufrágio da estética, da ética, do México e de nossos fodidos sonhos.

Mas conservamos a amizade, e era isso que importava. Ali estávamos falando da nossa juventude, bastante bêbados, e de repente meu amigo recordou a índia velha que tinha morrido de câncer na gengiva, recordou nossa conversa sobre a história da arte e a história particular, falou das duas calçadas (um tema de que eu mal me lembrava) e finalmente chegou ao local de *comidas corridas* onde havíamos encontrado José Ramírez, que era precisamente onde eu queria chegar, e me perguntou o que eu achava dele, mas perguntou de tal forma que eu não soube se se referia ao adolescente índio ou a si mesmo, e para não dar mancada disse a ele que não achava nada, ou talvez tenha feito um gesto que podia significar qualquer coisa, e meu amigo, ato contínuo, me perguntou se eu achava, se tinha passado pela minha cabeça a ideia de que entre José Ramírez e ele pudesse haver alguma coisa, esses subentendidos atrozes e tão mexicanos, e eu disse não, por Deus, mano, como pensou numa coisa dessas, não se atormente, talvez agora eu exagere, minha memória exagere, talvez não exagere, talvez então tenha se aberto o buraco real, o que eu havia pressentido no edifício falsamente vazio, o que eu havia entrevisto quando o índio adolescente se aproximara da gente pela primeira vez, justo quando falávamos ou meu amigo falava ou perorava sobre a índia morta, esse cadáver cada vez menor, e então tudo se misturou na minha mente, provavelmente devido ao nosso porre, nossa juventude evocada, nossas leituras, *Narda ou o verão*, de Elizondo, uma glória nacional, nosso verão imaginário e voluntarioso em Mazatlán, minha namorada que surpreendentemente decidia dar uma guinada em sua soberana discrição, os anos, Cavernas e a pinacoteca do meu amigo, minha viagem a Irapuato, as ruas de Irapuato tão tranquilas, a misteriosa decisão de meu amigo de radicar-se ali, de trabalhar ali, na sua cidade natal, quando o normal teria sido...

E então ele disse: você tem que conhecer o José. Salientou bem o verbo conhecer. Tem que *conhecê-lo*. E: eu não sou. Não sou desses. Você sabe. Eu não. Depois falou da índia morta e do trabalho na cooperativa. E disse: eu não. Eu não, claro, não é verdade? É verdade, disse eu. Depois mudamos de botequim e no caminho ele me disse: amanhã. E eu soube que não era sua bebedeira, que amanhã ele se lembraria e que uma promessa era uma promessa, não é verdade? É verdade. Então, para mudar de assunto, contei-lhe de uma vez, quando eu era garoto, que fiquei trancado no elevador do meu edifício. Aí tinha ficado sozinho de verdade, falei. Meu amigo me ouviu com um sorriso, como se dizendo que babaca você ficou, o que fez de toda aquela pá de anos no DF, de toda aquela pá de livros lidos, estudados e ensinados onde quer que você ensine. Mas insisti. Fiquei sozinho. Um tempão. Às vezes ainda sinto (muito raramente, a bem da verdade) o que senti dentro do elevador. Sabe por quê? Meu amigo fez um gesto que queria dizer que preferia não saber. Mesmo assim eu disse: porque eu era criança. Me lembro da sua resposta. Estava de costas para mim, procurava onde havia estacionado o carro. Babaquices, falou. Amanhã você vai ver o que é bom de verdade.

No dia seguinte ele não tinha se esquecido de nada. Ao contrário, se lembrava de coisas que eu já havia esquecido. Pela forma como falou de José Ramírez, parecia seu protetor. Lembro-me que naquela noite nos vestimos como se fôssemos pegar putas ou à caça, meu amigo com um casaco de veludo marrom e eu com um casaco de couro que havia trazido pensando em algum passeio pelo campo.

Iniciamos o percurso tomando um par de uísques no centro, num bar na penumbra que recendia a loção pós-barba. Depois fomos diretamente para os bairros que José Ramírez costumava frequentar. Passamos numas cafeterias infectas, na casa de *comidas corridas* (onde tentamos comer apesar de nenhum dos dois estar com fome), numa cantina chamada El Cielo. Nem sinal do adolescente índio.

Quando já havíamos dado a noite por perdida, uma noite estranha em que quase não havíamos trocado palavra, nós o avistamos ou o adivinhamos andando por uma calçada mal iluminada. Meu amigo buzinou e deu meia-volta numa manobra temerária. Ramírez nos esperava parado numa esquina. Abaixei o vidro e o cumprimentei. A cabeça do meu amigo se pôs para fora por cima de mim e ele o convidou a subir. O adolescente entrou no carro sem dizer uma palavra. Minhas lembranças do resto daquela noite são festivas. Irrefletidamente festivas. Parecia que comemorávamos o aniversário do rapaz que estava conosco. Parecíamos seus pais. Parecíamos seus cafetões. Parecíamos dois mexicanos brancos e tristes de guarda-costas de um mexicano índio incompreensível. Ríamos. Bebíamos e ríamos, e ninguém ousou se aproximar da gente ou nos gozar, porque se meu amigo não matasse, eu mataria quem o fizesse.

Ouvimos a história ou os retalhos de história de José Ramírez, uma história que entusiasmava meu amigo e que a mim, passados os primeiros momentos de perplexidade, também me entusiasmou, mas que depois, à medida que chegávamos às vertentes desconhecidas da noite, como diz um poema de Poe, foi se esfumando, como se as palavras do adolescente índio não encontrassem um gancho válido em nossa memória, e é por isso que mal me lembro das suas palavras. Sei, porque ele disse, que havia participado de uma oficina de poesia, uma oficina de poesia gratuita, mais ou menos como a cooperativa médica dos pobres, só que em versão literária, e que Ramírez não escreveu um só poema, o que fez meu amigo dentista se contorcer de riso e que não entendi, não vi a graça, até que me explicaram que Ramírez escrevia prosa. Contos, mas não poemas. Perguntei então por que não tinha se matriculado numa oficina de prosa. E meu amigo dentista respondeu: porque não havia nenhuma oficina de prosa. Entende? Nesta cidadezinha de merda só se ensina de graça poesia. Entende?

Depois Ramírez falou da sua família, ou talvez o dentista é que tenha falado da família de Ramírez, e sobre ela não havia nada a dizer. Entende? Nada. Não entendi grande coisa, mas para não ficar de fora da conversa falei dos edifícios vazios e do equívoco, mas meu amigo me mandou calar com um gesto. Nada a dizer. Camponeses. Mortos de fome. Nenhum sinal. Entende? Eu disse que sim com a cabeça, só pra não contrariar, mas na realidade não entendia nada. Depois meu amigo afirmou que poucos escreviam como escrevia o rapaz que estava ao nosso lado. Juro por Deus: muito poucos. A partir desse momento embarcou numa exegese de Ramírez que me deixou gelado.

Superior a todos, disse. Os prosadores mexicanos parecem crianças de peito comparados com este adolescente meio gordinho e inexpressivo e com as mãos endurecidas pelo trabalho do campo. Que campo?, indaguei. O campo que nos rodeia, disse o dentista, e com a mão fez um movimento circular, como se Irapuato fosse uma cabeça de ponte em terra selvagem, um forte no meio do território apache. Olhei de esguelha para o adolescente, olhei para ele com medo, e vi que estava sorrindo, depois meu amigo começou a me contar um conto de Ramírez, um conto sobre um menino que tinha muitos irmãos menores para cuidar, era essa a história, ao menos o começo, mas logo o argumento dava uma reviravolta e se pulverizava, o conto se transformava numa história sobre o fantasma de um pedagogo encerrado numa garrafa e também numa história sobre a liberdade individual, apareciam outros personagens, dois camelôs canalhas, uma drogada de vinte anos, um carro inútil abandonado na estrada que servia de casa para um sujeito que lia um livro de Sade. Tudo isso num conto, disse meu amigo.

Eu, que por educação poderia ter dito que era bom, que soava interessante, disse que precisava lê-lo para poder formar uma opinião. Foi o que eu disse, mas poderia também ter dito o contrário e teria me salvado. Meu amigo se levantou e disse a Ramírez que fôssemos buscar os textos. Lembro que Ramírez olhou para ele, sem se levantar, olhou para mim e, depois, sem dizer nada se levantou. Eu poderia ter protestado. Poderia ter dito que não era preciso. Mas àquela altura já havia perdido o ânimo e nada mais me importava, ainda que dentro de mim, bem dentro de mim, visse os gestos que fazíamos, os gestos que orquestrávamos com uma perfeição quase sobrenatural e, embora soubesse que a direção a que eles nos empurravam não trazia um perigo real para nós, também sabia que de alguma maneira entrávamos num território em que éramos vulneráveis e de onde não sairíamos sem pagar um pedágio de dor ou de espanto, um pedágio que íamos acabar lamentando.

Mas não disse nada, saímos do bar, entramos no carro do meu amigo e nos perdemos pelas ruas que marcavam os limites de Irapuato, ruas só percorridas por carros da polícia e ônibus noturnos e que, segundo meu amigo, que dirigia num estado de exaltação, Ramírez percorria a pé cada noite e cada madrugada, quando voltava para casa depois das suas incursões urbanas. Preferi não acrescentar nem mais um só comentário e fiquei espiando as ruas fracamente iluminadas e a sombra do nosso carro que se projetava como em flashes nos muros altos das fábricas ou armazéns industriais abandonados, vestígios de um passado já esquecido no qual tinha se tentado industrializar a cidade. Fomos sair numa espécie de bairro acrescentado àquela massa informe de edifícios inúteis. A rua se estreitou. Não havia iluminação pública. Ouvi o latido dos cachorros. Pura novela mexicana, não é, mano?, comentou o dentista. Não respondi. Atrás de mim ouvi a voz de Ramírez, que dizia para virar à direita e seguir em frente.

As luzes do carro varreram dois casebres miseráveis protegidos por uma cerca de madeira e arame, um caminho de terra, e num segundo estávamos num lugar que parecia o campo, mas que também poderia ser um lixão. A partir dali continuamos a pé, em fila indiana, com Ramírez abrindo a marcha, seguido pelo dentista e por mim. Ao longe distingui uma estrada, as luzes de dois carros que rodavam irremediavelmente alheios a nós, embora em seu deslocamento distante eu tenha acreditado encontrar uma semelhança — atroz, certamente — com nosso destino. Vi a silhueta de um morro. Intuí um movimento na escuridão, entre uns arbustos, e sem titubear o atribuí a ratos quando poderiam muito bem ser aves. Depois a lua apareceu e vi umas casinhas solitárias que se erguiam nas encostas do morro e, para além deste, um campo escuro, cultivado, que se estendia até uma curva da estrada onde, como uma protuberância artificial, se elevava um bosque. De repente ouvi a voz do adolescente dizendo alguma coisa ao meu amigo e paramos. Do nada havia surgido a sua casa, uma casa de paredes amarelas ou brancas, com o teto baixo, como todas as tristes casas que suportavam a noite nos arredores de Irapuato.

Por um instante nós três ficamos imóveis, eu diria que enfeitiçados, contemplando a lua, ou observando compungidos a exígua moradia do adolescente, ou tentando decifrar os objetos que se amontoavam no pátio: só distingui com certeza um caixote. Depois entramos num quarto de teto baixo que recendia a fumaça, e Ramírez acendeu uma luz. Vi uma mesa, apetrechos agrícolas encostados na parede, um menino dormindo numa poltrona.

O dentista olhou para mim. Seus olhos brilhavam de excitação. Naquele instante me pareceu indigno o que estávamos fazendo: um passatempo noturno sem outra finalidade que a contemplação da desgraça. A alheia e a própria, refleti. Ramírez puxou duas cadeiras de madeira e desapareceu detrás de uma porta que parecia aberta a machadadas. Não demorei a compreender que aquele cômodo era um acréscimo recente da casa. Sentamos e esperamos. Quando tornou a aparecer carregava uma resma de papéis de mais de cinco centímetros de espessura. Com ar muito concentrado sentou-se junto de nós e nos estendeu os papéis. Leiam o que quiserem, sussurrou. Olhei para o meu amigo. Ele já havia pegado um conto de entre os papéis e ordenava cuidadosamente as folhas. Disse a ele que me parecia mais indicado levar os textos e lê-los no conforto da sua casa. Provavelmente não foi bem assim. Mas é o que penso agora, não consigo ver a cena de outra maneira, eu dizendo que era melhor que fôssemos embora, que adiássemos a leitura para um ambiente mais agradável, e o dentista como um condenado à morte olhando para mim com dureza e mandando que eu escolhesse um conto ao acaso e que o lesse de uma vez por todas.

Foi o que fiz. Baixei os olhos envergonhado, escolhi um conto e comecei a ler. O conto tinha quatro páginas, talvez o tenha escolhido por isso, por sua brevidade, mas quando acabei tinha a impressão de ter lido um romance. Olhei para Ramírez. Estava sentado à nossa frente e cabeceava de sono. Meu amigo acompanhou meu olhar e sussurrou que o jovem escritor se levantava muito cedo todos os dias. Assenti com a cabeça e peguei outro conto. Quando tornei a olhar para Ramírez ele dormia com a cabeça apoiada nos braços. Eu também tinha sentido acessos de sono, mas agora me sentia completamente desperto, completamente sóbrio. Meu amigo me passou outro conto. Leia este, sussurrou. Coloquei-o ao lado. Terminei o que estava lendo e li o que o dentista tinha me dado.

Quando estava acabando o último dos contos que li naquela noite, a outra porta se abriu e apareceu um sujeito que devia ser da nossa idade, mas que parecia muito mais velho e sorriu para nós antes de sair para o pátio com um andar silencioso. É o pai de José, disse meu amigo. Ouvi lá fora um barulho de latas, passos que se tornavam mais enérgicos, o ruído de alguém que urina ao ar livre. Em outra situação isso teria bastado para que eu ficasse atento, absorto unicamente em decifrar e de certa maneira conjurar aqueles sons, mas o que fiz foi continuar a ler.

A gente nunca acaba de ler, ainda que os livros se acabem, assim como a gente nunca acaba de viver, ainda que a morte seja um fato certo. Mas enfim, digamos, para ser breve, que em determinado momento dei por terminada minha leitura. Meu amigo já não lia havia um tempinho. De sua aparência transluzia o cansaço. Disse-lhe que podíamos ir embora. Antes de nos levantarmos, observamos o plácido sono de Ramírez. Ao sair, vimos que estava amanhecendo. No pátio não havia ninguém e os campos ao redor pareciam desertos. Perguntei-me onde estaria o pai. Meu amigo apontou para o carro e me fez notar como o carro ficava esquisito naquele ambiente. Um ambiente incomparável, falou não mais num sussurro. Sua voz soou estranha: estava rouco, como se houvesse passado a noite dando gritos. Vamos tomar café, disse. Assenti. Vamos falar sobre o que aconteceu, disse.

Ao abandonar aqueles ermos, compreendi porém que pouca coisa podíamos dizer sobre a nossa experiência daquela noite. Ambos nos sentíamos felizes, mas soubemos sem sombra de dúvida — e sem necessidade de nos dizer — que não éramos capazes de refletir ou de discernir sobre a natureza do que havíamos vivido.

Quando chegamos em casa, enquanto eu servia dois uísques antes de irmos dormir, meu amigo ficou parado, olhando para os seus Cavernas pendurados na parede. Pus seu copo na mesa e me estirei na poltrona. Não disse nada. O dentista observou suas gravuras primeiro com as mãos na cintura, depois com a mão no queixo e finalmente passando a mão pelos cabelos. Ri. Ele também riu. Por um momento me passou pela cabeça que ele ia pegar o quadro e destroçá-lo meticulosamente. Mas em vez disso sentou-se a meu lado e tomou seu uísque. Depois fomos dormir.

Não muito. Umas cinco horas. Sonhei com a casa do jovem Ramírez. Eu a vi erguer-se no meio do descampado, do lixão, do paramo mexicano, tal como era, despojada de qualquer ornamento. Tal como a tinha entrevisto durante aquela noite decididamente literária. E por um escasso segundo compreendi o mistério da arte, sua natureza secreta. Mas logo apareceu no mesmo sonho o cadáver da velha índia morta de câncer na gengiva e esqueci tudo. Creio que a estavam velando na casa de Ramírez.

Quando me levantei, contei ao dentista o sonho ou o que me lembrava do sonho. Você está com uma cara péssima, ele me disse. Na realidade ele é que estava com uma cara péssima, mas preferi não lhe dizer nada. Logo descobri que estaria melhor sozinho. Ao lhe anunciar que ia dar uma volta pela cidade vi uma expressão de alívio em seu rosto. Naquela tarde fui ao cinema e dormi no meio do filme. Sonhei que nos suicidávamos ou que obrigávamos outros a se suicidar. Quando cheguei em casa, meu amigo estava me esperando. Fomos jantar e tentamos falar sobre o que havia acontecido no dia anterior. Em vão. Terminamos falando de alguns amigos do DF, gente que acreditávamos conhecer e que na realidade eram uns perfeitos desconhecidos. O jantar, contra todos os prognósticos, foi agradável.

No dia seguinte, um sábado, eu o acompanhei ao seu consultório, onde ele tinha que trabalhar para a cooperativa médica dos pobres por algumas horas. É minha contribuição para a comunidade, meu trabalho voluntário, disse-me com resignação enquanto entrávamos no carro. Eu planejava ir domingo para o DF e alguma coisa dentro de mim me dizia que passasse com meu amigo o máximo de horas possível, pois não sabia quanto tempo ia levar até que tornasse a vê-lo.

Por um bom tempo (um tempo que não me atrevo mais a medir) ficamos esperando, o dentista, um estudante de odontologia e eu, que aparecesse um paciente, mas ninguém apareceu.

Fotos

Como poetas, os da França, pensa Arturo Belano, perdido na África, enquanto folheia uma espécie de álbum de fotografias em que a poesia de língua francesa comemora a si mesma, que filhos da puta, pensa, sentado no chão, num chão como que de argila vermelha mas que não é de argila, nem mesmo argiloso, e que, no entanto, é vermelho, ou antes, acobreado ou avermelhado, mas ao meio-dia é amarelo, com o livro entre as pernas, um livro grosso, de novecentas e trinta páginas, que é como dizer mil páginas, ou quase, um livro de capa dura, *La poésie contemporaine de la langue française depuis 1945*, de Serge Brindeau, editado pela Bordas, um compêndio de pequenos textos sobre todos os poetas que escrevem em francês no mundo, na França ou na Bélgica, no Canadá ou no Magreb, nos países africanos ou nos países do Oriente Médio, o que tira um pouco de valor ao milagre de ter encontrado este livro aqui, pensa Belano, pois se inclui poetas africanos é claro que alguns exemplares devem ter viajado para a África nas malas dos próprios poetas ou nas malas de um livreiro patriota (da sua língua) e terrivelmente ingênuo, mas continua sendo um milagre que um desses exemplares se perdesse precisamente aqui, nesta aldeia abandonada pelos humanos e pela mão de Deus, onde só estou eu e os fantasmas dos sumulistas e pouca coisa mais que o livro e as cores cambiantes da terra, coisa curiosa, pois a terra efetivamente muda de cor a cada certo tempo, de manhã amarelo-escura, ao meio-dia amarela com estrias como que de água, uma água cristalizada e suja, depois já não há quem queira olhar, pensa Belano, enquanto olha para o céu por onde passam três nuvens, como que três sinais por um prado azul, o prado das conjecturas ou o prado das mistagogias, e se assombra com o garbo das nuvens que avançam indizivelmente lentas, ou enquanto vê as fotos, com o livro quase grudado na cara, para poder apreciar aqueles rostos em todas as suas torções, palavra que não cabe aqui mas que cabe aqui sim, Jean Pérol, por exemplo, com cara de estar ouvindo uma piada, ou Gérald Neveu (que ele leu), com cara como que de ofuscado pelo sol ou como se vivesse num mês que é uma conjunção monstruosa de julho e agosto, algo que só os negros ou os poetas alemães e franceses podem suportar, ou Véra Feyder, que segura e acaricia um gato, como se segurar e acariciar fosse a mesma coisa, e é a mesma coisa!, pensa Belano, ou Jean-Philippe Salabreuil (que ele leu), tão moço, tão bonito, parece um ator de cinema, e que da morte olha para mim com um meio sorriso, dizendo a mim ou ao leitor africano a quem este livro pertenceu que não há problema, que os vaivéns do espírito não têm finalidade e que não há problema, depois fecha os olhos mas não olha para o chão, depois abre-os, passa a página e aqui temos Patrice Cauda, com cara de quem bate na mulher, que mulher quê, na namorada, e Jean Dubacq, com cara de bancário, um bancário triste e sem muitas esperanças, um católico, e Jacques Arnold, com cara de gerente do mesmo banco em que o pobre Dubacq trabalha, e Janine Mitaud, de boca grande, olhos vivíssimos, uma mulher de meia-idade, cabelos curtos, pescoço fino e jeito de humorista fina, e Philippe Jaccottet (que ele leu), magro e com cara de gente boa, embora talvez, pensa Belano, tenha aquela cara de gente boa na qual você nunca deve confiar, e Claude de Burine, encarnação de Annie,* inclusive o vestido ou o que a foto permite ver do vestido é idêntico ao vestido de Annie, mas quem é esta Claude de Burine?, pergunta-se Belano em voz alta, sozinho numa aldeia africana de onde todos se foram ou morreram, sentado no chão com os joelhos erguidos enquanto seus dedos percorrem numa velocidade inusitada as páginas de *La poésie contemporaine* em busca de dados sobre essa poeta, e quando finalmente os encontra lê que Claude de Burine nasceu em Saint-Léger-des-Vignes (Nièvre), em 1931, e que é autora de *Lettres à l'enfance* (Rougerie, 1957), *La gardienne* (Le Soleil dans la Tête — bom nome para uma editora —, 1960), *L'allumeur de réverbères* (Rougerie, 1963) e *Hanches* (Librairie Saint-Germain-des-Prés, 1969), e não há mais dados biográficos sobre ela, como se aos trinta e oito anos, após a publicação de *Hanches*, Annie houvesse desaparecido, embora o autor ou a autora da nota introdutória diga sobre ela: *Claude de Burine avant toute autre chose, dit l'amour, l'amour inépuisable*, e então no cérebro escaldado de Belano tudo fica claro, alguém que *dit l'amour* pode perfeitamente desaparecer aos trinta e oito anos, e mais, muito mais, se essa pessoa é o duplo de Annie, os mesmos olhos redondos, o mesmo cabelo, as sobrancelhas de quem passou uma temporada no orfanato, a expressão de perplexidade e de dor, uma dor paliada em parte pela caricatura, mas dor afinal de contas, então Belano diz a si mesmo vou encontrar muita dor aqui, volta às fotos e, sob a foto de Claude de

*Heroína do musical homônimo de John Huston, que inspirou a novela *Chiquititas*. (N. T.)

Burine e entre a foto de Jacques Réda e a de Philippe Jaccottet, descobre Marc Alyn e Dominique Tron compartilhando o mesmo instantâneo, um segundo de relax, Dominique Tron tão diferente de Claude de Burine, a existencialista, a beatnik, a roqueira, e a bem-comportadinha, a abandonada, a desterrada, pensa Belano, como se Dominique vivesse no interior de um tornado e Claude fosse o ser suficiente que o contempla de uma lonjura metafísica, e novamente Belano é picado pela curiosidade, procura o índice e então, depois de ler *né à Bin el Ouidane (Maroc) le 11 décembre* 1950, se dá conta de que Dominique é um homem e não uma mulher, devo estar com insolação!, reflete enquanto espanta um mosquito (totalmente imaginário) da orelha, depois lê a bibliografia de Tron, que publicou *Stéréophonies* (Seghers, 1965, isto é, aos quinze anos), *Kamikaze galapagos* (Seghers, 1967, isto é, aos dezessete anos), *La souffrance est inutile* (Seghers, 1968, isto é, aos dezoito anos), *D'épuisement en épuisement jusqu'à l'aurore, Elizabeth*, oratório autobiográfico seguido de *Boucles de feu*, mistério (Seghers, 1968, isto é, outra vez aos dezoito anos) e *De la sciencefiction c'est nous, à l'interprétation des corps* (Eric Losfeld, 1972, isto é, aos vinte e dois anos), e não há mais títulos, em grande parte porque *La poésie contemporaine* foi publicada em 1973, se houvesse sido publicada em 1974 com certeza encontraria outros, então Belano pensa em sua própria juventude, quando era uma máquina de escrever igual a Tron, talvez até mais bonito do que Tron, reflete, estreitando os olhos para ver melhor a foto, mas para publicar um poema, no México, nos distantes anos em que viveu na Cidade do México, DF, tinha de suar sangue, depois pensa que uma coisa é o México e outra a França, depois cerra os olhos e vê uma torrente de cavaleiros espectrais passar com seus sombreiros como uma exalação de cor cinzenta pelo leito de um rio seco, depois, antes de abrir os olhos — com o livro firmemente seguro com as duas mãos —, vê outra vez Claude de Burine, o busto fotográfico de Claude de Burine, digna e ridícula ao mesmo tempo, contemplando da sua atalaia de poeta solteira o ciclone adolescente que é Dominique Tron, o autor, precisamente, de *La souffrance est inutile*, um livro que talvez Dominique tenha escrito para ela, um livro que é uma ponte em chamas e que Dominique não vai atravessar mas que Claude, alheia à ponte, alheia a tudo, sim, atravessará e se queimará no intento, pensa Belano, como se queimam todos os poetas, inclusive os maus poetas, nessas pontes de fogo tão interessantes, tão apaixonantes quando você tem dezoito, vinte e um anos, mas depois tão chatas, tão monótonas, com começo e fim previsíveis de antemão, essas pontes que ele atravessou como Ulisses sua casa, essas pontes teorizadas e surgidas como ouijas fantásticas, de repente, ante seus narizes, enormes estruturas em chamas repetidas até o fim da tela e que os poetas, não de dezoito nem de vinte e um anos mas de vinte e três, são capazes de atravessar de olhos fechados, como guerreiros sonâmbulos, pensa Belano enquanto imagina a inerme (a frágil, a fragílima) Claude de Burine correndo para os braços de Dominique Tron, numa corrida que prefere imaginar imprevisível, embora haja algo nos olhos de Claude, nos olhos de Dominique, nos olhos da ponte em chamas, que lhe é familiar e que num idioma que corre rasteiro, como as cores cambiantes que circundam a aldeia vazia, lhe antecipa o seco, melancólico, atroz fim, e então Belano fecha os olhos, fica imóvel, depois abre os olhos e busca outra página, mas desta vez está decidido a só ver as fotos e mais nada, e assim encontra Pierre Morency, um rapaz bonitão, Jean-Guy Pilon, um sujeito problemático e nada fotogênico, Fernand Ouellette, um homem que está ficando careca (e, se levarmos em conta que o livro foi editado em 1973, o mais provável, num sentido ou outro, é que já esteja totalmente careca), e Nicole Brossard, uma moça de cabelos escorridos, repartidos no meio, olhos grandes, mandíbula quadrada, bonita, acha-a bonita, mas Belano não quer saber a idade de Nicole nem os livros que escreveu, vira a página e entra de repente (ainda que na aldeia em que está naufragado entrar de repente nunca seja entrar de repente) no reino das mil e uma noites da literatura e também da memória, pois ali está a foto de Mohammed Khair-Eddine, Kateb Yacine, Anna Greki, Malek Haddad, Adbellatif Laabi e Ridha Zili, poetas árabes de língua francesa, e algumas dessas fotos, lembra-se, ele já tinha visto fazia muitos anos, talvez em 1972, antes de aparecer o livro que tem nas mãos, talvez em 1971, pode ser que se enganasse e as estivesse vendo pela primeira vez, com uma sensação que persiste e que ele não consegue explicar a si mesmo mas que se situa a meio caminho entre a perplexidade — uma singular perplexidade feita de doçura — e a inveja por não pertencer àquele grupo, em 73 ou 74, se lembra, num livro sobre poetas árabes ou sobre poetas magrebinos que uma uruguaia, por uns poucos dias, levou consigo a todos os cantos do México, um livro de capa ocre ou amarela como as areias do deserto, e Belano vira a página e aparecem mais fotos, a de Kamal Ibrahim (que ele leu), a de Salah Stétié, a de Marwan Hoss, a de Fouad Gabriel Naffah (um poeta feio como o diabo) e a de Nadia Tuéni, Andrée Chedid e Vénus Khoury, então Belano quase cola a cara na página para ver com mais detalhe as poetas, Nadia e Vénus lhe parecem francamente bonitas, com Nadia eu treparia, diz a si mesmo, até raiar o dia (supondo que em algum momento caia a noite, pois a tarde na aldeia parece acompanhar o sol em sua marcha para oeste, é o que pensa Belano não sem se angustiar) e com Vénus treparia até as três da manhã, depois me levantaria, acenderia um cigarro e sairia a caminhar pelo Passeio Marítimo de Malgrat, mas com Nadia até raiar o dia, e as coisas que fizesse com Vénus faria com Nadia, mas as coisas que fizesse com Nadia não faria com mais ninguém, pensa Belano enquanto observa sem pestanejar, o nariz quase colado no livro, o sorriso de Nadia, os olhos vivos de Nadia, a cabeleira de Nadia, escura, brilhante, abundante, uma sombra protetora e eficaz, e então Belano olha para cima e não vê mais as três nuvens solitárias no céu africano que cobre a aldeia em que se encontra, essa aldeia que o sol arrasta para oeste, as nuvens desapareceram, como se depois de contemplar o sorriso da poeta árabe das mil e uma noites as nuvens sobrassem, então Belano quebra sua promessa, procura no índice o nome Tuéni e se dirige sem tremer para as páginas de crítica dedicadas a ela e nas quais sabe que encontrará sua ficha biobibliográfica, uma ficha que diz que Nadia nasceu em Beirute em 1935, ou seja, quando foi editado o livro ela tinha trinta e oito anos, mas a foto é de antes, e que publicou vários livros, entre eles *Les textes blonds* (Beirute, Éd. An-Nahar, 1963), *L'âge d'écume* (Seghers, 1966), *Juin et les mécréantes* (Seghers, 1968) e *Poèmes pour une histoire* (Seghers, 1972), e entre os parágrafos dedicados a ela Belano lê *habituée aux chimères*, lê *chez ce poète des marées, des ouragans, des naufrages*, lê *l'air torride*, lê *fille elle-même d'un père druze et d'une mère française*, lê *mariée à un chrétien orthodoxe*, lê *Nadia Tuéni* (*née Nadia Mohammed Ali Hamadé*), lê *Tidimir la Chrétienne, Sabba la Musulmane, Dâhoun la Juive, Sioun la Druze*, não lê mais e ergue a vista porque pensou ouvir algo, o grasnido de um abutre ou de um urubu mexicano, apesar de saber que não há urubus mexicanos aqui, mas isso com o tempo, um tempo que nem sequer é necessário contar por anos e sim por horas e minutos, pode se arranjar, o que você sabe deixa de saber, simples assim, frio assim, até mesmo um urubu mexicano é possível nesta aldeiazinha de merda, pensa Belano com lágrimas nos olhos, mas não são lágrimas provocadas pelo grasnido dos urubus e sim pela certeza física da imagem de Nadia Tuéni que olha para ele de uma página do livro e cujo sorriso petrificado parece se estender como vidro na paisagem que circunda Belano e que também é de vidro, então crê ouvir palavras, as mesmas palavras que acaba de ler e que agora não pode ler porque está chorando, *l'air torride, habituée aux chimères*, e uma história de drusas, judias, muçulmanas e cristãs de que emerge Nadia com trinta e oito anos (a mesma idade de Claude de Burine) e uma cabeleira de princesa árabe, imaculada, sereníssima, feito a musa acidental de alguns poetas ou como a musa provisória, a que diz não se preocupe, ou a que diz preocupe-se, mas não muito, a que não fala com palavras secas e certeiras, a que muito mais sussurra, a que faz gestos simpáticos antes de desvanecer, e então Belano pensa na idade da Nadia Tuéni real, em 1996, se dá conta de que agora tem sessenta e um e para de chorar, *l'air torride* secou suas lágrimas mais uma vez, ele torna a virar páginas, torna às caras dos poetas de língua francesa com uma obstinação digna de qualquer outra causa, torna como uma ave de mau agouro à cara de Tchicaya U Tam'si, nascido em Mpili em 1931, à cara de Matala Mukadi, nascido em Luiska em 1942, à cara de Samuel-Martin Eno Belinga, nascido em Ebolowa em 1935, à cara de Elolongué Epanya Yondo, nascido em Douala em 1930, e tantas outras caras, caras de poetas que escrevem em francês, fotogênicos ou não, a cara de Michel Van Schendel, nascido em Asnières em 1929, a cara de Raoul Duguay (que ele leu), nascido em Val d'Or em 1939, a cara de Suzanne Paradis, nascida em Beaumont em 1936, a cara de Daniel Biga (que ele leu), nascido em Saint-Sylvestre em 1940, a cara de Denise Jallais, nascida em Saint-Nazaire em 1932 e quase tão bonita quanto Nadia, pensa Belano com uma espécie de estremecimento integral, enquanto a tarde continua arrastando a aldeia para oeste e os urubus mexicanos começam a aparecer nas copas de algumas árvores baixas, só que Denise é loura e Nadia é morena, lindíssimas as duas, uma com sessenta e um e a outra com sessenta e quatro, tomara que estejam vivas, pensa, o olhar fixo não nas fotos do livro mas na linha do horizonte em que os pássaros se mantêm num equilíbrio instável, corvos ou abutres ou urubus, e então Belano se lembra de um poema de Gregory Corso, em que o infeliz poeta americano falava do seu único amor, uma egípcia morta dois mil e quinhentos anos antes, e Belano se lembra do rosto de moleque de rua de Corso e de uma figura da arte egípcia que viu muito tempo atrás numa caixa de fósforos, uma moça saindo do banho, de um rio ou de uma piscina, e o poeta beat (o entusiasta e infeliz Corso) a contempla do outro lado do tempo, a moça egípcia de pernas compridas se sente contemplada, e é só isso, o flerte entre a egípcia e Corso é breve como um suspiro na vastidão do tempo, mas também o tempo e sua longínqua soberania podem ser um suspiro, pensa Belano observando os pássaros empoleirados nos galhos, silhuetas na linha do horizonte, um eletrocardiograma que se agita e abre as asas à espera da sua morte, da minha morte, pensa Belano, depois fica um bom tempo de olhos fechados, como se estivesse refletindo ou chorando de olhos fechados, e quando torna a abri-los ali estão os corvos, ali está o eletroencefalograma tremendo na linha do horizonte africano, então Belano fecha o livro e se levanta, sem soltar o livro, agradecido, e começa a caminhar para oeste, para a costa, com o livro dos poetas de língua francesa debaixo do braço, agradecido, e seu pensamento já mais rápido do que seus passos pela selva e pelo deserto da Libéria, como quando era um adolescente no México, e pouco depois seus passos o afastam da aldeia.

Carnê de baile

1. Minha mãe lia Neruda para nós em Quilpué, em Cauquenes, em Los Angeles. 2. Um único livro: *Veinte poemas de amor y una canción desesperada*, Editorial Losada, Buenos Aires, 1961. Na capa, um desenho de Neruda e um aviso de que aquela era a edição comemorativa de um milhão de exemplares. Em 1961 tinham sido vendidos um milhão de exemplares dos *Veinte poemas* ou se tratava da totalidade da obra publicada de Neruda? Temo que a primeira, embora ambas as possibilidades sejam inquietantes, e já inexistentes. 3. Na segunda página do livro está escrito o nome da minha mãe, María Victoria Ávalos Flores. Uma observação talvez superficial, contra todos os indícios, me faz concluir que não foi ela que escreveu seu nome ali. Também não é a letra do meu pai, nem de ninguém que conheço. De quem então? Depois de observar cuidadosamente essa assinatura apagada pelos anos tenho de admitir, se bem que com reservas, que é da minha mãe. 4. Em 1961, 1962, minha mãe tinha menos anos do que tenho agora, não chegava aos trinta e cinco, e trabalhava num hospital. Era jovem e animada. 5. Os *Veinte poemas*,

meus *Veinte poemas*, percorreram um longo caminho. Primeiro por diversas cidadezinhas do sul do Chile, depois por várias casas do México, DF, depois por três cidades da Espanha. **6.** O livro, claro, não era meu. Primeiro foi da minha mãe. Ela o deu de presente para minha irmã e, quando minha irmã se foi de Gerona para o México, deu-o para mim. Entre os livros que minha irmã me deixou meus favoritos eram os de ficção científica e a obra completa, até então, de Manuel Puig, que eu próprio tinha lhe dado e que então reli. **7.** Neruda já não me agradava. Muito menos os *Veinte poemas de amor*! **8.** Em 1968, minha família foi morar no México, DF. Dois anos depois, em 1970, conheci Alejandro Jodorowski, que para mim encarnava o artista de prestígio. Fui encontrá-lo na saída de um teatro (ele dirigia uma versão de *Zaratustra*, com Isela Vega), disse-lhe que gostaria que me ensinasse a dirigir filmes e desde então me converti num assíduo visitante da sua casa. Creio que não fui bom aluno. Jodorowski me perguntou quanto eu gastava com cigarros por semana. Disse-lhe que bastante, pois fumei desde sempre como um caminhoneiro. Jodorowski me disse que parasse de fumar e que investisse o dinheiro num curso de meditação zen com Ejo Takata. Está bem, falei. Durante alguns dias estive com Ejo Takata, mas na terceira sessão decidi que aquilo não era para mim. **9.** Abandonei Ejo Takata em plena sessão de meditação zen. Quando quis sair da fila, o japonês se arrojou sobre mim brandindo um bastão de madeira, o mesmo com que batia nos alunos que assim pediam. Quer dizer, Ejo oferecia o bastão, os alunos diziam sim ou não e, caso a resposta fosse afirmativa, Ejo lhes desfechava umas cacetadas que troavam no espaço em penumbra impregnado de incenso. **10.** A mim, porém, não ofereceu a possibilidade de recusar seus golpes. Seu ataque foi fulminante e estrondoso. Eu estava ao lado de uma moça, perto da porta, e Ejo estava no fundo da sala. Supus que ele tivesse fechado os olhos e que não ia me ouvir quando eu fosse embora. Mas o desgraçado do japonês me ouviu e se arrojou sobre mim gritando o equivalente zen a banzai. **11.** Meu pai foi campeão amador de boxe na categoria dos pesos pesados. Seu reinado invicto se circunscreveu ao sul do Chile. Jamais gostei de boxear, mas aprendi quando criança; sempre houve um par de luvas de boxe em casa, no Chile ou no México. **12.** Quando o mestre Ejo Takata se arrojou gritando sobre mim provavelmente não pretendia me machucar, tampouco esperava que eu me defendesse automaticamente. As pancadas do seu bastão geralmente serviam para desentorpecer os nervos enrijecidos dos seus discípulos. Mas eu não estava com os nervos enrijecidos, só queria cair fora dali de uma vez por todas. **13.** Se acha que está sendo atacado, você se defende, essa é uma lei natural, sobretudo aos dezessete anos, sobretudo no DF. Ejo Takata era nerudiano na ingenuidade. **14.** Segundo Jodorowski, ele é que havia introduzido Ejo Takata no México. Por um período Takata procurava drogados pelas selvas de Oaxaca, a maioria americanos, que não tinham conseguido voltar de uma viagem alucinógena. **15.** Aliás, a experiência com Takata não me fez parar de fumar. **16.** Uma das coisas de Jodorowski de que eu gostava era que falava dos intelectuais chilenos (geralmente contra) e me incluía entre eles. Isso me proporcionava grande confiança, embora, é claro, eu não tivesse a menor intenção de ser como aqueles intelectuais. **17.** Uma tarde, não sei por quê, demos de falar da poesia chilena. Ele disse que o maior era Nicanor Parra. Ato contínuo, pôs-se a recitar um poema de Nicanor, depois outro, depois finalmente outro. Jodorowski recitava bem, mas os poemas não me impressionaram. Eu era, naquele tempo, um jovem hipersensível, além de ridículo e muito orgulhoso, e afirmei que o melhor poeta do Chile, sem dúvida nenhuma, era Pablo Neruda. Os outros, acrescentei, são uns anões. A discussão deve ter durado meia hora. Jodorowski esgrimiu argumentos de Gurdjieff, Krishnamurti e madame Blavatski, depois falou de Kierkegaard e Wittgenstein, depois de Topor, Arrabal e dele mesmo. Lembro-me que disse que Nicanor, de passagem para algum lugar, tinha se hospedado na sua casa. Nessa afirmação entrevi um orgulho pueril que desde então nunca deixei de perceber na maioria dos escritores. **18.** Num dos seus escritos, Bataille diz que as lágrimas são a última forma de comunicação. Eu me pus a chorar, mas não de maneira normal e formal, isto é, deixando as lágrimas escorrerem suavemente pelas faces, mas de maneira selvagem, aos borbotões, mais ou menos como chora Alice no País das Maravilhas, inundando-o todo. **19.** Quando saí da casa de Jodorowski, soube que nunca mais ia voltar lá e isso me doeu tanto quanto as suas palavras e continuei chorando pela rua. Também soube, mas isso de forma mais obscura, que não voltaria a ter um mestre tão simpático, um ladrão de luvas brancas, o vigarista perfeito. **20.** No entanto, o que mais estranhei em minha atitude foi a defesa meio miserável e pouco argumentada, mas defesa afinal de contas, que fiz de Pablo Neruda, de quem só havia lido os *Veinte poemas de amor* (que na época me pareciam involuntariamente humorísticos) e o *Crepusculario*, cujo poema "Farwell" encarnava o cúmulo do cúmulo da breguice, mas ao qual sou inquebrantavelmente fiel. **21.** Em 1971, li Vallejo, Huidobro, Martín Adán, Borges, Oquendo de Amat, Pablo de Rokha, Gilberto Owen, López Velarde, Oliverio Girondo. Li inclusive Nicanor Parra. Li inclusive Pablo Neruda! **22.** Os poetas mexicanos de então que eram meus amigos e com quem eu compartilhava a boemia e as leituras se dividiam basicamente entre vallejianos e nerudianos. Eu era parriano no vazio, sem a menor dúvida. **23.** Mas é preciso matar os pais, o poeta é um órfão nato. **24.** Em 1973 voltei ao Chile numa longa viagem por terra e mar que se prolongou ao arbítrio da hospitalidade. Conheci revolucionários de diversos matizes. O turbilhão de fogo em que a América Central não tardaria a se ver envolvida já se espreitava nos olhos dos meus amigos, que falavam da morte como quem conta um filme. **25.** Cheguei ao Chile em agosto de 1973. Queria participar da construção do socialismo. O primeiro livro de poemas que comprei foi *Obra gruessa*, de Parra. O segundo, *Artefactos*, também de Parra. **26.** Tinha menos de um mês para desfrutar da construção do socialismo. Claro, eu então não sabia disso. Era parriano na ingenuidade. **27.** Fui a uma exposição e vi vários poetas chilenos, incrível. **28.** No dia 11 de setembro apresentei-me como voluntário na única célula ativa do bairro em que vivia. O chefe era um operário comunista, gorducho e perplexo, mas disposto a lutar. Sua mulher parecia mais valente que ele. Todos nós nos amontoamos na pequena sala de assoalho de madeira. Enquanto o chefe da célula falava, atentei para os livros que ele tinha no aparador. Eram poucos, a maioria romances de caubói, como os que meu pai lia. **29.** O dia 11 de setembro foi para mim, além de um espetáculo sangrento, um espetáculo humorístico. **30.** Vigiei uma rua vazia. Esqueci minha senha. Meus companheiros tinham quinze anos, ou eram aposentados ou desempregados. **31.** Quando Neruda morreu, eu já estava em Mulchén, com meus tios e minhas tias, com meus primos. Em novembro, durante viagem de Los Angeles a Concepción, me detiveram numa barreira na estrada e me prenderam. Fui o único que eles tiraram do ônibus. Pensei que iam me matar ali mesmo. Do calabouço ouvi a conversa entre o chefe do destacamento, um carabineiro mocinho com cara de filho da puta (um filho da puta remexendo-se dentro de um saco de farinha), e seus chefes em Concepción. Dizia que tinha capturado um terrorista mexicano. Depois se retratou e disse: terrorista estrangeiro. Mencionou meu sotaque, meus dólares, a marca da minha camisa e da minha calça. **32.** Meus bisavós, os

Flores e os Graña, tentaram em vão domar a Araucanía (apesar de não terem sido capazes nem de domar a si próprios), de modo que é provável que fossem nerudianos no excesso; meu avô Roberto Ávalos Martí foi coronel e serviu em vários lugares do sul até uma aposentadoria precoce e obscura, o que me faz pensar que foi nerudiano no branco e no azul; meus avós paternos chegaram da Galiza e da Catalunha, deixaram suas vidas na província de Bio-Bio e foram nerudianos na paisagem e na laboriosa lentidão. 33. Por alguns dias estive preso em Concepción, depois me soltaram. Não me torturaram, como eu temia, nem sequer me roubaram. Mas também não me deram nada para comer nem para me cobrir de noite, de modo que precisei contar com a boa vontade dos presos que compartilhavam sua comida comigo. De madrugada ouvia como torturavam outros presos, sem poder dormir, sem nada para ler, salvo uma revista em inglês que alguém havia esquecido ali e na qual a única coisa interessante era um artigo sobre uma casa que em outros tempos pertencera ao poeta Dylan Thomas. 34. Tiraram-me daquela sinuca dois detetives, ex-colegas meus do Colégio Masculino de Los Angeles, e meu amigo Fernando Fernández, que tinha um ano mais do que eu, vinte e um, mas cujo sangue-frio era sem dúvida equiparável à imagem ideal do inglês que os chilenos, desesperada e inutilmente, tentaram ter de si mesmos. 35. Em março de 1974 saí do Chile. Nunca mais voltei. 36. Foram corajosos os chilenos da minha geração? Sim, foram corajosos. 37. No México, me contaram a história de uma moça do MIR, que torturaram introduzindo ratos vivos na sua vagina. Essa moça conseguiu se exilar e chegou ao DF. Vivia lá, mas cada dia ficava mais triste e um dia morreu de tanta tristeza. Foi o que me contaram. Não a conheci pessoalmente. 38. Não é uma história extraordinária. Sabemos de camponesas guatemaltecas submetidas a humilhações inomináveis. O incrível nessa história é a sua ubiquidade. Em Paris me contaram que uma vez chegou lá uma chilena que haviam torturado da mesma maneira. Essa chilena também era do MIR, tinha a mesma idade que a chilena do México e havia morrido, como aquela, de tristeza. **39.** Tempos depois soube da história de uma chilena de Estocolmo, jovem e militante do MIR ou ex-militante do MIR, torturada em novembro de 1973 com o sistema dos ratos e que havia morrido, para assombro dos médicos que cuidavam dela, de tristeza, de *morbus melancholicus*. **40.** Pode-se morrer de tristeza? Sim, pode-se morrer de tristeza, pode-se morrer de fome (mas é doloroso), pode-se morrer até de spleen. **41.** Essa chilena desconhecida, reincidente na tortura e na morte, era a mesma ou se tratava de três mulheres diferentes, embora correligionárias e de uma beleza similar? Segundo um amigo meu, era a mesma mulher que, como no poema "Massa", de Vallejo, ao morrer se multiplica sem por isso deixar de morrer. (Na realidade, no poema de Vallejo o morto não se multiplica, quem se multiplica são os suplicantes, os que não querem que morra.) **42.** Houve uma vez uma poeta belga chamada Sophie Podolski. Nasceu em 1953 e suicidou-se em 1974. Só publicou um livro, chamado *Le pays où tout est permis* (Montfaucon Research Center, 1972, 280 páginas fac-similares). **43.** Germain Nouveau (1852-1920), que foi amigo de Rimbaud, passou os últimos anos da vida como vagabundo e mendigo. Fazia-se chamar de Humilis (em 1910 publicou *Les poèmes d'Humilis*) e vivia na porta das igrejas. **44.** Tudo é possível. Isso todo poeta *deveria* saber. **45.** Uma vez me perguntaram quais eram os jovens poetas chilenos de que eu gostava. Talvez não tenham empregado a palavra jovens mas atuais. Respondi que gostava de Rodrigo Lira, embora este já não possa ser atual (mas sim jovem, mais jovem do que todos nós), uma vez que está morto. **46.** Pares de baile da jovem poesia chilena: os nerudianos na geometria com os huidobrianos na crueldade, os mistralianos no humor com os rokhianos na humildade, os parrianos no osso com os lihneanos no olho. 47. Confesso: não posso ler o livro de memórias de Neruda sem me sentir mal, péssimo. Que acúmulo de contradições. Que esforços para ocultar e embelezar o que tem o rosto desfigurado. Que falta de generosidade e que pouco senso de humor. 48. Houve uma época, felizmente já passada da minha vida, em que via Adolf Hitler no corredor de casa. Hitler não fazia nada mais do que andar para lá e para cá no corredor e, quando passava pela porta aberta do meu quarto, nem sequer olhava para mim. A princípio eu pensava que era (que mais poderia ser?) o demônio e que a minha loucura era irreversível. 49. Quinze dias depois Hitler se esfumou e pensei que o próximo a aparecer seria Stalin. Mas Stalin não apareceu. 50. Foi Neruda quem se instalou no meu corredor. Não quinze dias, como Hitler, mas três, tempo consideravelmente mais curto, sinal de que a depressão minguava. 51. Em contrapartida, Neruda fazia barulho (Hitler era silencioso como um pedaço de gelo à deriva), se queixava, murmurava palavras incompreensíveis, suas mãos se encompridavam, seus pulmões sorviam o ar do corredor (daquele frio corredor europeu) com fruição, seus gestos de dor e seus modos de mendigo da primeira noite mudaram de tal modo que no fim o fantasma parecia recomposto, outro, um poeta cortesão, digno e solene. 52. A terceira e última noite, ao passar diante da minha porta, parou e olhou para mim (Hitler nunca havia olhado) e, o que é mais extraordinário, tentou falar, não conseguiu, gesticulou sua impotência e, finalmente, antes de desaparecer com as primeiras luzes do dia, sorriu para mim (como me dizendo que toda comunicação é impossível mas que se deve tentá-la?). 53. Conheci faz tempo uns irmãos argentinos que morreram tentando fazer a revolução em distintos países da América Latina. Os dois mais velhos se traíram um ao outro e, de passagem, traíram o menor. Este não cometeu nenhuma traição e morreu, dizem, chamando os dois, se bem que o mais provável é que tenha morrido em silêncio. 54. Os filhos do leão espanhol, dizia Rubén Darío, um otimista nato. Os filhos de Walt Whitman, de José Martí, de Violeta Parra; esfolados, esquecidos, em fossas comuns, no fundo do mar, seus ossos misturados num destino troiano que espanta os sobreviventes. 55. Penso neles estes dias em que os veteranos das Brigadas Internacionais visitam a Espanha, velhinhos que descem dos ônibus com o punho erguido. Foram quarenta mil e hoje voltam à Espanha trezentos e cinquenta ou algo assim. 56. Penso em Beltrán Morales, penso em Rodrigo Lira, penso em Mario Santiago, penso em Reinaldo Arenas. Penso nos poetas mortos no potro de tortura, nos mortos de aids, de overdose, em todos os que acreditaram no paraíso latino-americano e morreram no inferno latino-americano. Penso naquelas obras que talvez permitam à esquerda sair do fosso da vergonha e da inoperância. 57. Penso em nossas vãs cabeças pontiagudas e na morte abominável de Isaac Babel. 58. Quando for mais velho, quero ser nerudiano na sinergia. 59. Perguntas para antes de dormir. Por que Neruda não gostava de Kafka? Por que Neruda não gostava de Rilke? Por que Neruda não gostava de De Rokha? 60. Gostava de Barbusse? Tudo faz pensar que sim. E de Cholokhov. E de Alberti. E de Octavio Paz. Estranha companhia para viajar pelo purgatório. 61. Mas também gostava de Éluard, que escrevia poemas de amor. 62. Se Neruda tivesse sido cocainômano, heroinômano, se houvesse sido morto por um estilhaço na Madri sitiada de 36, se houvesse sido amante de Lorca e se tivesse se suicidado depois da morte deste, outra seria a história. Se Neruda fosse o desconhecido que no fundo de fato é! 63. No porão do que chamamos "Obra de Neruda" espreita Ugolino, disposto a devorar seus filhos? 64. Sem nenhum remorso! Inocentemente! Só porque tem fome e nenhum desejo de morrer! 65. Não teve filhos, mas o povo gostava dele. 66. Como à Cruz, devemos voltar a Neruda com os joelhos ensanguentados, os pulmões perfurados, os olhos cheios de lágrimas? 67. Quando nossos nomes não significarem mais nada, seu nome continuará brilhando, continuará pairando sobre uma literatura imaginária chamada literatura chilena. 68. Todos os poetas, então, viverão em comunidades artísticas chamadas cárceres ou manicômios. 69. Nossa casa imaginária, nossa casa comum.

Encontro com Enrique Lihn

para Celina Manzoni

Em 1999, depois de voltar da Venezuela, sonhei que me levavam à casa em que estava morando Enrique Lihn, num país que bem poderia ser o Chile e numa cidade que bem poderia ser Santiago, se considerarmos que o Chile e Santiago alguma vez se pareceram com o inferno e que essa parecença, em algum substrato da cidade real e da cidade imaginária, permanecerá sempre. Claro, eu sabia que Lihn tinha morrido, mas quando me convidaram para conhecê-lo não opus nenhum reparo. Talvez tenha suposto uma brincadeira das pessoas que iam comigo, todas chilenas, talvez a possibilidade de um milagre. O mais provável é que não tenha suposto nada ou tenha entendido mal o convite. O caso é que chegamos a um edifício de sete andares, a fachada pintada de um amarelo desbotado, no primeiro andar um bar, um bar de dimensões não desdenháveis, com um balcão bem comprido e alguns reservados, e meus amigos (acho esquisito chamá-los assim, digamos melhor: os fãs que tinham me convidado a conhecer o poeta) me conduziam a um reservado, e lá estava Lihn. A princípio eu mal podia reconhecê-lo, seu rosto não era o mesmo que aparece nas fotos de seus livros, havia emagrecido e rejuvenescido, tinha se tornado mais bem-apessoado, seus olhos eram muito melhores que os olhos em preto e branco das contracapas. Na realidade, Lihn já não se parecia com Lihn, e sim com um ator de Hollywood, um ator de segunda linha desses que aparecem nos filmes feitos para a televisão ou que nunca são lançados nos cinemas europeus e passam diretamente para o circuito das locadoras. Mas ao mesmo tempo *era* Lihn, apesar de não se parecer mais com ele, disso não me restava dúvida. Os fãs o cumprimentavam chamando-o pelo nome, com uma familiaridade que tinha algo de falso, lhe perguntavam coisas que eu não conseguia entender, depois me apresentavam a ele, embora na verdade eu não necessitasse de nenhuma apresentação, pois durante algum tempo, um tempo breve, eu tinha me correspondido com ele e suas cartas de certa forma haviam me ajudado, estou falando do ano de 1981 ou 1982, quando eu vivia trancado numa casa em Gerona, quase sem nenhum dinheiro nem perspectivas de ter algum, e a literatura era um vasto campo minado onde todos eram meus inimigos, salvo alguns clássicos (e não todos), e cada dia eu precisava passear por esse campo minado, apoiando-me unicamente nos poemas de Arquíloco, e um passo em falso poderia ter sido fatal. Isso acontece com todos os escritores jovens. Há um momento em que você não tem nada em que se apoiar, nem amigos, muito menos mestres, nem há ninguém que lhe estenda a mão, as publicações, os prêmios, as bolsas são para os outros, os que disseram "sim, senhor", repetidas vezes, ou os que enalteceram os mandarins da literatura, uma hora interminável cuja única virtude é seu sentido policial da vida, deles nada escapa, nada perdoam. Enfim, como dizia, não há jovem escritor que não tenha se sentido assim em algum momento da vida. Mas eu, na época, tinha vinte e oito anos e em nenhuma hipótese podia me considerar um jovem escritor. Estava por fora de tudo. Não era o típico escritor latino-americano que vivia na Europa graças ao mecenato (ou ao patrocínio) de um Estado. Ninguém me conhecia e eu não estava disposto nem a dar nem a pedir proteção. Comecei então a me corresponder com Enrique Lihn. Claro, escrevi primeiro. Sua resposta não demorou a chegar. Uma carta comprida e de *mau gênio*, no sentido que damos no Chile à expressão mau gênio, isto é, desagradável, irascível. Respondi-lhe falando da minha vida, da minha casa no campo, num dos morros de Gerona, na frente da minha casa a cidade medieval, atrás o campo ou o vazio. Também falei da minha cadela, Laika, e disse que a literatura chilena, salvo duas ou três exceções, me parecia uma merda. Em sua carta seguinte já se podia dizer que éramos amigos. O que ocorreu na sequência foi o típico entre um poeta consagrado e um poeta desconhecido. Leu meus poemas e me incluiu numa espécie de recital de poesia jovem que organizou num instituto chileno-americano. Em sua carta falava sobre o que, acreditava, seriam os seis tigres da poesia chilena do ano 2000. Os seis tigres éramos Bertoni, Maquieira, Gonzalo Muñoz, Martínez, Rodrigo Lira e eu. Creio. Talvez fossem sete tigres. Mas me parece que só eram seis. E dificilmente nós seis teríamos podido ser algo no ano 2000, pois na época Rodrigo Lira, o melhor, já tinha se suicidado e havia vários anos estava apodrecendo em algum cemitério ou suas cinzas voavam confundidas com as demais imundices de Santiago. Mais do que tigres devia ter falado de gatos. Bertoni, até onde sei, é uma espécie de hippie que vive à beira-mar catando conchas e algas. Maquieira leu com cuidado a antologia de poesia americana de Cardenal e Coronel Urtecho, depois publicou dois livros e deu para beber. Gonzalo Muñoz se perdeu no México, disseram-me, mas não como o cônsul de Lowry, e sim como executivo de uma empresa de publicidade. Martínez leu com atenção o *Duchamp des cygnes*, depois morreu. Rodrigo Lira, bom, já disse o que fazia Rodrigo Lira no ano da conferência do instituto chileno-americano. Mais do que tigres, gatos, encare-se como se encarar. Gatinhos de uma província perdida. De qualquer forma o que queria dizer é que eu não conhecia Lihn e não era portanto necessária nenhuma apresentação. No entanto, os fãs me apresentavam e tanto Lihn como eu não objetávamos nada. De modo que estávamos ali, num reservado, e umas vozes diziam este é Roberto Bolaño, e eu estendia a mão, meu braço se incrustava no escuro do reservado, e recebia a mão de Lihn, mão ligeiramente fria que eu apertava por uns segundos, a mão de uma pessoa triste, eu pensava então, uma mão e um aperto de mãos que correspondia à perfeição ao rosto que naquele instante me fitava sem me reconhecer. Uma correspondência gestual, morfológica, as portas de uma eloquência opaca que nada dizia ou que nada me dizia. Superado esse instante os fãs voltavam a falar e o silêncio ficava para trás: todos pediam a Lihn uma opinião sobre as ideias mais estapafúrdias, e então meu desdém pelos fãs se evaporava de supetão, pois eu compreendia que aquele grupo era como eu havia sido, jovens poetas sem nada em que se apoiar, jovens que estavam proscritos pelo novo governo chileno de centro-esquerda e que não gozavam de nenhum apoio e de nenhum mecenato, só tinham Lihn, um Lihn, de resto, que não se parecia com o verdadeiro Enrique Lihn que aparecia nas fotografias dos seus livros, um Lihn muito mais bem-apessoado, mais bom-moço, um Lihn que se parecia com seus poemas, que havia se estabelecido na época dos seus poemas, que vivia num edifício semelhante aos seus poemas e que parecia desaparecer com a mesma elegância e concludência com que às vezes desaparecem seus poemas. Lembro-me de que quando compreendi isso me senti melhor. Quero dizer: começava a encontrar um sentido para a situação e começava a rir da situação. Não tinha nada a temer: estava em casa, com amigos e com um escritor que sempre admirei. Não era um filme de terror. Ou não era um filme de terror puro e simples, mas havia nele grandes doses de humor negro. E precisamente quando pensava no humor negro, Lihn tirou do bolso um pequeno frasco de remédio. Preciso tomar de três em três horas, falou. Os fãs ficaram mudos outra vez. Um garçom trouxe um copo d'água. O comprimido era grande. Assim me pareceu quando o vi cair no copo d'água. Mas na realidade não era grande. Era *denso*. Com uma colher, Lihn começou a desmanchá-lo e me dei conta de que o comprimido parecia uma cebola com inúmeras camadas. Aproximei a cabeça do copo e me pus a contemplá-lo. Por um instante tive certeza de que se tratava de um comprimido infinito. O vidro do copo me servia de lente de aumento: dentro dele, o comprimido rosa-pálido se desfazia como que propiciando o nascimento de uma galáxia ou do universo. Mas as galáxias nascem ou morrem, não me lembro mais, depressa, e a visão que tive através do vidro do copo d'água era como que em câmera lenta, cada etapa incompreensível se estendia diante dos meus olhos, cada retorno, cada tremor. Depois, exausto, afastei a cabeça do remédio e meus olhos foram se encontrar com os olhos de Lihn que pareciam me dizer: sem comentários, para mim já é demais ter de engolir esta gororoba cada três horas, não procure simbolismos, a água, a cebola, a lenta marcha das estrelas. Os fãs tinham se distanciado da nossa mesa. Alguns estavam no balcão do bar. Os outros eu não via. Então eu olhava de novo para Lihn e junto dele havia um fã que lhe dizia alguma coisa no ouvido, depois saía do reservado para se unir a seus companheiros dispersos pelo bar. E nesse momento eu soube que Lihn estava morto. O coração não funciona mais, dizia ele. Meu coração não existe mais. Havia algo ali que não batia, pensava eu. Lihn morreu de câncer, não de ataque cardíaco. Um peso enorme me invadia. De modo que eu me levantava e saía para dar uma volta, mas não ficava no bar, ia para a rua. As calçadas eram cinzentas e irregulares e o céu parecia um espelho sem sua película refletora, o lugar onde tudo deveria se refletir, mas onde nada, enfim, se refletia. A sensação de normalidade, porém, presidia e condicionava qualquer visão. Quando estimava que já havia respirado o bastante e queria voltar ao bar, tropeçava, num dos três degraus de acesso (degraus de pedra, cortados em bloco, de uma consistência granítica, brilhantes como pedras preciosas), com um tipo mais baixo do que eu, vestido como um gângster dos anos cinquenta, um tipo que tinha algo de caricatural, o típico capanga perigoso mas afável, que me confundia com um conhecido e me cumprimentava, e eu respondia ao seu cumprimento embora o tempo todo eu estivesse consciente de que não o conhecia e de que o tipo tinha me confundido, mas eu fazia como se o conhecesse, como se eu também houvesse me confundido, e assim nós dois nos cumprimentávamos enquanto tentávamos subir infrutiferamente pelos brilhantes (e humílimos) degraus de pedra, mas sua confusão não durava mais do que uns segundos, o capanga rapidamente se dava conta de que tinha se enganado e então me olhava de outra maneira, como se se perguntasse a si próprio se eu também tinha me enganado ou se, pelo contrário, estava gozando dele desde o início e, como era tapado e desconfiado (embora paradoxalmente também fosse esperto), me perguntava quem era eu, lembro, me perguntava com um sorriso malicioso nos lábios, e eu dizia, porra, Jara, sou eu, Bolaño, e por seu sorriso teria ficado claro para qualquer um que ele não era Jara, mas aceitava o jogo como se, de repente, ferido pelo raio, mas esse não é um verso de Lihn muito menos meu, lhe apetecesse viver por alguns minutos a vida desse Jara desconhecido que ele nunca ia ser, salvo ali, parado no último dos três degraus refulgentes, e me perguntava sobre a minha vida, me perguntava (tapadíssimo) quem era eu, admitindo de fato que ele era Jara, mas um Jara que tinha se esquecido da existência de Bolaño, coisa que aliás tampouco era improvável, de modo que eu lhe explicava quem era eu e de passagem explicava quem era ele, e neste último ponto o que eu fazia era criar um Jara à minha medida e à medida dele, isto é, à medida daquele momento, um Jara inverossímil, inteligente, valente, rico, generoso, um Jara apaixonado por uma mulher bonita, correspondido, audacioso, então o gângster sorria cada vez mais intimamente convencido de que eu estava gozando dele mas incapaz de pôr um ponto final no episódio e me dar uma lição, como se de repente tivesse se apaixonado pela imagem que eu lhe proporcionava, me dando corda para que eu continuasse lhe contando já não só coisas de Jara mas coisas dos amigos de Jara e finalmente do mundo, um mundo que inclusive para Jara era grande demais, um mundo em que o próprio Jara era uma formiga para cuja morte num degrau brilhante ninguém teria ligado, então, por fim, apareciam seus amigos, dois capangas mais altos, vestindo ternos de abas cruzadas e cor clara que olhavam para mim e olhavam para o falso Jara como se lhe perguntassem quem era eu, e este não tinha outro remédio senão dizer é Bolaño, e os dois capangas me cumprimentavam, eu apertava suas mãos, anéis, relógios caros, pulseiras de ouro, e, quando me convidavam para beber com eles, eu dizia não posso, estou com um amigo, apartava Jara da entrada e me perdia no interior do bar. Lihn continuava no reservado. Já não se via nenhum fã perto dele. O copo estava vazio. Havia tomado o remédio e esperava. Sem dizer uma palavra subíamos até a sua casa. Morava no sétimo andar e tomávamos o elevador, um elevador muito grande onde poderiam se amontoar mais de trinta pessoas. Sua casa era até pequena, sobretudo para a média dos escritores chilenos, cujas casas costumam ser grandes, e não havia livros. A uma pergunta minha respondia que já não precisava ler quase nada. Mas sempre há livros, dizia. Da sua casa via-se o bar. Como se o chão fosse de vidro. Por um momento, ajoelhado, eu me dedicava a observar as pessoas lá embaixo, procurava os fãs, os três gângsteres, mas só via desconhecidos que comiam ou bebiam e que, sobretudo, se moviam de mesa em mesa, de reservado em reservado, ou de uma ponta a outra do balcão, todos presas de uma excitação febril, como se lia nos romances da primeira metade do século XX. Depois de ficar um instante espiando chegava à conclusão de que alguma coisa ia mal. Se o assoalho da casa de Lihn era de vidro e o teto do bar também era, o que acontecia com os andares do segundo ao sexto? Também eram de vidro? Então eu tornava a olhar para baixo e compreendia que do segundo ao sexto só havia um vazio. Essa descoberta me angustiava. Porra, Lihn, para onde você me trouxe, pensava eu, mas depois pensava porra, Lihn, para onde o trouxeram. Com cuidado eu me punha de pé, porque sabia que ali os objetos eram mais frágeis do que as pessoas, ao contrário do que costuma acontecer, e começava a procurar Lihn — que não estava mais a meu lado — pelos diversos aposentos da residência, que então já não me parecia pequena, como o apartamento de um escritor europeu, e sim grande, excessiva, como a casa de um escritor chileno, um escritor do Terceiro Mundo, com criadagem barata, com objetos caros e frágeis, uma casa cheia de sombras móveis e aposentos na penumbra onde encontrei dois livros, um clássico, como uma pedra lisa, outro moderno, atemporal, como a merda, e à medida que procurava eu também ia ficando frio, e tinha cada vez mais raiva e mais frio, e ia me sentindo doente, como se a casa se movesse sobre um eixo imaginário, até que abria uma porta e via uma piscina, e lá estava Lihn, nadando, então, antes que eu abrisse a boca e dissesse algo sobre a entropia, Lihn dizia que o ruim do seu remédio, do remédio que tomava para continuar vivo, era que de alguma maneira ele o convertia na cobaia da empresa farmacêutica, palavras que de certa forma eu esperava ouvir, como se tudo fosse uma peça de teatro e repentinamente eu tivesse me lembrado das minhas falas e das falas daqueles a quem eu devia dar a réplica, depois Lihn saía da piscina e descíamos ao primeiro andar, abríamos passagem entre a gente do bar, e Lihn dizia acabaram-se os tigres, e: foi bonito enquanto durou, e: embora você não acredite, Bolaño, preste atenção, neste bairro só os mortos saem para passear. A essa altura nós dois já tínhamos atravessado o bar e estávamos numa janela, olhando as ruas e as fachadas desse bairro tão peculiar onde só os mortos passeavam. Olhávamos, olhávamos, e as fachadas eram sem sombra de dúvida fachadas de outros tempos, e também as calçadas, onde havia carros estacionados que pertenciam a outro tempo, um tempo silencioso mas móvel (Lihn o via mover-se), um tempo atroz que seguia vivendo sem nenhuma razão, só por inércia.

1ª EDIÇÃO [2008] 4 reimpressões

ESTA OBRA FOI COMPOSTA PELO GRUPO DE CRIAÇÃO EM ELECTRA E IMPRESSA EM OFSETE PELA GRÁFICA BARTIRA SOBRE PAPEL PÓLEN DA SUZANO S.A. PARA A EDITORA SCHWARCZ EM JULHO DE 2025

A marca FSC® é a garantia de que a madeira utilizada na fabricação do papel deste livro provém de florestas que foram gerenciadas de maneira ambientalmente correta, socialmente justa e economicamente viável, além de outras fontes de origem controlada.